KB037220

살맛 나는 나이

살맛 나는 나이
ⓒ마리 드 엔젤, 2009

지은이 마리 드 엔젤 | 옮긴이 백선희 | 펴낸이 우찬규 | 펴낸곳 도서출판 학고재
초판 1쇄 발행일 2009년 6월 30일 | 초판 1쇄 인쇄일 2009년 6월 25일
등록 1991년 3월 4일(제1-1179호) | 주소 서울시 종로구 계동 101-12 신영빌딩 1층
전화 편집(02)745-1722/3 | 관리/영업(02)745-1770/6
팩스 (02)764-8592 | 이메일 hakgojae@gmail.com
주간 손철주 | 편집국장 김태수 | 편집 손경여 · 강상훈 | 디자인 문명예
관리/영업 김정곤 · 박영민 · 이창후 · 우중건 · 이영옥 | 인쇄 현문

ISBN 978-89-5625-093-9 03860

※ 가격은 뒤표지에 있습니다.
※ 잘못된 책은 구입처에서 바꿔드립니다.

살맛 나는 나이

심리학자 마리의 **노년행복** 프로젝트

마리 드 엔젤 | 백선희 옮김

학고재

"남은 할 말이
이제 다 끝났다는 얘기뿐이라면
나는 차라리 입을 다물겠다."

장 루이 크레티앙

"가장 잔인한 노화는 몸의 노화가 아니라
마음의 노화이다."

크리스티안 생제

나의 손자들,

레아, 마리, 블랑슈, 가브리엘,

그리고 앞으로 태어날 아이들에게…….

그리고 나의 어머니께.

늙지 않으려 애쓰는 꼬락서니만큼 더 늙은이다운 것은 없다. 내 세대가 보이는 모습이 그렇다. 이 세상은 늙음을 끔찍한 이미지로 비춘다. 우리는 잘못 늙을까봐, 외롭게 생을 끝낼까봐, 행여 거동이 어렵게 되거나 치매에 걸렸을 때 보살핌을 받지 못할까봐 두려워한다.

우리는 이 두려움에 맞서기보다 비장하게 부인否認하고 젊음에 집착한다. 그 때문에 이제 얘기하게 될 '늙는 작업'을, 다시 말해 늙음에 대한 행복한 깨달음의 경험을 놓치곤 한다.

이 책을 쓰는 동안 나 또한 두려움의 감정을 느꼈다. 불행한 노인들의 증언을 듣거나 그들의 비참한 현실이 담긴 자료들이 차고 넘쳤다. 하지만 반드시 최악의 경우가 일어나는 것이 아님을 믿게 해주는 사례도 있었다. 분명 늙음을 겪어볼 만한 것으로 만들 열쇠는 존재한다. 그리고 우리 세대가 그 열쇠를 후대에 건네줘야 한다. 새로운 늙는 법을, 그 역설적인 방법을 찾아내는 건 베이비붐 세대인 우리의 일이다. 그것이 역설적인 이유는 늙는 걸 받아들이면서도 '늙은이'

가 되지 않는 방법이기 때문이다.

어떻게 하면 사랑받는 노년을 보낼 수 있을까? 늙음이 주위 사람들에게 행운의 부적이 될 수 있을까? 그렇다. 우리의 탐험을 인도할 길잡이 끈은 우리 안의 무언가는 늙지 않는다는 신념이다. 나는 그것을 마음이라고 부를 것이다. 물론, 시들고 메마른 심장이 아니라 사랑하고 갈망하는 능력을 말한다. 설명할 수도 없고 이해할 수도 없는 힘, 인간 존재를 살아 있게 만드는 이 힘을 스피노자는 '코나투스conatus'*라 불렀다.

우리가 두려움을 극복하고 노화의 힘든 시련 한가운데서 버티게 도와줄 수 있는 건 바로 마음이다.

마리 드 엔젤

차 례

우리 세대를 위해 쓴다

얼마 전 피에르 신부*가 세상을 떠났다. 나는 발 드 그라스 성당에 안치된 그분의 빈소에 조의를 표하기 위해 생 자크 거리에서 한 시간이나 줄을 섰다. 발 드 그라스 병원 문에 내걸린 거대한 사진의 얼굴은 행인들의 마음을 뭉클하게 만들었다. 그 얼굴에서는 깊은 번뇌와 무한한 사랑을 읽을 수 있었다.

* '빈민들의 아버지'로 불리며 평생을 노숙자와 빈민 구호 활동에 헌신한 프랑스 신부(1912~2007)로, 프랑스인들이 가장 존경하는 인물로 꼽힌다. -옮긴이주

피에르 신부는 두 눈을 언제나 뜨고 있어야 한다고 말하곤 했다. 한쪽 눈은 싸워야 할 세상의 가난을 향해 열고, 다른 한쪽 눈은 감사해야 할, 지울 수 없는 세상의 아름다움을 향해 열어두라는 것이다.

늙음이라는 경험에 관해 글을 쓰는 데 지금껏 2년의 세월이 걸렸다. 나이 드는 일에 대해 명상하는 내내 나는 두 눈을 뜨려고 애썼다. 한쪽 눈은 우리를 두렵게 하는 노화의 모든 해악을 향해 뜨고, 다른 한쪽 눈은 늙음이 우리에게 마련한 기쁨을 향해 열어 두려고 했다. 그러기 위해 노화에서 재앙만을 보는 극단적 비관론이나 주변의 비관적 성향과 거리를 두려 애썼고, 다른 한편으로는 행복한 노년이라는 신화에 마냥 도취되지도 않기 위해 노력했다.

쉽지는 않았다. 우리 사회가 노년에 던지는 눈길은 그야말로 끔찍하다. 우리 입술에 떠오르는 '난파'니 '끔찍함'이니 '재앙'과 같은 단어들은 늙음이, 늙는 고통과 죽음이 우리에게 불러일으키는 혐오감과 두려움을 말해준다.

물론 늙음에 대해 잊고, 말하지 않고, 회피할 수도 있을 것이다. 늙기를 거부하고, 가능한 한 오랫동안 젊고 활동적인 상태를 유지하려는 노인들의 비장한 태도가 바로 그렇다. 또한 늙음을 유머로 다룰 수도 있고, 나아가 조롱거리로 삼을 수도 있다.

한편 노년을 위협하는 모든 해악에 한쪽 눈을 뜨자 지옥으로 떨어지는 긴 추락이 시작되었다. 우리가 노년에 대해 품고 있는 파국적인 이미지는 전염성이 강했다. 왜 우리 세대가 차라리 눈을 감는지, 늙음에 대해 어떻게 생각하는지 물으면 왜 서둘러 화제를 바꾸는지 이해가 되었다. 나는 이토록 우울한 주제에 관해 글을 쓰겠다는 계획을 거의 포기할 뻔했다. 그만큼 낙담했던 것이다.

그러던 어느 날, 내 안의 무언가가 대참사 같은 이 이미지를 거부했다. 내 안의 무언가가 갑자기 반응한 것이다. 마치 삶의 긍정적인 측면을 보는 다른 눈이 열린 것 같았다.

이렇듯 이 책은 반전의 이야기를 담고 있다. 늙음의 경험이 인간적이고 영적인 모험임을 이해하려면 그 경험이 낳는 두려움과 고통 한가운데로 들어가야만 했다.

모든 건 4년 전에 시작되었다. 우리는 '늙는 걸 어떻게 받아들일 것인가?'•라는 주제로 강연회를 열었다. 이 강연회를 준비하면서 나는 오키나와 섬과 그곳의 백세 장수 노인

• 폴 로랑 아숭, 장 드니 브르댕, 마리 드 엔젤, 『늙는 걸 어떻게 받아들일 것인가? *Comment accepter de Vieillir?*』(이브리 쉬르 센: 아틀리에, 2003).

들을 알게 되었다. 세계보건기구가 '장수지역'으로 선정한 일본의 이 섬 주민들은 장수를 누리고(최고 연장자가 115세이다), 행복하게 살고 있다. 그곳에서는 노인들을 '행운의 부적'처럼 여기기 때문이다.

당연히 전 세계의 연구자들이 그들의 장수 비밀에 관심을 보였다. 그 비밀이 유전적인 문제가 아니라는 건 이미 알려진 사실이다. 그 섬의 주민이 다른 곳으로 가면 생활습관을 잃고 기대수명도 감소했기 때문이다.

물론 온화한 기후나 식생활과 관련한 이유도 있다. 오키나와 사람들은 천천히 먹고, 소식을 하며, 한입 먹을 때마다 맛을 만끽하고 포만감을 느끼기 전에 그만 먹는다. 그들은 생선과 콩, 요오드와 칼슘이 풍부한 해조류, 그리고 물론 밥을 먹으며, 이뇨제가 풍부한 녹차를 마시고, 단것이나 빵 종류는 절대 입에 대지 않는다.

하지만 그들 밥그릇의 내용물이 모든 걸 설명하지는 못한다. 이 일본인들의 놀라운 장수 현상은 늙는 것을 행복해하는 그들의 마음가짐과, 매우 발달한 공동체적 삶과도 관련이 있다. 이 백세 노인들에게서는 기도나 명상의 수행으로 다져진 고결한 영적 자각과 더불어 어려움 속에서도 긍정적인 태도를 지키고, 낙천적인 마음가짐을 간직하려는 의지가 두드러진다. 그들에게는 낙심하지 않고 다시 일어서는 소중한 능력이 있다. 그 능력을 우리는 삶의 용기라 부른다. 활력, 역동성, 마음의 에너지,* 이러한 것들이 그들에게서 볼 수 있는 젊음의 열쇠들이다. 그들이 매일 아침 노래하는 후렴구가 이를 증언해준다. "마음이 뜨거우면 몸이 녹슬지 않는다." 또한 그들은 공동체 생활에 계속 참여한다. 친구와 이웃, 가족과의 교류가 그들에게는 일상적이다. 그곳에서는 상부상조의 정신인 '유이마루'**가 깊이 뿌리를 내리고 있다. 그들은 함께 정원도 가꾸고, 같이 걷기도 하고, 운동도 한다. 한마디로, 그들은 나이 들어서 사는 것을 행복해하며, 그 행복이 온갖 소외의 감정으로부터 그들을 보호해준다. 그들은 사회에 짐이 된다는 느낌을 받지 않으며, 오히려 오키나와에서는 "노인들은 우리의 보물이다"라고 말한다.

*『젊음을 유지하는 비결은 머릿속에 있다*Dans son livre Rester jeune, C'est dans la fête*』(파리: 오딜 자콥, 2005)에서 저자 올리비에 드 라두세트는 910명의 백세 노인을 대상으로 한 입센(IPSEN) 재단의 연구를 인용하고 있다. 연구원들은 백세 노인들의 심리적 성향 가운데 두 가지를 결정적인 것으로 보았다. 한 가지는 탄성에너지, 다시 말해 불쾌한 사건들을 감수하고, 낙심하지 않고 다시 일어나기 위해 필요한 원천을 자기 안에서 찾는 능력이다. 그리고 또 한 가지는 의욕, 즉 새로운 시도를 할 수 있게 해주는 역동성, 자기보존능력이다. **유이마루는 '연결된 원'이라는 뜻으로 원래는 농사일처럼 여러 사람의 힘이 필요할 때 서로 도와주는 순서를 의미했는데, 시간이 흐를수록 어려움을 당한 이웃을 도와 난관을 극복하는 전통으로 자리 잡았다. - 옮긴이주

"우리라고 왜 주변사람들에게 행운의 부적이 되지 못하겠습니까?" 이것이 내가 늙음에 대한 강연을 듣기 위해 온 9백 명의 청중 앞에서 던진 질문이다. 대부분 55세와 70세 사이의 사람들이었다. 늙음이라는 경험 앞에서 불안해하는 나이 많은 사람들이었다. 이날 저녁 나는 강연장을 압도하는 집중도를 보고서 우리 모두가 품고 있는 절박함을 가늠할 수 있었다.

사실 우리 세대는 우리가 오래 살리라는 것을 알고 있다. 우리는 그런 약속을 받은 셈이다. 우리 가운데 여러 사람이 백 살의 나이에 도달할 행운을 누릴 것이다. 주변 사람들은 서로 묻는다. 이렇게 장수하게 된 것이 좋은 소식일까 아니면 나쁜 소식일까? 사람들은 '노인들의 황금시대'라고들 말한다. 어떤 이들은 우리가 새로운 방식의 삶을 살아갈 첫 노년 세대라고 주저 없이 말한다. 건강과 먹을거리에 신경을 쓰고, 운동을 하고, 정신이 깨어 있으면 우리는 팔순에도 우리 부모들이 예순에 가졌던 육체적 · 정신적 건강을 유지할 것이다. 요컨대 20년을 벌게 되는 것이다! 과학 소설가들은 인간 게놈의 해독, 유전자 치료, 우리 몸 내부를 청소해줄 초소형 로봇을 만드는 나노공학의 잠재력을 예견한 데 이어 이제는 불멸의 신체를 언제라도 복원할 수 있는 시대를 그리고 있다. 그야말로 혁명이다.

그럼에도 건강하게 장수할 것이라는 사실이 우리를 안심시키지는 못한다. 세포들을 대체하고 새 장기로 바꾸는 건 가능하다 해도 뉴런과 뉴런의 연결 문제는 훨씬 복잡하다. 치매 상태로 영원히 살아야 한다면 삶을 연장해서 무엇하겠는가? 게다가 이런 진보가 가져올 인구 통계의 결과는 어떠한가? 2050년에는 어린아이 한 명당 60세 이상 노인 3명의 비율이 될 것이라고 추정한다. 이 얼마나 슬픈 일인가? 죽음이 영원히 뒤로 미루어진다면 모든 체계가 혼란스러워질 것이다. 우리는 더 이상 번식하지 않아도 될 것이고, 더 이상 초월적 존재도 필요 없게 될 것이다. 왜냐하면 우리로 하여금 번식하도록 부추기고, 영성과 자기 초월을 생각할 능력을 기르도록 촉구하는 것은 바로 죽음의 한계이기 때문이다. 우리가 죽지 않게 된다면 이 세상은 지옥이 될 것이다!

과학이 우리의 실제 생명을 연장해주리라는 것은 분명한 사실이다. 오늘날 과학은 우리 몸이 '녹스는 것'에 맞서 싸우고 있다. 덤으로 얻은 이 시간으로 우리는 무엇을 할 것인가? 노화도 죽음도 피하지 못하리라는 걸 알면서 말이다.

이것이 우리가 초대받은 모험이다. 우리는 전대미문의 상황에 맞닥뜨린 최초의 세대다. 어떤 지표도 방향키도 주어지지 않았기에 우리 스스로 찾아나서야 한다.

그래서 이 책을 쓰고 싶은 욕망이 생겼다. 그 출발점은 이 질문에 있다. 우리라고 왜 오키나와를 본보기 삼아 영감을 얻지 못하겠는가?

나는 작업에 착수했다. 증언들을 수집했고, 늙음이 제기하는 어려움들에 관한 많은 글을 읽었다. 하지만 그 후 눈부시게 빛나는 노인들을 만났을 때 그들이야말로 늙음에 대한 나의 시선을 바꾸게 도와주었다. 나는 그 눈부신 늙음이 얼마나 명철한 의식으로 만들어진 결과인지, 얼마나 일찍 준비되어온 것인지 가늠할 수 있었다. 젊음을 떠나보내고 앞으로 다가올 자신의 죽음에 대해 생각하지 않고서는 평온하고 환히 빛나는 늙음을 자신할 수 없는 것이다.

독자여, 어쩌면 당신은 죽음에 대해 생각하고 싶어 하지 않을지도 모르겠다. 이해할 만한 일이다. 당신은 건강하고, 어느 정도 여유도 있어서 '덤으로 얻은 이 삶'을 누리기로 마음먹고 있다. 여행을 떠나고, 카드놀이를 하거나 운동을 하며 즐기기로, 한마디로 삶을 누리고 자신을 돌볼 생각이다. 당신은 잘 늙고 싶어 하지만, 젊은 상태를 유지한다는 조건하에 그렇다. 그런데 직감하고 있겠지만 꼴사나울 정도로 젊은 취향만 찾다가는 젊은이들이 오만하고 이기적이라며 싫어하는 노인이 될지도 모른다. 그러다 어느 날 당신을 진짜 늙은이로 만들 사건이 닥칠 것이다. 당신은 이내 겁에 질린 채 노년의 강둑으로 내몰릴 것이다. 그리고 다시는 젊음을 되찾지 못하리라는 걸 깨닫게 될 것이다. 쇠락을 피할 수 없게 되고, 다시는 뒤로 돌아갈 수 없게 될 것이다. 언젠가는 혼자서 거동하지 못하게 될지도 모른다.

예전에 로베르 라퐁 출판사의 사장이었으며, 지금도 내 글쓰기 작업에 동반해주고 있는 앙투안 오두아르가 들려준 일화는 이처럼 피할 길 없는 쇠락을 잘 보여준다.

앙투안은 잔 가르니에 호스피스 의료원에 입원해서 마지막 날을 보내고 있는 그의 아버지 이방 오두아르를 찾아갔을 때 내 책의 주제에 대해 얘기했다. 이방은 누워서 눈을 감고 있었다. 쇠약한 상태였지만 의식은 분명히 있었다. 앙투안이 오키나와 노인들의 노래 후렴구, '마음이 뜨거우면 몸이 녹슬지 않는다'를 인용하자 그의 아버지가 한쪽 눈을 뜨더니 장난기 어린 얼굴로 말했다. "그렇지, 하지만 그렇다고 이미 녹슨 게 없어지진 않지!"

그의 말은 분명 옳다. 노화는 무자비한 시련이다. 하지만 이 일화는 죽음의 문턱에 걸친 사람이 죽음과 거리를 두고 농담을 할 수 있다는 사실 또한 보여준다.

죽음에 대비하지 않는다면, 삶의 마지막 단계를 살 수 있게 해주는 유일한 수단인 내적 원천을 개발하지 않는다면 당신은 지옥 같은 나날을 보내게 될지도 모른다. 당신은 삶을 끝내고 사라지기로 결심할 자유가, 저 유명해진 표현을 빌자면 '별표 버튼'*을 누를 자유가 그때 가서도 여전히 당신에게 남아 있으리라고 생각할 것이다.

어쩌면 당신은 노화를 부정하지 않고 젊음을 지킬 수 있다고 느낄지도 모르겠다. 혹은 내적 삶의 개발을 통해 피할 수 없는 상실을 보상함으로써 세월의 도전을 마주할 준비가 되어 있는지도 모르겠다. 주변 사람들에게 환히 빛나는 노인이 되게 할 '정서적 젊음'을 지니고, 기꺼이 마음의 젊음을 탐험할 준비가 되어 있는 사람 말이다. 그렇다면 이 책은 당신을 위한 것이다.

이 책은 늙는 법에 대한 명상을 담고 있다. 이는 역설적인 방법이다. 어떤 관점에서 늙음은 난파이지만, 다른 관점으로는 성장이기도 하다. 나는 '늙는 것'과 '늙은이가 되는 것'을 구분하고 싶다. 늙은이가 된다는 건 정신의 상태를 말

*조력자살을 가리키기 위해 브누아트 그루가 만든 표현이다. 브누아트 그루, 『별표 버튼*La Touche étoile*』(파리: 알뱅 미셸, 2006) 참조.

한다. 예순의 나이에도 늙은이라고 느낄 수 있는 것이다. 그런 일은 내게도 닥쳤다. 그런가 하면 여든에도 젊다고 느낄 수 있다. 내 친구인 철학자 베르트랑 베르즐리는 최근 노년에 관한 연구를 하는 어느 연구팀 앞에서 이렇게 말했다. "삶에 대해 침울하고 신랄해지는 날 우리는 늙은이가 됩니다." 우리가 늙기를 거부할 때, 다시 말해 인생에서 나아가기를 거부할 때 우리는 늙은이가 된다. 이것이 커다란 역설이다.

우리 사회는 우리에게 늙기를 금지한다. 가능한 한 오래도록 젊게 남으라고 주문한다. 이 어리석은 금기에 한층 더 흥미로운 또 다른 금기가 맞선다. "늙은이가 되는 것을 금한다." 유대교 신비주의자 랍비 나흐만 드 브라슬라브의 말이다. 늙되, 늙은이가 되지는 말라. 다시 말해 신랄해지거나 절망에 빠지지 말라. 늙되, 현실과 맞서지 말 것이며, 마지막 숨을 거둘 때까지 삶이 제 작품을 완수하는 걸, 새것이, 새로운 삶이 솟아나는 걸 막지는 말라.

나는 노년으로 가는 20년의 세월이 우리가 늙는 법을 배우고 '늙는 작업'을 하도록, 영적 · 심리적으로 마지막 단계에 대비하도록 주어진 기회라는 것을 깨달았다.

추해지는 우리 몸의 변화를 어떻게 받아들일 수 있겠는

가? 그와 동시에 기쁨이나 감사와 같은 감정의 놀라운 힘을 새로이 발견할 수 없다면 말이다. 우리가 자기 자신을 바라보기를 거부한다면 어떻게 주변의 세상을 보고 감탄할 수 있겠는가?

자기 자신과 더불어 편안해지는 법을, 우리 삶과 우리 주변과 화해하여 평화롭게 사는 법을 배우지 않는다면 어떻게 고독을 받아들일 수 있겠는가?

우리 정신과 마음의 무한성을 탐험하지 않고서 한정된 시간과 공간의 제약을 어떻게 받아들일 수 있겠는가?

루이 벵상 토마는 나의 첫 번째 책인 『마지막 사랑*L'Amour ultime*』에 붙인 서문에서 오직 사랑과 믿음과 유머만이 노쇠와 죽음이라는 끔찍한 현실에 맞서 변화를 일굴 수 있도록 해준다고 썼다. 그래서 나는 늙음의 경험을 탐구하기 위해 사랑과 믿음의 안경을, 그리고 때로는 유머의 안경을 쓰기로 선택했다.

나는 이러한 접근이 늙음에 관한 지배적인 담론과 어긋난다는 사실을 안다. 암울하고 서글픈 담론 말이다. 그런 담론에 역행하는 것을 미디어는 달가워하지 않는다. 결연한 낙관주의를 제시하려는 사람은 웃음거리가 되기 십상이다. 사랑과 믿음 운운하다 보면 금세 거창하고 교훈적이고 달짝

지근한 말의 함정에 빠질 위험이 있다. 행복하고 평안하고 빛나는 노년에 대한 어리석은 이미지들은 다른 데나 들이밀 일이다! 하지만 그렇다고 우리를 기다리고 있는 난파에 대해, 늙는 두려움과 노년의 그림자만 강조한다면 결국 거짓말을 하게 된다. 현실은 그렇게 암울하지 않다. 현실은 언제 어디서나 최악의 것과 최고의 것을 뒤섞는다.

노년은 쇠퇴기도 아니요 황금기도 아니다. 다른 시기와 마찬가지로 기쁨과 어려움이 있으며, 살 만한 가치가 있고 또한 풍요로운 시기이다. 물론 문제도 있다. 경제적, 사회적, 심리적 문제를 비롯해 다양한 차원의 문제가 있다. 우리는 그것들을 마주 대하고 용감하게 먼저 다가갈 것이다. 우리는 노년기가 우리들 각자를 끌어들이는 개인적인 노정에 대해서도 밝힐 것이다. 또한 노년기의 약속들을, 우리로 하여금 용감하고 단순하게 이 시기를 살게 해줄 뜻밖의 가능성들을 발견할 것이다.

우리 각자의 늙는 방식이 우리 자신에게 달린 건 명백한 사실이다. 우리는 우리의 행동과 비밀스런 수단 덕에 나이 드는 것을 쇠락이 아니라 호기심 가득한 모험으로 경험할 수 있다.

젊음을 포기하는 단계와 다가올 죽음을 받아들이는 단계

사이에는 우리가 마음 깊이 행복하고 자유롭다고 느낄 수 있는 시기가 있다. 이 시기는 우리가 알지 못했던 자신의 여러 측면을 발견하고, 다르게 보고 느끼고 사랑하도록 주어진 기회이다. 그것을 통해 우리는 신랄하고 불쾌한 노인이 되지 않고, 세상이 참으로 필요로 하는 기쁨과 인간적 열기를 주변에 전할 수 있으리라.

다시 말하건대, 나는 이 책을 통해 늙음을 이상화하려는 것이 아니다. 다만 짐짓 태를 부린 우아함이나 아첨 없이 이 시기가 지닌 가치를 밝히려는 것이다.

노년의 공포와 매혹

나는 얼마 전에 예순이 되었다. 이제는 노인이다. 할인가로 여행할 수 있는 교통카드도 신청해 놓았다. 물론 젊은 노년이긴 해도 노년기에 접어든 것은 확실하다. 건강도 좋고, 아직 활동도 하고 있으며, 천 가지 계획을 품고 있다. 그래도 노년임에는 틀림없고, 이 사실은 점점 더 분명해질 것이고, 모든 게 제대로 흘러간다면 나는 고령에 접어들게 될 것이다.

예순이 되던 날, 어린 시절의 한 장면이 기억났다. 내가 열다섯 살 때였다. 내가 아주 좋아했던 고모가 아버지께서 제정시대 양식의 황금빛 의자에 앉아 편안하게 파이프 담배를 피우고 있는 거실로 들어오며 말했다. "오빠, 나 이제 오십이야! 결국 이렇게 되고 말았어. 난 늙었어. 이젠 길에서 내가 지나가도 남자들이 쳐다보지도 않을 거야!" 나를 감탄하게 하던 고모였다. 고모는 키도 크고 예뻤다. 보는 사람을 압도했다. 고모는 심리학 공부를 하겠다는 생각으로 뒤늦게 대학입시를 보았다. 정신분석가가 되고 싶었던 것이다. 그런 고모의 용기와 명철함에 나는 감탄하곤 했다. 이날, 고모의 말을 들으면서, 오십이 되면 나도 늙겠구나 하는 생각이 들었다. 그런데 정작 그 나이가 되어 이 장면을 떠올리니 웃음이 났다. 그 어느 때보다 나는 자신감이 넘쳤고 스스로 매력 있다고 느끼고 있었기 때문이다. 노년이 내게는 너무도 멀어 보였다.

10년 뒤, 나는 고모가 말하려던 것을 이해하기 시작했다. 이제는 나 자신이 신선하다는 느낌이 들지 않았다. 나는 늙었고, 앞으로 상황이 점점 더 나빠지리라는 걸 알았다.

나이를 한 살씩 더 먹는다고 달라지는 건 없으며 상징적인 단계일 뿐이라고 말해도 소용없었다. 60대로 접어들면서 초상初喪이라도 당한 것 같은 느낌이 들었다. 불현듯 슬픈 감정에 사로잡히고, 아무것도 하고 싶지 않았으며, 움츠러들게 되었다. 초상과 다름없는 상실을 겪기도 했다. 힘들었던 이혼, 사랑의 실패가 그렇다. 나는 나약하고 혼자라는 느낌이 들었다.

아이들에게 다가가려고도 해보았지만 내 고독을 아이들에게 안겨서는 안 된다고 생각했다. 아이들에게는 저들의 인생이 있다.

그래서 나는 책상에 앉았고, 조사한 내용을 정리하고 최근 몇 달 동안 모은 기사들을 분석하려고 애썼다. 노년에 관해 전해 듣는 소식들은 사는 기쁨을 되찾는 데 도움이 되지 못했다. 내가 읽은 책들은 노년을 매우 암울한 이미지로 비춰보였다. 이 세상에서 '늙은이가 되는 건' 과오라는 느낌이 들었다. 1998년 5월 유네스코 회의 연설에서 엘리 비젤은 젊은 취향을 좇는 이 사회에서 우리 모두가 생각하는 바를 목소리 높여 비판했다. "늙은이들 말입니까? 늙은이들이야 방해가 되지 않게 집에만 틀어박혀 있으면 되고, 먹고 입고 따뜻하게 지내는 데 감지덕지하면 되지요……. 늙은이들을 집에만 틀어박혀 있게 만듦으로써 우리는 그들이 잉여존재라고 느끼게 만듭니다. 항구적인 모욕 체계의 희생양인 그들은 젊지 않다는 것을 수치스러워하고, 아직 살아 있다는 것을 부끄러워할 수밖에 없습니다." 엘리 비젤은 늙은이가 되는 불행을 제대로 얘기했다.

심지어 어떤 고령자들은 스스로 더 이상 아무런 가치가 없다고 여긴다. 그들은 그렇게 자긍심을 잃고 삶을 이어가느니 차라리 죽고 싶어 한다. 나는 그들을 이해할 수 있다. 줄곧 가족에게 짐이 된다는 느낌을 받거나, 투명인간 취급을 당한다면 어떻게 살아가겠는가?

가족에게 부담이 되는 데 대한 두려움은 내 세대의 많은 사람들이 공통으로 느끼는 것이다. 늙을수록 점점 더 짐짝처럼 여겨질 것이라는 사실을 우리는 안다. 언젠가는 우리의 자식과 손자들은 우리를 부양하는 데 너무 비용이 많이 든다는 생각을 하게 될 것이다. 그리하여 우리는 그들에게 자리를 내주어야 할지도 모른다. 그 옛날 가난한 사회에서 그랬듯이.

이마무라 쇼헤이의 영화 〈나라야마 부시코〉가 생각난다. 중세 일본의 일부 지역에는 젊은 사람들에게 부양할 입 하나를 덜어주기 위해 노인들이 숲으로 죽으러 가는 풍습이 있었다. 캐나다에서도 정부가 이누이트 족을 위해 사회보호법을 설립하기 전까지 이누이트 족 최고령 노인들은 빙산을 향해 죽으러 갔다. 떠나기 전 노인들은 주변의 임신한 여자를 지목했는데 그 여자가 뱃속에 품은 아이로 환생하기 위해서였다.

람 다스가 『성찰*Still here*』에서 들려주는 중국의 한 이야기는 우리를 엄습하는 이 두려움을 잘 보여준다. "쇠약해진 나머지 정원일과 집안일을 놓게 된 한 노인이 있었다. 그는 하루 종일 아들이 밭을 갈고 심는 동안 그늘 아래 앉아서 구경만 했다. 어느 날 아들이 아버지를 보고 속으로 중얼거렸다. '아버지가 이제 어디에 소용이 있지? 먹여 살려야 할 군입일 뿐이야. 그만 저세상으로 가셔야 할 때가 되었어.' 그리하여 아들은 나무로 관을 짜서 수레에 올려 집 앞까지 실어왔다. '아버지, 이 안으로 들어가세요.' 아버지는 아들이 하라는 대로 했다. 아들은 관 뚜껑을 덮고 벼랑 끝까지 수레를 끌고 갔다. 목적지에 이르렀을 때 아들은 아버지가 관을 두드리는 소리를 들었다. '관도 아낄 겸 그냥 나를 벼랑 위에서 직접 던지지 그러느냐? 나중에 네 자식들도 이 관이 필요할 테니 말이다.'"

오늘날에도 너무 늙어서 소용없는 사람이 되고, 이 사회가 감당하기에 너무 버거운 짐이 되어 '버려질지도 모른다'는 두려움은 여전히 남아 있다.

이것은 진지하게 생각해보아야 할 두려움이다. 생애 마지막 여섯 달이 나머지 기간보다 사회에 더 비싼 비용을 치르게 한다. 노인은 의료 소비자다. 노인은 수많은 질병에 걸리며, 대개 만성질병이다. 거동이 어려워지게 되면 가정방문 도움을 받거나 시설에 들어가게 되는데 그럴 경우 상당한 비용이 든다. 이를테면 알츠하이머병의 부담은 대부분 가족에게 지워진다. 이 병에 걸린 노부모를 시설에 입원시키기 위해 재산을 처분하는 수밖에 없는 사람들도 있다.

그렇다면 언젠가 앙드레 콩트 스퐁빌이 청원한 것처럼,* 삶을 끝내고 싶어 하는 사람들의 요청을 들어주어야 하는 것 아닐까? 다른 사람들에게 더 이상 부담이 되고 싶지 않은 사람들에게 죽음을 안겨줄 가능성을 법으로 정하지 못할 이유가 있을까? 안락사를 위한 경제적 논거는 이렇듯 분명하게 제시된다. 하지만 이것이 진정 우리 사회가 고려하는 해결책인가?

20년 후면 유럽은 '노인 대륙'이 될 것이다. 연령 피라미드의 전복은 예산 균형을, 젊은 세대의 일자리와 복지를 위태롭게 만들 것이다. 은퇴한 노인 한 사람을 1.5명의 생산인구가 감당해야 한다. 따라서 우리는 우리 자식들과 손자들

*작가이자 철학교수인 앙드레 콩트 스퐁빌이 국회 사절단 앞에서 생애 말기에 처한 사람들을 위한 지원을 요청한 연설.

에게 엄청나게 무거운 부담을 지우게 될 것이다. 이런 상황은 오래 지속될 수 없다. 이해관계의 충돌이 일어날 것이고, 따라서 고통스런 갈등이 생겨날 것이다. 프랑수아 드 클로제가 예견한 것처럼 세대 간의 전쟁을 향해 치닫게 될 것이다. "신세대는 자식의 교육과 부모의 은퇴 후 생활, 조부모의 건강을 위한 꽤 무거운 지출과, 전 세대 때부터 축적되어온 부채와, 외국인 주주들의 은퇴비용까지 부담해야 할지도 모른다. 그들은 끔찍한 제약 아래 되도록 빨리, 마침내 자식들의 부양을 받게 될 축복받은 시기에 도달하려는 희망으로 미친 듯이 일할 것이다. 정말이지 기막힌 인생계획 아닌가! 58세부터 100세까지의 모든 사람이 연금생활자라는 걸 상상할 수 있겠는가? 그런 체제가 기능할 수 없다는 건 불을 보듯 명백하다."*

노화가 가져올 재정적 충격을 미리 고려해보아야 할 것이기 때문이다. 정치인들은 '기득권'을 비판하고, 건강한 노인들이 필요한 것을 마련할 수 있도록 은퇴 나이를 다시 검토해볼 용기를 내야 할 것이다.

* 조엘 드 로스네, 장 루이 세르방 슈레베, 프랑수아 드 클로제, 도미니크 시모네, 『덤으로 얻은 삶*Une Vie en plus*』(파리: 쇠이유, 2005).

65세 정년퇴임이 정해졌을 때 평균수명은 향후 62.5세였으며, 퇴임을 하는 사람들의 평균 기대수명은 5년이었다. 우리나라에서 퇴임 나이를 늦추는 것은 간단하지 않다. 하지만 세계 곳곳에서 다시 바뀌고 있다. 영국이 그렇고, 스웨덴이 그렇다. 덴마크에서는 65세 이상 노인의 60퍼센트가 일을 한다. 노인 사원들은 다른 사람들보다 훨씬 안정적이며, 질병으로 인한 휴무도 훨씬 적다. 스웨덴 정부는 노인들이 일자리에 남도록 하기 위해 최선을 다하고 있으며 정년퇴임 나이도 67세로 늦추었다. 일본에서는 2020년까지 정년퇴임을 75세로 미루자는 얘기가 나온다.

어떤 이들에게는, 특히 힘든 일을 해온 사람들에게는 정년퇴임이 해방이지만, 다른 어떤 사람들에게는 비극이다. 더 이상 쓸모없게 되었다는 느낌, 권태가 그들의 노화를 재촉한다. 그렇다면 점진적인 은퇴, 선택할 수 있는 은퇴, 부분적인 은퇴를 생각해볼 수 있을 것이다. 기업은 노인들을 시간제 근무로 고용함으로써 노인들의 은퇴와 일자리를 결합시킬 수 있을 것이다.

노년의 평가절하와 숱한 노인들이 경험하는 고독과 배제의 감정 사이에는 틀림없이 직접적인 연관이 있다.

프랑스에서는 2003년 여름의 폭염 이후로 온통 노인들의 고독과, 가족적 연대의 의미를 잃어버린 젊은이들의 이기주의에 대한 얘기뿐이다.

나의 여동생 크리스틴이 들려준, 파리 레알 지구에서 보낸 크리스마스 밤의 이야기가 생각난다. 동생과 동생 남편은 그 지역 노인들에게 크리스마스 식사를 대접하기 위해 자원봉사자로 일했다. 할머니 한 분이 여러 노인 가운데 앉아 있었는데, 축제날이라 인간적 온기를 느끼려고 찾아왔다고 한다. 네 명의 자식들이 어머니를 저버린 모양이었다. 할머니는 전화 한 통 받지 못했다!

요즘은 자식들이 예전보다 늙은 부모를 덜 보살핀다고들 말한다. '고독 퇴치를 위한 구호단체 연합'에서 실시한 설문조사 결과는 오늘날 독거노인의 비율이 1962년보다 3배나 높아졌음을 보여준다. 65세 이상 노인의 31퍼센트가 '외로워서' 힘들어하며, 75세 이상 여성의 5분의 4가 홀로 생활한다. 멀어진 자식들, 버림받음에 대한 두려움, 필요할 때 기댈 사람이 없다는 사실, 빈약한 수입, 건강상의 이유 때문에 바깥출입을 못한다는 사실이 노인들의 고독감을 부채질한다.

최근 미국에서 실시된 설문조사에 따르면* 고독이 알츠

하이머의 발병을 두 배로 높인다고 한다. 고독이 질병을 집어삼키는 것 같아 보인다. 이 문제에도 어떤 해결책이 있을텐데 현재는 전망이 불투명하다.

그렇다고 가족들을 죄인 취급한다고 해서 상황이 나아지는 것이 아님은 분명하다. 부모나 조부모를 마주 대하면 정말이지 비탄에 빠지는 가족들도 있다.

『르 피가로』는 소피의 경우를 전한다. 20개월 된 아기를 둔 서른셋의 그녀는 회계사로 일하며 외국 여행이 잦은데, "전두측두엽성 치매를 앓는 예순넷의 어머니 때문에 매우 힘들어한다."** 그녀의 어머니는 사설 노인병원에 입원한 적이 있다. 한 달에 2,800유로의 비용이 드는, 형편에 맞지 않는 시설이었다. 여러 가지 시도를 해보았지만 소피는 어머니를 집에 모실 여력이 없었다. 질병은 감당하기 힘든 정서적, 심리적, 육체적 폭력을 낳았다. 소피는 세상에 혼자뿐이라는 느낌이 들었다.

피에르의 경우도 마찬가지였다. 통신회사 간부인 그는 52세에 알츠하이머에 걸린 아내 곁에서 무진 애를 쓰고 있다.***

*『일반정신의학회지』지에 실린, 시카고의 러시 대학 연구팀이 실시한 설문조사.
『르 피가로』, 2006년 5월 16일자 기사. *『르 피가로』, 2006년 5월 16일자 기사.

그는 가족간호휴가를 그다지 믿지 않는다. "늙은 아버지나 거동이 불편한 아내를 돌본다고 자리를 비우는 걸 어느 고용주가 받아들이겠습니까? 어쨌건 제 고용주는 간단하게 거절하더군요." 그래서 그는 양로원을 끈질기게 찾아가 낮 동안만 아내를 받아달라고 설득했다. 요즈음 그의 아내는 한 시설에서 지내며 주말마다 집을 오간다.

나는 불행한 노년과 거동불능 상태 및 치매에 관해 많은 것을 읽었다. 알츠하이머병은 1906년에 엘로이 알츠하이머가 보고한 신경퇴행성 질환으로 오늘날 점점 더 많은 사람들이 이 병에 걸리고 있다. 프랑스에서는 약 85만 명이 이 병에 걸렸으며, 매년 15만 명의 새로운 환자가 나타나고 있다. 앞으로 알츠하이머병이 '쓰나미'처럼 덮쳐올 것이라는 말까지 나온다. 이 병은 지금까지 돌이킬 수 없고 불가해한 불치병으로 남아 있다. 아직 그 원인을 알 수 없기 때문이다.

이 병은 75세 어름에 시작되지만, 때로는 그 이전에 시작되기도 하며 대략 7~10년에 걸쳐 진행된다. 첫 단계는 최근의 기억과 시간 및 공간 감각을 잃게 된다. 누군가의 세심한 도움을 받으며 집에 있을 수는 있다. 그러다 두 번째 단계가 되면 말로 의사소통을 하는 능력을 잃게 된다. 적절한 어휘를 찾지 못하고 알아들을 수 없는 말을 한다. 그래도 아직은 노래하고 춤도 추며 몸짓으로 의사소통을 할 수 있다. 마지막 세 번째 단계에서는 캄캄한 암흑이 찾아온다. 그러면 전적으로 타인에게 의존해야 할 상태가 된다. 혼자서 먹을 수도 없고, 대소변도 가리지 못한다. 주변 사람도 알아보지 못할뿐더러, 일상적인 물건들이 어디에 사용되는지도 모르게 된다.

이 질병에 대해 말할 때는 누구라도 자신과 무관한 것으로 느끼기가 힘들다. 나한테도 닥친다면? 내 친구들 모두가 이런 자문을 해보았다고 털어놓았다. 지옥으로 떨어지는 이 느린 추락이 우리를 기다리고 있는 건 아닐까? 흔히 쓰는 표현대로 점점 '정신줄을 놓는' 나를 상상해보게 된다. 귀먹고 눈멀고 벙어리가 되고, 마비된 채 대소변도 못 가리고 병상에 누워 지내며 침대에서 안락의자로, 안락의자에서 침대로 옮겨지는 나를 생각하면 끔찍해진다. 내 삶의 마지막 나날을 무의식과 미망상태를 오가며 지낼 생각을 하면 온몸이 떨려온다. 어쩌면 침대에 묶인 채 학대받고, '더러운 늙은이' 취급을 받으며 오줌 속에 몇 시간이고 방치될지도 모른다. 20년 전에 파리의 한 병원 소속 양로원에서 심리치료사로 일할 때 마주쳤던 노인들의 눈길이 떠오른다. 텅 빈 눈길을 한 노인들은 해방이라도 기다리듯이 죽음을 기다리는 것 같았다. 애정을 갈구하며 얼굴을 내미는 노인들, 혹은 주변의 무관심에 체념한 듯 슬픈 눈길을 가진 노인들. 오늘날 우리의 노인들은 산 사람들의 세상에서 배제되어 있다. 양로원에서 일하는 한 심리치료사는 우리를 겁에 질리게 하는 세계에 대해 자신이 받은 첫인상을 이렇게 전했다. "웅크린 채 불편한 몸을 휠체어에 싣고, 이가 빠지고 얼굴과 손발이 일그러진 노인들, 무거운 침묵을 규칙적으로 깨는 고함소리, 끊임없이 혼잣말을 중얼거리며 복도를 거니는 치매 환자들……. 이미 영원한 어둠이 집어삼켜버린 듯, 하루 종일 잠옷 차림으로 지내는 노인들."*

조르제트는 『라 부아 뒤 노르』지에서 이렇게 증언하고 있다.** 그녀는 아버지의 여자친구인 마르틴을 양로원에 맡긴 채 보살피고 있다. 자신이 본 것에 충격을 받은 그녀는 그 장면들을 사진으로 남겼다. "턱을 가슴에 묻고서 안락의자에 묶인 채 앉은 마르틴. 침대에서 떨어져 얼굴이 부은 마르

*클로딘 바데 로드리게, 『양로원의 삶*La Vie en maison de retraite*』(파리: 알뱅 미셸, 2003). **샹탈 다비드, 『라 부아 뒤 노르』, 2001년 2월 4일과 5일자 기사.

틴. 바지 한쪽이 허벅지까지 올라간 망측한 차림의 마르틴. 닫힌 자기 방문 앞에서 멍한 눈길로 휠체어에 앉은 채 '잊혀진' 마르틴." 조르제트는 '늘 똑같은 걸 먹기 때문에' 음식 대부분이 남겨진 식판도 찍었다. 으깬 감자퓌레와 갈아서 익힌 고기. 사진은 충격적이었다. 그 기록들은 방문객들이 보지 못하는 것을 보여주었다. 결국 마르틴은 병석에 누운 사람들을 가둬두는 양로원 건물 한구석에서 늙어가는 걸 그만두었다.

조르제트가 그곳 원장에게 밉보인 건 말할 필요도 없다. 원장은 가족이 아니라는 이유로 그녀에게 방문을 금지시켰다. 조르제트는 마르틴의 식욕을 돋우기 위해 집에서 식사를 준비해서 가져갔다. 그녀의 시도는 환영받지 못했다. 그곳에서는 마르틴에게 다른 사람들과 같이 그곳 식당에서 식사를 하도록 강요했다.

수많은 고령자들이 입원해 있는 시설에서 자원봉사자로 일하는 72세의 한 여성이 내게 편지를 보내왔다. 그녀는 노인들의 삶을 이렇게 묘사했다.

"이 '환자들'이 얼마나 인간대접을 받고 있지 못한지 확인할 수 있었습니다. 그야말로 환자라는 표현이 정확합니다. 기저귀를 차고 등 뒤쪽에서 여민 가운을 걸친 그들은 씻고 나서 그저, 하루 일과에서 유일한 사건인 식사시간과 잠잘 시간을 기다리는 존재로 전락하고 말았습니다. 그것도 때로는 몇 달 동안 똑같은 일과뿐입니다. 걸을 수 있는 사람이 복도에서 어슬렁거리면 얼른 방으로 돌아가라는 소리를 듣습니다. 누군가 와서 그들에게 변기를 대주거나 치워주기를 절망적으로 기다리는 사람들도 있지요. 소변을 안 보려고 물을 안 마신다는 얘기는 자주 듣는 얘깁니다. 그들은 아주 좁은 화장실이 딸린 9평방미터짜리 방에 대개 두 사람씩 생활합니다. 안락의자 하나가 텔레비전을 마주보고 두 침대 사이에 놓여 있고, 두 번째 의자는 텔레비전 바로 아래에 놓여 있어서 기막히게 편리하지요!"

이 편지를 쓴 사람 역시 심각한 우울증으로 노인병원에 입원했고, 입원기간 동안 쓴 일기를 내게 보내왔다. 그녀는 새벽 3시부터 끊임없이 이어지는 시끄러운 기상 알림소리와, 옆 침대 사람의 기저귀를 간다거나 피를 뽑는다거나 체온을 재러 매시간 간호사가 오는 것에 대해 불평했다. 간호사는 들어올 때마다 불을 환하게 켜고 외쳤다. "안녕하세요!", 그러고는 자기 할 일을 끝내고 떠나며 소리쳤다. "자! 안녕히 주무세요. 좋은 하루 되세요. 불을 끌게요!" 지옥 같은 생활이라고 그녀는 전했다. 그녀는 옆 침대의 80세 할머니가 15일 만에 상태가 악화되는 걸 지켜보았다. 의료진이 그녀를 양로원으로 보낼 만한지 검사하려고 찾아온 날까지.

— 지금이 몇 월이죠?

의료진이 할머니에게 물었다.

— 9월.

할머니가 대답했다. 그때는 1월이었다.

— 며칠이죠?

대답이 없다.

— 여기가 몇 층이죠?

여전히 대답이 없다. 연필 하나를 보여주며 물었다.

— 이게 뭐죠?

와! 맞는 답이 나왔다.

— 여기 종이가 있어요. 오른손으로 종이를 쥐고 반으로 접어서 바닥에 던지세요.

할머니는 어리둥절한 눈을 하고 시키는 대로 했다. 간호사가 그녀에게 수건을 내밀며 명령했다.

— 비누칠을 하고 얼굴을 씻으세요. 헹구고 닦으세요.

할머니는 알았다고 하면서 행동은 하지 않았다. 간호사가 거듭 외쳤다.

— 일어나서 세수를 하세요!

사람들이 할머니를 억지로 침대에서 내리자 그녀는 겁에 질려 신음을 냈다.

— 똑바로 서서 다리에 힘을 주세요! 식탁에 앉으세요!

이 편지를 쓴 여성은 그때 막아보려고 달려갔지만 이미 늦어버렸다고 한다. 그녀는 "가만히 좀 놔두세요! 저분에게 필요한 건 인간적 온정이지 자극이 아니란 말이에요!"라고 소리치지 않기 위해 이를 악물었다고 한다.

이어서 그녀는 아주 상냥하고 선의에 찬 젊은 남자 예비간호사가 온 걸 묘사했다. "V부인, 이제 밥을 먹을 겁니다!" 이날까지 식욕이 좋았던 할머니는 밥 먹기를 거부했다. 그러자 간호사는 거위에게 억지로 먹이를 쑤셔 넣듯이 강제로 먹였다. 결국 환자는 토하고 말았다. "그런데도 젊은 예비간호사는 명령을 따랐지요. 자극을 줘야 한다는 명령 말입니다! 결국 이 이웃은 금세 죽고 말았습니다. 모두가 환자의 행복은 생각하지 않고 만들어진 원칙에 따라 제 할 일만 합니다. 그저 팔만 가지고 일을 할 뿐, 머리와 심장은 없는 겁니다." 그녀는 이렇게 말을 맺었다.

이런 예를 수십 가지도 더 들 수 있을 것이다. 이런 식으로 사람을 다루는 것을 단 한 번이라도 목격한다면 양로원에 대한 강박관념은 더욱 깊어질 것이다.

보르도에서 한 재판이 열렸다. 어느 양로원 여자원장이 거주자들에게 부적절한 대우를 했다는 판결을 받았다. 이 소송은 노인병원에서 25년 이상 노인들을 수발해온 남자 간호사가 신랄한 어조로 쓴 책*의 출간과 우연히도 같은 시기에 이루어졌다. 그의 증언은 놀라웠다. "노인들은 학대당하고, 거칠게 다뤄지고, 욕설을 듣고, 때로는 묶여 지내거나 모욕을 당하기도 합니다……. 매년 프랑스에서는 여전히 수만 건의 학대가 양로원에서 일어나고 있습니다."**

학대와 관련한 이 슬픈 현실을 나는 『타인에 대한 배려*Le Souci de l'autre*』라는 책에서 고발한 바 있다. 지금은 다만 그 정도를 가늠해보았을 뿐이다. 2002년 1월 폴레트 갱샤르 부인이 지휘한 연구는 노인 학대가 주변적인 것도, 우발적인 것도 아니라는 사실을 확인해주었다. 65세 이상 노인의 5퍼센트, 75세 이상 노인의 15퍼센트가 학대를 경험했다. 희생자들은 단지 말없이 자살을 시도함으로써 당혹감과 불행을 표현할 뿐이었다. 가족들은 불평을 하면 상황이 더 나빠질까봐 전전긍긍했다. 이런 말을 들을까 겁냈던 것이다.

* 장 샤를 에스크리바노, 『우리는 노인들을 죽이고 있다*On achève bien nos vieux*』(파리: 프랑스 앵포, 2007) **『르 피가로』, 2007년 3월 5일자.

"마음에 들지 않으면 다른 곳에나 가보세요!" 얼마나 많은 가족들이 치매에 걸린 부모를 집에 두느니 차라리 현실을 외면해야 했을까!

그렇다면 간병인들은 왜 침묵을 지켰을까 하는 의문이 든다. 그들은 아마도 일자리를 잃거나 혹은 곤란한 일을 당하게 될까봐 겁냈을 것이다. 이런 시설을 지원하는 당국도 눈을 감지 않았는지 의심이 든다. 노인을 위한 공공시설이 턱없이 모자란 상황에서 많은 수의 시설을 문 닫게 할 수는 없었기 때문이다.

오늘날에는 세계적으로 노인 학대 방지와 인식의 날*이 정해져 있으며, 부당한 행동을 보면 누구나 전화를 걸어 신고할 수 있다.

프랑스에서는 최근 10년 사이에 구조요청 전화가 대폭 늘었다. "폭력은 육체적일 수도 있고(주먹질이나 따귀), 언어적일 수도 있으며(욕설과 협박), 심리적일 수도 있다(정신적 잔혹행위, 모욕, 스토킹, 사생활 침해, 방문 거절, 우편물 몰수)."**

* 매년 6월 15일이 '세계 노인 학대 인식의 날'이다. - 옮긴이주 ** 폴레트 갱샤르 퀸슬레, 마리 테레즈 르노, 『노년을 잘 사는 법*Mieux vivre la vieillesse*』(파리: 아틀리에, 2006).

그리고 재정적 폭력, 절도, 유괴, 갖은 압박, 간호와 관련한 학대(감금, 신경안정제의 남용, 무성의하고 거친 목욕)도 있다.

미디어의 조명을 받는 경우도 있지만, 눈길을 덜 끌고 한결 치사해서 수치화하기가 어렵지만 분명히 존재하는, 일상화된 학대도 있다. 무관심, 반말, 남자 간호사에 의한 여자 환자의 은밀한 부위 씻기기, 무성의한 반응, 배려 없이 거칠게 잠을 깨우는 일, 식욕을 잃은 노인들 앞에 남겨진 식사. 상처를 주는 태도들도 있다. 노인을 "이봐요"라고 부르거나, 호칭 없이 제3자에게 말하듯 하는 태도가 그렇다.("잠은 잘 잤을까? 목이 마르려나?") 그리고 아직 움직일 수 있는 사람에게 기저귀를 채우는 것도 그렇다. 그들은 그런 태도가 아직 대소변을 가리는 사람을 그렇지 못한 사람으로 만드는 가장 빠른 방법이라는 걸 깨닫지 못하고 있다. 알다시피 실금失禁은 우리가 마음 깊이 가지고 있는 가장 큰 두려움이다. 그것이 노쇠로 들어서는 상징이기 때문이다. 그리고 감금과 관련한 모든 행동이 있다. 이를테면, 노인을 침대나 안락의자에 묶어 두는 것이 그렇다. 이런 행동을 합리화하기 위해 종종 안전 문제를 논거로 끌어들이지만 받아들이기 힘들다. 미국에서 실시된 최근의 연구는 자기 집에서 이동할 자유가 있는 사람들보다 묶인 사람들의 사망률이 8배 이상 높다는 걸 보여준다.

건강 전문가들은 곳곳에서 학대를 보고, 시설들에 과다한 재량을 허용하는 경향에 대해 불평한다. 물론 위험부담이 전혀 없는 경우는 존재하지 않는다. 하지만 그런 시설을 이용하는 우리로서는 관리자들이 원칙을 세워서 그들 시설에 존중의 문화를 확립하도록 요구해야 한다.

기진맥진한 직원들, 과중한 업무, 간병인들의 교육 부족 등, 학대의 여러 원인을 안다 하더라도 그것이 학대를 정당화하지는 못한다. 물론 양로원의 간병인들은 가학증 환자가 아니며, 대부분 "그들에게 대개 쉽지도 유쾌하지도 않은 일거리를 안기는 노인들이 그들과 같은 남자와 여자라는 사실을 잊은 평범한 사람들"*이다.

이 간병인들은 노인들의 인권을 존중하지 않는 자신들의 행동을 악행으로 느끼지 않으며, 사실은 그들도 상처를 입고 있다. 언젠가는 그들도 늙고 거동을 못하는 처지가 되어 지금 그들이 간호하고 있는 사람들의 자리에 있게 되리라는 사실을 잊는다. 이 사실을 의식한다면 자신이나 자기 가족

*폴레트 갱샤르 퀸슬레 외, 앞의 책.

을 대하듯이 타인을 대할 것이다.

정치인들은 당연히 이 상황에 관심을 갖고 있으며, 규제를 강화하고 '제대로 된 처우'를 하도록 교육받은 인력을 갖추는 일이 시급함을 인식하고 있다.

그럼에도 여전히 부족하다. 오늘날 영국과 네덜란드에서는 10명의 노인을 8명이 돌보는 데 비해, 평균 4명이 10명의 노인을 돌보고 있기 때문이다.

몇몇 정치인이 존엄을 지키며 죽고 싶어 하는 사람들을 위해 안락사에 관한 법률을 통과시키기 위해 애쓰고 있다는 얘기를 듣고서 나는 염려가 앞선다. 노인이 할 수 있는 직업을 찾고 노인이 제대로 대접받게 하는 데 필요한 70~80억 유로를 지출하느니, 더 이상 학대를 견디지 못해 자살하려는 모든 노인에게 죽음을 안겨줄 권리를 허용하는 법률을 통과시키는 편이 그들로서는 분명히 비용이 적게 들 것이다.

공공시설의 재원 부족이 참으로 충격적인 데 반해, 노인 전용 주거시설의 수입은 짭짤해서 그 시장은 놀라운 증가를 보이고 있다. 85세 이상의 노인 수가 2015년에는 1천9백만을 넘을 것이기 때문이다! 따라서 사기업들이 노인용 시설을 열기 위해 너도나도 뛰어들고 있다.

온 세상에 대고 아무리 '거동불능상태'가 피할 수 없는 운명이 아니라고 거듭 말해도 우리는 그것을 생각하며 두려워한다. 주변 사람에게 짐이 된다는 생각이나 혹은 거동이 불가능한 노인을 위한 시설에 들어가야만 한다는 생각만으로도 그저 무섭다. 가벼운 마음으로 그런 생각을 하는 사람을 나는 단 한 사람도 알지 못한다.

"잘못 늙느니 차라리 죽겠다." 이것이 내 세대의 모토나 다름없다. 나는 늙는 것이 죽음보다 더 나쁠 수도 있다는 생각을 이해한다. 그래서 마음의 평온을 지키기 위해 자기 존엄의 최종 보루로 안락사나 자살을 생각하는 것도 이해한다. 더구나 이웃나라 네덜란드에서는 자신들을 위한 자리가 없는 세상에서 사는 데 지친 노인들을 위해 행복한 죽음을 안겨줄 약을 진지하게 고려하는 중이다.

몇 달 전 '잘 늙는 법'에 관한 책을 쓰겠다고 출판사에 제안했을 때만 해도 나는 노년의 빛나는 광채에 관해, 고령의 활력에 대해 쓸 생각이었다. 내 머릿속에는 나이 든 현자들의 힘 있는 말들이 들어 있었다. 이를테면 장 콕토의 말이 있다. "나는 나이 드는 게 좋다. 세월은 평온과 균형과 높이를 가져다준다. 우정과 일이 큰 자리를 차지한다." 또는 노벨 의학상을 수상한 리타 레비 몬탈치니의 말도 있다. "내게는 노년이 내 인생에서 가장 아름다운 시기이다." 『모리와 함께한 화요일』*에서 건져올린, 루게릭병으로 죽어가는 한 노교수의 말처럼, "늙는다는 건 그저 손상되는 것이 아니라 커지는 것이다." 내가 만나고 싶었던 것은 바로 이렇게 평화롭고 환하게 빛나는 노년의 얼굴이었다.

하지만 지금 나는 부끄럽다. 그런 얼굴을 그려낼 능력이 없기 때문이다. 글을 쓰면서 완전히 마비된 느낌이다. 시간을 앞질러 낡고 늙어버린 듯하다. 나는 언제나 인생에 신뢰의 눈길을 던져왔는데 이제 노년기에 접어드는 순간 고독의 유령이 나를 겁에 질리게 하고, 놀랄 정도로 예기치 못한 의기소침 상태에 빠뜨리고 있다.

나 자신을 알아보기 힘든 이 혐오스런 상태, 이 슬픔, 이 생기 없는 상태가 나로 하여금 글을 쓰지 못하게 만들고 있다. 내 책의 주제가 끊임없이 초연함과 고독의 문제로 돌아가게 한다는 건 안다. 그런데 지금으로선 그 문제를 다루기가 힘들다. 어느 정도 낙관적 태도나 열정을, 이번 여름에 증발해버린 '마음의 온기'를 되찾아야 할 것이다. 지금은 늙음

* 미치 앨봄, 『모리와 함께한 화요일*La Dernière Leçon*』(파리: 로베르 라퐁, 1998).

에 대한 생각을 할 때마다 칙칙한 세상으로 빠져드는 느낌이 든다. 내 동시대인들의 불안이 사무친다. 게다가 그들에게 늙음에 대해 어떤 생각을 하고 그것을 어떻게 바라보는지 물을 때 나는 그들의 눈길에서 두려움을 읽는다. 그들은 얼굴이 굳는다. 당혹스런 침묵 앞에서 나는 누구도 이 주제에 대해 말하고 싶어 하지 않는다는 사실을 깨달았다. 이것이 사람들을 맥 빠지게 하는 슬픈 주제인 것은 분명하다.

노인을 위한 나라

한 줄도 쓰지 못한 채 여름이 가버렸다. 그러다 두 가지 사건이 나를 다시 안장에 앉혔다. 첫 번째 사건은 카마르그에서 한 승마 산책이고, 두 번째 사건은 노인정신과 의사인 올리비에 드 라두세트와의 만남이다.

나는 예전에 손녀딸 마리가 열 살 생일을 맞으면 카마르그로 데리고 가겠다는 약속을 했다. 그곳은 내 할머니의 고향이다. 우리는 드넓은 하늘과 늪지대의 은빛 햇살, 흰빛 갈기를 지닌 말들이 있는 그곳을 좋아한다.

우리는 언제나 생트 마리 드 라 메르에 있는 카샤렐 호텔에 묵는다. 그 호텔은 50년 전에 시적인 영화로 만들어져 모든 아이들이 열광한 〈백마〉의 원작자 드니 콜롱 드 도낭의 아들, 플로리앙이 운영하고 있다.

그날 플로리앙은 말을 타고 우리를 자기 사유지가 끝나는 늪지대로 데려갔다. 달콤한 날씨였다. 햇살도 경이로웠다. 저 멀리, 몇 마리 홍학이 우아하게 물고기를 잡고 있었다. 평화로운 순간이었다. 우리가 탄 말들이 늪지대의 거무스레한 물속으로 들어갔다. 물이 튀면서 반짝였고 마리는 행복해했다. 나는 내 앞에서 안장에 몸을 꼿꼿이 세우고 앉은 어여쁜 마리를 보고 있었다. 그때 갑자기 내가 탄 말 플라망이 멈춰선 채 꼼짝하지 않았다. 이미 다리가 늪에 빠져 배까지 잠긴 것이다. 나는 플로리앙을 불렀다. 그는 깜짝 놀랐다. 그곳에 구덩이가 있는 걸 몰랐던 것이다. 마리를 물가로 데려간 뒤 그가 내 쪽으로 다시 왔다. 그는 자기가 할 수 있는 게 아무것도 없다는 사실을 바로 알아차렸다. 잘못하다간 그도 빠져들고 말 것이다. 우리는 할 수 있는 온갖 해결책을 생각해보았다. 그가 말했다. 말은 언제라도 빠져나올 것이다. 그렇다면 나는? 나는 내릴 수가 없었다. 물이 충분치 않아 수영을 할 수가 없었다. 가만히 누워서 물가에서 던져주는 밧줄을 붙들고 나올 수는 있을 것이다. 나는 여전히 진창에 빠진 말 위에 앉은 채 곰곰이 생각했다. 말은 천천히 숨을 가다듬고 있었다. 말이 하는 대로 내버려두면 어떨까? 플로리앙이 말했다. 그래요, 시도해봅시다! 안장을 꽉 잡아야 해요. 말이 구덩이에서 나올 때는 심하게 흔들릴 테니까요. 나는 그렇게 해보기로 결심했다. 세차게 두어 번 발길질을 하자 말은 이해했다. 녀석은 앞으로 첫 도약을 시도했고, 잠시 후 두 번째, 다시 세 번째 도약을 했다. 말이 뛰어오르면서 요동이 심했지만 나는 꽉 잡고 있었고, 마침내 우리는 물가에 이르렀다. 심장은 터질 듯이 두근거렸고 진흙을 온통 뒤집어썼지만 나는 구덩이를 빠져나온 것이 마냥 행복했다.

이날 저녁, 이 이상한 일화를 다시 생각하면서 나는 삶이 내게 커다란 교훈을 주었다는 걸 깨달았다.

말은 종종 꿈에서 힘과 활력의 상징으로 나타난다. 특히나 흰 말일 경우 그것이 상징하는 것은 정신의 활력이다. 융의 이론을 따르는 분석가들은 말에서 자기보존 본능의 형상을 본다. 나는 늙는 데 대한 공포라는 진창에 빠진 채 이미 늙어버려 앞으로 나아갈 수 없다고 생각했다. 하지만 이날 아침의 사건이 내가 내적 활력을 믿음으로써, 나의 '코나투스conatus'*를 믿음으로써, 내 삶을 신뢰함으로써 낙담의 진창에서 벗어날 수 있다는 걸 보여준 것이다.

카마르그에서 돌아오면서 나는 생기를 되찾은 느낌이 들었다. 나는 책 쓰기를 다시 시작했다. 서론에서 말했듯이 나는 이중의 도전을 해야 한다. 늙음을 이상화하지 말 것이며, 내 세대가 두려움을 뛰어넘고 빛을 향해 나아가듯 노년을 향해 나아가도록 돕는 것이다.

우리에게 점점 더 긴 인생이 가능해지고 있기 때문에 '녹슬지' 않고, 움츠러들지 않고, 드넓은 지평선을 간직하게 해줄, 비록 우리의 세계는 좁아질지언정 끝까지 생기 넘치는 사람으로 남게 해줄 내적 젊음의 열쇠를 찾자.

안장에 다시 자리를 잡고 나니, 다시 말해 늙음의 경험에 관해 할 말의 좌표를 되찾고 나니 올리비에 드 라두세트를 만나고 싶었다. 그는 언제나 정확하고 낙관적인 시선으로 늙음을 바라본 사람이기 때문이다. 그는 파리 5대학에서 노인심리학 강의를 하고 있으며, 자기 연구실에서 그의 표현에 따르면 '16세에서 90세에 이르는 젊은이들'을 맞이한다. 뿐만 아니라 알츠하이머병에 걸린 사람들을 위한 시설인 빌라 에피도르에서 진료도 하고 있다. 그가 내게 털어놓았다.

* 스피노자는 모든 존재에 내재하는 '자기보존본능'을 가리켜 코나투스라고 부른다. 코나투스에는 정념과 이성이 함께 섞여 있다. 모든 인간은 이 코나투스를 실현하려고 하는데, 그것이 바로 욕망이다. -옮긴이주

— 사람들은 자기를 기다리는 세월을 슬픈 시선으로 바라봅니다. 나는 그들에게 늙는 일을 당당한 승리로 경험할 수 있다는 얘기를 들려주지요.

내가 물었다.

— 승리라고요! 우리 사회가 그런 소리를 들을 만한가요? 너무도 비관적인 사회가 아닌가요?

— 하지만 점점 더 많은 사람들이 귀를 기울이고 있습니다. 그렇다고 그들을 설복했다고는 할 수 없지요. 그들에게 얘기를 하면 옳다고들 말합니다. 그러고는 5분 뒤에 전혀 상반된 말을 하지요. 그들이 아직은 이 사회를 지배하는 생각에 크게 영향을 받고 있다는 걸 느낄 수 있습니다. 우리 모두가 식물처럼 생을 끝내게 될 텐데 잘 늙는 게 다 무슨 소용이냐는 거죠!

올리비에는 그의 첫 번째 저서인 『잘 늙는 법*Bien Vieillir*』을 소개한 여성지가 하나도 없다고 말했다.

— 그 때문에 '늙는다'는 말이 외설에 가깝다는 걸 깨닫게 되었죠. 여성지들은 50세 미만의 가정주부들을 독자로 삼고 있으니까요! 3년 뒤, 두 번째 책 『젊음을 유지하는 비결은 머릿속에 있다』를 출간하자 『엘르』지가 찾아왔더군요.

— 아마도 베이비붐 세대의 압력이 작용했겠군요?

— 그렇습니다. 오늘날 60대에 대해서는 말할 수 있습니다. 사람들은 그들에게서 유혹과 젊음과 완숙미 같은 장점을 찾고 싶어 하지요. 아직은 여전히 몇몇 스타를 중심으로 한 캐리커처 성격이지만 그래도 자신과 동일시할 수는 있습니다. 10년 뒤에는 아무 문제 없이 70대에 대해 말할 수 있게 될 것입니다. 아직도 불가사의한 것은 사람들에게 노화가 진행과정으로 인지되지 않고 75세나 80세에 그들을 '습격' 하는 무언가로 지각된다는 점입니다. 50세에서 75세 사이에 무슨 일이 일어나는지 우리는 알지 못합니다. 사람들이 어떤 경험을 하는지 모르지요. 그들이 어떤 사람들인지도 알지 못합니다. 아마도 그들은 늙는 걸 겁내어 젊음을 연장하려고 애쓸 것이고, 불행한 일이 닥칠 거라고 생각하기 때문에 그다지 뛰어들고 싶지 않을 것입니다. 아마 지나치게 어리석은 짓만 하지 않는다면 75세나 혹은 80세까지도 건강을 유지할 수 있을 것이라고 생각했을 테고, 그 후로는 불행이 찾아오고, 그 한계를 넘어서면 그들의 실존권實存券이 심각하게 위태로워질 거라고 믿었을 겁니다.

— 어느 정도는 사실 아닌가요?

— 나는 단호하게 아니라고 말합니다. 75세를 넘어서도 여전히 건강을 지킬 수 있습니다. 기대수명이 늘어난다는 건

거동이 불가능한 상태가 아니라, 건강한 상태의 기대수명이 늘어나는 걸 말합니다.

— 하지만 모든 게 망가지는 때가 있잖아요. 심각하게 약해지는 순간 말이에요. 때로는 그런 시간이 길어지기도 하죠.

— 네, 그렇지만 그런 마지막 기간은 점점 더 늦게 찾아올 것이고, 점점 더 짧아질 겁니다. 우리는 건강한 상태로 더 오래 살고, 훨씬 뒤늦게, 더 빨리 쇠약해지지요. 따라서 끝나지도 않은 달리기의 끝을 겁내는 사람들을 안심시킬 필요가 있어요. 그것은 아주 간단한 수치로 알 수 있습니다. 전체 기대수명보다 건강기대수명이 더 빨리 늘어나고 있다는 사실로 확인할 수 있지요. 따라서 겁에 질릴 이유가 없습니다. 물론 잘 늙으려면 건전한 생활을 해야 하고, 운동을 하고, 잘 먹고, 활동적이어야 하며, 사회활동을 해야 합니다. 그리고 이런 생활은 75세에 가서 저절로 이루어지지는 않습니다. 60세부터 생각해야 합니다.

앞으로 100세까지 살게 될 거라고 말하면 사람들은 질겁합니다. 하지만 나는 그들이 부모 세대처럼 늙지 않을 것이라는 사실을 짚어줍니다. 그들은 먹는 방식이나 운동을 하는 방식에서 다른 삶을 살 선택의 여지가 있고, 치료를 받을 수도 있습니다. 예전에는 그럴 수가 없었지요. 문제를 이해하는 방식이나 여가생활의 중요도, 또는 즐기는 일에 그들이 부여하는 중요도는 예전과 같지 않습니다. 그들의 부모는 전쟁을 겪었고, 제대로 먹지 못했으며, 모두가 담배를 피웠고, 운동을 하지 않았습니다.

우리는 육체적 나이와 사회적 나이, 주관적 나이가 일치하지 않는다는 사실을 이해하지 못하는 사회에서 살고 있습니다. 우리가 '나이 든 사람'이라고 할 때 이 말은 매우 이질적인 작은 집단을 내포합니다. 55세에서 80세까지라는 나이 구분은 완전히 새로운 구분입니다. 새롭게 늙는 방식을 탐험하는 일은 우리 세대의 몫입니다.

올리비에 드 라두세트는 내가 이 책을 쓰기 시작할 때 가졌던 직관을 확인해주었다. 우리는 오키나와 섬의 백세 노인들에 대해 얘기했다. 올리비에는 마음은 늙지 않는다고 확신하고 있었다. 긴 인생 끝까지 우리가 진실로 정서적인 격정을 경험할 수 있으며, 일부는 성생활도 유지할 수 있다는 것이다.

— 성생활은 우리가 상상하는 것보다 훨씬 생생히 살아있습니다. 균형 잡힌 건강과 장수의 요인이기도 합니다. 양로원을 보세요! 그곳에서 성생활은 철저히 금지된 주제이지만 가슴 뭉클한 현실이기도 합니다. 그곳엔 다정한 끌림도

있고, 사랑의 격정도 있습니다. 치매에 걸린 환자들에게서조차 확인할 수 있지요. 양로원 직원들은 거주자의 사생활을 비교적 잘 받아들입니다. 가장 못 받아들이는 건 가족이지요. 혼자가 된 아버지가 어떤 부인을 만나면서 손을 잡고 입을 맞추면 자식은 거북해하면서 두 사람을 떼어놓기 위해 압박을 가합니다! 자식의 이러한 태도는 부모의 성본능을 생각할 때 우리 모두가 겪는 어려움을 말해주지요.

올리비에는 이어서 말했다.

— 사람들은 어느 나이가 되면 모든 게 지긋지긋해지고 인생의 의미를 잃고, 더 이상 무엇으로도 행복하지 못할 거라고 상상하지요. 잘못된 생각입니다. 이런 생각을 하는 사람들은 나이가 들면서 자신의 정서도 변한다는 사실을 미처 생각하지 못하는 겁니다. 젊었을 때 별것 아니던 어떤 것들은 나이가 들면서 중요성을 띠게 되지요. 이를테면 어린아이의 미소가 그렇습니다. 85세의 사람에게 어린아이의 미소는 마흔 살에 별 세 개짜리 근사한 식사만큼의 가치가 있지요. 나이가 들면서 우리는 젊었을 때와 같은 시공간에 있지도 않고, 같은 기준도 갖고 있지 않습니다!

— 나이 들어서도 행복해하는 사람들을 많이 만나십니까?

— 물론입니다. 어떤 이들은 20년 전보다 지금이 더 행복

하다고도 말합니다.

— 그렇다면 왜 많은 노인들이 자살을 하는 걸까요? 프랑스의 노인 자살률이 세계에서 가장 높다는 걸 보여주는 끔찍한 수치가 생각나는군요.

— 우리가 늙어서도 행복할 수 있다는 사실이 모든 노인이 행복하다는 걸 말해주지는 않습니다. 그것과는 먼 얘기지요. 노인들은 고독과, 혹시 있을지도 모르는 학대보다도 사람들이 그들에게 던지는 시선 때문에 고통받습니다. 그들은 쓸모없고 투명한 인간이 되었다는 비참한 느낌을 받지요. 그들을 사회의 짐으로 바라보는 눈길을 어떡해서든 불식해야 합니다.

나는 사회의 골칫거리가 될까봐 겁내는, 우리 모두가 지닌 두려움에 대해 짤막하게 얘기했다. 올리비에 드 라두세트는 경제적인 전망이 우리가 생각하는 것만큼 어둡지 않다고 말했다. 먼저, 노화와 관련한 지출은 가족수당이나 교육, 실업 등의 다른 사회비용을 줄임으로써 보상될 수 있을 것이다. 아이를 낳고, 교육받고, 일하는 나이의 활동인구 수가 점점 감소하고 있기 때문이다. 또한 앞으로 노화와 거동불능상태를 관리하는 데 필요할 일자리 광맥도 잊지 말아야 한다. 마지막으로, 노인들은 최고의 소비자들이며, 자식과 손자들에게 관대하기로 유명하다.*

쓸모없는 인간이 되었다고 느끼는 노인들의 감정에 대해 올리비에가 힘주어 말했다.

— 우리는 노인들에게 도움을 청할 줄 알아야 하고, 자비와 지혜, 시간과 맺는 관계와 영성靈性 등, 그들이 우리에게 가져다줄 수 있는 모든 것을 배워야 합니다. 노인 자살률이 가장 낮은 나라들, 가톨릭 국가 아일랜드, 그리고 영국과 북구의 나라들은 은퇴한 노인을 책임지는, 제대로 된 정책을 펴고 있습니다. 이런 나라들에서는 '늙은이들'도 설 자리가 있지요. 세대 간의 연대의식도 존재합니다. 프랑스에는 고령에 대한 진지한 정책도 없고, 노년에 대한 사회의 비전도 매우 부정적입니다. 우리나라가 성령강림 월요일**을 어떻게 다루는지 보세요! 정말 화나는 일입니다! 용기 없는 정치인과 노조원, 그리고 개인과 교회를 보세요! 어찌 절망하지 않을 수 있겠습니까?

*『르몽드』에 실린 클레르 가티누아의 글은 60세부터 79세 사이 연령의 84퍼센트가 재정적 문제를 겪지 않고 있다고 주장한다. 그들은 "경제적 차원은 물론, 문화적 차원에서도 안락한 삶의 원천"이다. 60세 이상 노인이 프랑스 경제에 기여하는 정도는 연간 750억 유로로 추산된다. **2003년 여름 프랑스에서 혹서로 인해 만 오천여 명의 노인이 사망하는 사고가 발생한 이후, 프랑스 정부는 휴무일이던 성령강림 월요일 하루를 근무일로 바꿈으로써 이날 노동의 대가로 무의탁 노인들과 장애인들을 돕는 기금을 모으는 '연대의 날'로 정했다. 저자는 이에 대한 각계의 비협조적인 반응에 대해 언급하고 있다. – 옮긴이주

나는 말했다.

— 사실 프랑스는 의학기술도 좋고, 기후, 경제, 문화 요인도 장수에 유리해서 사람들이 오랫동안 늙어갑니다. 하지만 늙는 것을 행복해하지는 않습니다! 싫지만 할 수 없이 늙어가는 느낌이지요!

올리비에가 말을 마무리 지었다.

— 그렇습니다! 제가 보기에 노인들의 자살은 사회 속에서 자신의 자리를 보지 못하는 그들의 고통을 반영하고 있습니다. 우리의 '늙은이들'이 무언가에는 가치가 있으며, 아직 쓸모 있다는 감정을 간직하게 하려면 어떻게 해야 할까요? 그들이 덜 거부되고 좀 더 사랑받는다고 느끼게 하려면 어떻게 해야 할까요?

올리비에와 헤어지면서 나는 미래가 우리가 생각한 것만큼 어둡지 않을 것이라는 느낌이 들었다. 우리는 지금보다 더 오래도록 늙어가겠지만 더 잘 늙을 것이다. 그러기 위해서는 이 인생의 후반기에 대해 조금 더 긍정적인 이미지를 세워야 할 것이다. 두려움과 맞서 극복해야 할 것이며, 불행한 노년을 예방하기 위한 정책을 머리를 맞대고 짜내야 할 것이다. 마지막으로, 늙는 '작업을 함으로써' 노화와 죽음의 도전에 맞서 싸우는 일은 우리의 몫이 될 것이다.

세대 간의 전쟁

볼린스키*의 한 만화**는 선술집에서 포도주를 한 잔씩 두고 파안대소하며 행복해하는 건강한 노인들을 보여준다. 그 옆 탁자에는 어깨가 구부정하고 슬픈 얼굴을 한 청년들이 있다. 한 아이가 이 장면을 설명한다. "70세면 인생이 시작되는 나이죠! 나이 많은 사람들은 남은 시간을 누리며 삽니다. 운동도 하고, 여행도 하고, 과거를 애

* 프랑스 시사만화가. – 옮긴이주 ** 『파리 마치』, 2006년 8월 10~16일자.

기하며 웃습니다." 하지만 "아이들은 웃지 않는다"고 소년은 말한다. "그들의 미래는 앞날이 암담한 청년이 되는 것이 고작이기 때문이죠. 청년들을 보세요. 침울한 얼굴에 면도도 제대로 하지 않고, 셔츠는 바지 밖으로 삐져나와 펄럭입니다. 그들은 더 이상 책을 읽을 수도, 자기표현을 할 수도 없지요……. 그들의 여자 친구들은 시커먼 차림에 문신을 하고 피어싱까지 했고요." 아이가 결론을 내린다. "어서 노인이 되고 싶은 제 마음을 아실지 모르겠군요!"

볼린스키는 이 새로운 젊은 세대를 섬세하게 포착했다. 생기 넘치고 걱정 없이 세계 곳곳으로 단체여행을 다니며 안락한 삶을 누리는 이 "즐거운 할아버지와 할머니"들은 인생의 세 번째 시기를 위해 클럽에서 취미활동을 하고, 엄청난 양의 노화방지 크림을 소비한다.

사실 우리 세대는 젊음을 유지해야 한다는 강박관념을 지니고 있다. 화장품회사 및 제약회사와 식품회사 등은 이 사실을 잘 안다. 그들은 노년층의 두려움이 낳은 거대한 시장을 공략한다. 노년층은 돈이 있다. 따라서 그들은 잠재적 수입의 원천이요 지갑이다. 한마디로 말해 소비자다. 『해일처럼 몰려오는 노년의 물결을 잡아라』 또는 『노년층을 유혹하기 위한 황금법칙』 등은 최근에 출간된 장 폴 트레게의 마케팅 저서 제목이다. '실버 마케팅'이라는 이름으로 불리는 것들 말이다. 우리는 늙고 싶지 않고, 그리고 이제 그럴 재력도 갖추고 있다. 로레알의 '플레니튀드 시리즈' 광고가 보여주듯 우리는 노화의 진행을 늦출 수 있다. "밤사이 강력히 재충전된 피부가 탄력 있게 깨어난다." 따라서 우리는 우리 몸에 갖가지 기회를 부여함으로써 장수에 영향을 미친다. 몸이 너무 빨리 짓눌리지 않고 녹슬지 않도록 피하는 것이다.

과학은 이제 어떻게, 그리고 왜 우리의 세포가 고장을 일으키고 산화되는지 더욱 잘 안다. 칼로리 제한이 장수에 미치는 영향도 확인되었다. 그로부터 우리 세대는 결론을 이끌어내었다. 적게 먹고 잘 먹는 것이다. '섭생법'이라는 말도 나오고 있다. 물을 마시고, 담배와 커피와 술을 끊고, 동물성 지방을 줄이고 좋은 기름(올리브유, 유채씨유, 생선 지방)을 소비하며, 콜레스테롤을 빨아들이는 스펀지와도 같은 과일(특히 사과)*과 채소를 선호한다. 이 합의된 규칙은 우리가 절제해서 적포도주를 마시고 초콜릿을 먹을 수만 있다면 그만큼 더 쉽게 받아들일 수 있다. 타닌이 많이 든 적포도주에

* "하루에 사과 한 알을 먹으면 의사를 볼 일이 없다"는 영국 격언을 우리는 알고 있다.

는 심장병 환자를 보호하고 생명을 연장해주는 레스베라트롤이 함유되어 있다. 우리는 또한 '자디스 에 구르망드' 초콜릿 가게 주인 이츠반 델리아시가 내게 확인해주었듯 마그네슘과 신경계 자극물질과 소량의 세로토닌이 함유되어 있는 다크 초콜릿이 스트레스 해소제라는 것도 안다. 초콜릿이 뇌의 천연 아편성분인 엔돌핀을 생성하고 노화의 진행을 늦추는 항산화물질을 함유하고 있다는 사실도 안다. '항노화 초콜릿'이 시장에 등장한 것도 이미 보았다. 실버 마케팅이 번성하고 있다는 증거다.

장수는 소식小食과 식이요법에 달린 것이기도 하지만, 규칙적인 운동 또한 큰 영향을 미친다. 우리는 많이 걷고, 자전거를 타고, 좋은 신발을 신고 달리고, 체조를 하고, 요가를 하고, 승강기를 타지 않고 계단을 오르면 더 잘, 더 오랫동안 살게 되리라는 걸 안다.

마지막으로 머리가 좋아지는 알약, 피부 아래 심는 칩, 장기 교체 등 우리의 수명을 연장해줄 갖가지 과학적 기적도 언급된다. 장수가 앞으로 응용연구의 주요 테마가 될 것은 분명하다. 장수산업은 막대한 경제적 이윤을 창출할 것이다.

조엘 드 로스네는 그의 저서 『덤으로 얻은 삶』에서 이 문제를 흥미롭게 다룬다. 그는 장수 관련 제품을 생산하고 상업화하기 위해 미국에서 이미 수십 가지 분야가 창업되었다는 사실을 알려준다. 어떤 기업들은 백세 노인들의 유전자를 연구함으로써 장수 유전자를 찾고 있다. 예방 또한 연구 분야다. 벨기에의 프로비옥스 연구소는 인체의 주요 분자들의 산화상태를 점검하는 방법을 찾아냈다. 간단한 피검사로 쉽게 할 수 있는 방법이다. 우리 몸이 너무 산화되지 않았는지, 너무 녹슬지 않았는지 진단이 가능해 식이요법, 운동 등의 처방을 내리고 어떤 약을 피해야 하는지 알려줄 수 있다.

그런가 하면 우리는 축소시킨 의료정보를 담고 있거나 신진대사의 이상에 반응할 칩, 즉 땀의 구성분과 심장박동, 혈압을 체크하는 '지능성 섬유'*를 피부 아래에 집어넣게 될지도 모른다. 심장박동 신호를 감지해서 즉각 방전 신호를 보낼 미니 심근수축치료기 같은 임플란트 기기를 심게 될 것이다. 미국의 일부 특권층들은 이런 기기를 이미 몸에 지니고 있다.

자동차 부품을 갈아 끼우듯 낡은 신체기관들을 교체하게 될 것이다. 혹은 인간 배아의 줄기세포를 이용해 그 기관을

* 조엘 드 로스네 외, 『덤으로 얻은 삶』, 79쪽.

재생하는 것도 가능하다. 또는 피부세포를 떼어내 '특수성을 제거' 한 뒤 특수 부위 세포(근육, 뼈, 심장 세포 등)로 변형시킬 것이다. 이러한 "세포공학 기술은 엄청난 희망을 의미"* 한다. 미래에는 간편하게 기관들을 몸에서 다시 자라나게 만들 것이다.

보험회사와 제휴한 제약회사들과 자신의 몸에 대한 '관리 계약'을 맺는 것도 상상해볼 수 있다. "집에서 머리카락 한 가닥이나, 피 한 방울, 또는 뺨 안쪽 세포를 가지고 생체 검사를 한 다음 그 결과를 건강관리센터로 보낼 수도 있을 것이다. 전화를 이용한 방문의료 서비스가 생존을 보장해줄 것이다."** 이런 말을 덧붙이면서 조엘 드 로스네는 이 같은 예방이 지나친 호사는 아닌지, 그리고 이런 유형의 관리계약이 일반화될 선진국과 마실 물이 부족하고 치료를 받을 수 없어 여전히 사망률이 높은 개발도상국 사이의 엄청난 간극에 대해서도 의문을 품는다.

이 모든 것은 매혹적이면서도 동시에 끔찍하다. 우리는 미래의 노인들의 끔찍한 나르시시즘을 상상해볼 수 있다.

*같은 책, 83쪽. **같은 책, 74쪽.

그것이 우리의 모습이 될 것이다. 보철기구를 잔뜩 달고, 우리의 위치를 의사에게 알리고 이런저런 호르몬을 분비하고, 심장이 약해지면 전기를 발생할 칩을 곳곳에 장착한 모습 말이다. 그렇다면 우리는 진짜 기계가 될 뿐 아니라, 우리의 체형과 외모에 강박적으로 사로잡혀서 오직 우리 자신과 우리 몸의 신성한 관리에만 몰두하게 될 것이다. 이러한 발전은 부유한 퇴직자와 가난한 퇴직자 사이의, 그리고 노인과 젊은 세대 간의 골을 더 깊어지게 할 뿐이다.

볼린스키 만화 속의 소년이 그토록 부러워한 이 '새로운 시기'는 도무지 걱정이라곤 없고 이기적인 쾌락의 시간으로만 축소될 수 없다. '젊음을 유지하는 것'이 우리에게 달린 일이라면, 다시 말해 우리의 사는 방식과 육체적 건강에 달린 일이라면, 두 암초를 피하는 일 또한 우리의 책임이다.

첫 번째 암초는 젊은 세대와 난절되는 것이다. 이는 볼린스키가 제대로 파악한 내용이다. 일자리를 찾고 안정된 삶을 마련하는 데 그토록 어려움을 겪는 젊은이들 앞에서 안락함을, 한가로움을 펼쳐 보이는 태도는 어딘지 부적절한 구석이 있다. 우리의 베이비붐 세대는 30년의 영광*을 누렸으며, 아마도 은퇴를 위해 마련된 제도를 넉넉하게 누리게 될 유일한 세대일 것이다.

나는 최근에 한 식당에서 몇몇 청년들의 대화를 듣게 되었다. 그들은 불안정한 일자리와 주거지를 찾는 어려움에 대해 얘기하고 있었는데, 그러다 대화는 옆자리에서 떠들썩하게 얘기하는 한 무리의 노인들이 드러내는 거만함과 이기심에 그들이 느끼는 짜증 쪽으로 흘러갔다.

볼린스키는 틀리지 않았다. 젊은이들은 미래에 대해 불안해하며, 우리가 그들에게 비추는 황금빛 이미지를 견디지 못한다. 세대 간의 허약한 균형이 곧 무너질 것이고, '젊은이들이 노인을 위해 희생을 치러야 할 것'이라고 사방에서 거듭 말해대기 때문에 더욱 견디기 힘들다.

두 번째 암초는 강박적으로 젊음을 유지하려다 해야 할 일을 놓치게 되는 것이다. 노년과 죽음을 준비하는 작업 말이다. 영원한 젊음의 신화는 우리가 늙는 것을 받아들이고 때가 되어 죽을 줄 아는 데 방해가 될 수 있다.

노년의 황금기를 어떻게 살면 위에서 말한 암초들에 걸리지 않을까? 과학의 발전을 누리면서, 어떻게 하면 눈뜨고 봐주기 힘들 정도로 비감한 '젊은 취향'에 갇히지 않고, 가

* 1945년부터 1974년 사이에 대개 OECD 가입국을 중심으로 선진국이 누린 경제적 호황기를 일컫는다. – 옮긴이주

능한 오랫동안 건강한 상태로 남아 있을 수 있을까? 어떻게 하면 길어진 수명을 잘 활용해서 늙음이라는 마지막 임무를 수행할 수 있을까? 요컨대 문제는 다른 사람들에게나 자기 자신에게나 부담이 될 정도로 삶을 연장하는 데 있는 것이 아니라, 남아 있는 시간을 한껏 누리도록 내적 젊음을 부여할 열쇠를 찾는 데 있다.

관점 바꾸기

한 해에 수백 명의 노인들을 만나는 올리비에 드 라두세트의 생각은 분명하다. 사람들이 늙는 걸 두려워하는 것은 우리가 그들에게 던지는 눈길에서 고통을 받기 때문이라는 것이다. 그들은 추하고, 쓸모없고, 사회에 짐이 된다는 느낌을 받는다. 따라서 무엇보다 우리가 노인들에게 던지는 시선을 바꾸는 것부터 시작해야 한다. 그러고 나면 우리를 떠나지 않는 두려움을 약화시키기 위해 우리가 할 수 있는 일이 더 잘 보일 것이다.

아프리카와 아시아에서 노인들은 자연스레 풍경의 일부

가 되는데, 우리 서양 사회는 노인들을 숨긴다.* 그저 노인들이 추하다고 여기기 때문이다. 예전에 주름투성이 얼굴의 노인들을 '신비스런 빛 가운데' 보여주던 흑백 사진들이 오늘날엔 아주 건강한 노인들의 컬러 사진으로 대체되었다. "혈색 좋고 치아도 하얗고, 구레나룻이 반백인 슈퍼 파피·마미가 언제나 화창한 날씨의 푸른 초원에서 자전거를 타거나 여행을 하며 환하게 웃는다. 65세 이상의 쭈글쭈글한 노인은 그저 조용히 있어야 한다." 다큐멘터리 영화 〈그들은 이제 막 여든이 되었다〉를 만든 사뮈엘 볼랑도르는 나이 든 사람들을 보여주고 그들에게 말할 기회를 준 자기 영화를 어떤 텔레비전 채널도 방영하지 않았다고 말했다. 그의 의도는 인간이 인생의 네 번째 시기에 접어들어 피할 길 없이 쇠약해지고 상실감에 빠지는 이미지로 시야를 가로막으려는 것이 아니다. 이 시기는 자연히 질병과 추함, 정신적 쇠약과 고립, 그리고 권태와 무용성과 연계되어 있다. 노인은 고독

* 노년의 이미지에 관한 2006년 10월 14일 기사에서 『라 크루아』지의 아르멜 카니트로는 "프랑스가 자기 나이를 속이고 있다"며 문제를 제기한다. 신문이 나이 많은 사람들의 사진 싣기를 꺼린다는 사실을 확인하고서 그녀는 이렇게 쓰고 있다. "프랑스 사회에 대해 미디어가 보여주는 이미지만 접한 외계인이라면 프랑스에는 어떤 개인도 70세의 봉우리를 넘어서지 못한다고 주저없이 결론내릴 것이다. 그렇지만 노인 열 명 가운데 한 사람이 75세를 넘기는 것이 오늘날의 현실이다!"

하고 건강도 나빠서 곧 죽을 것이다. 그리고 생산적인 일을 전혀 하지 않기에 기운도 없어지고 말수도 준다. 정치적 무게가 전혀 없어 권리도 내세우지 않고, 자기 목소리를 내지 않아서 사람들은 그를 더 이상 존재하지 않는 것처럼 간주한다. 나이 든 사람들의 비애가 바로 여기서 온다. 늙고 약해진 것에 대한 수치심, 더 이상 사랑스럽지 않으며 타인에게 불쾌감과 두려움만 준다는 느낌 말이다.

미용실에서 내 옆에 앉은 여든의 여성의 경우가 바로 그랬다. 그녀는 막 브러싱을 끝냈다. 나는 곁눈으로 그 손님을 살폈다. 아주 호리호리하고, 세련되게 옷을 입은 기품 있는 부인이다. 그녀의 얼굴은 섬세하고 주름이 져 있다. 용모가 단정하고 옆모습이 우아하다. 나는 속으로 생각한다. "정말 예뻤겠다!" 이런 생각을 하면서 나는 왜 지금은 그녀가 예쁘지 않은지 생각해본다. 그녀의 슬픈 표정과 불안이 가득 실린 커다란 눈이 거울에 비쳐 보인다. 그녀는 너무도 무거운 한숨을 내쉬면서 푹 꺼진 뺨을 토닥이며 나지막이 중얼거린다. "난 이제 얼굴이 없어."

그때 나는 이 똑같은 얼굴이 기쁨에 반짝이는 눈과 멋진 미소로 환하게 빛난다면 어떨지 상상했다. 90대 나이에 도브 화장품 모델이 된 아이린 싱클레어의 얼굴처럼, 주름졌지만 눈부시게 환한 얼굴이라면 어떨지.

그러자 나는 무엇이 부족해서 노인들이 아름답지 못한지 깨달았다. 그들에게 부족한 건 매끈한 피부와 통통한 뺨이 아니라, 마음의 젊음과 기쁨이다.

그렇지만 숱한 잡지와 책 등이 젊음을 유지해야 한다는 당위성만 강조하는 한* 우리는 하나같이 암울한 두 가지 관점 가운데 하나를 선택할 수밖에 없다. 노화를 늦추기 위해 쉬지 않고 근육을 단련하고, 발전된 화장술과 성형술에 도움을 구하는 것, 그래서 허울뿐인 젊음을 유지하는 것, 그도 아니면 체념하고 숨는 것.

우리의 눈길이 겁에 질린 채 젊음의 미학적 기준에 고정되는 한, 자신의 이미지 즉 타인들이 자신에게 던지는 눈길에 사로잡히지 않을 놀라운 자유를 발견함으로써 자기도취에서 벗어나는 혁명을 일으키지 않는 한, 우리는 더 이상 사랑받지 못하고 타인에게 혐오와 두려움만 불러일으킨다는 감정에 몸서리치며 늙어갈 것이다.

내 생각엔 마음의 눈으로 보도록 우리의 눈길을 훈련하

* 예전에 나는 노년을 위한 한 주간지에서 나를 웃게 만든 광고를 오려낸 적이 있다. 요실금 관련 제품을 사용하는 여성이 서른 살밖에 안 돼 보였기 때문이다.

는 편이 한결 똑똑하고 성숙한 태도로 보인다. 그렇게 되면 아마도 노년의 얼굴이 우리에게 자연스러워 보이지 않을까. 더욱이 부러워할 만한 얼굴이 될 수도 있지 않을까.

'늙은 몸'의 문제를 다룬 세미나*에서 미술사학자 다니엘 블로흐는 서양미술에서 나이 든 남녀의 몸을 표현한 슬라이드를 보여주었다. 참으로 쳐다보기 힘든 이미지들이었다. 주름지고 축 늘어진 살, 이빨 빠진 입, 호수처럼 젖어 있거나 벌건 눈을 한 나체의 늙은 몸. 끔찍한 리얼리즘이었다. 객관적인 몸, 물질성이라는 관점에서 볼 때 늙음은 당연히 추하다.

이 세미나에 초대받은 전문가들은 괴로워했다. 나 역시도 괴로웠다. 한두 사람만 빼고 우리는 모두 60세를 넘긴 사람들이었다. 우리에게는 마치 거울을 들여다보듯이, 어쩌면 이미 우리 자신의 모습일 수도 있고, 혹은 머지않은 미래의 우리 모습일 이미지들이 제시되었던 것이다. 저 주름진 얼굴이, 팔 아래로 축 늘어진 저 피부가, 저 벗겨진 머리가, 저 물컹한 배가, 정맥류가 불거진 저 다리가 나란 말이야? 도

* 에자이 재단의 제5회 세미나, 2007년 4월 5일 목요일.

대체 시들어가는 몸 앞에서 느껴지는 이 같은 비애를 극복하고 변화된 자신의 이미지를 받아들일 수 있을까?

아마도 우리 몸의 객관적인 아름다움은 단념해야 할 것이다. 우리 몸은 낡아갈 것이다. 그건 분명한 사실이다! 제아무리 성형기술과 화장술과 위생학이 발전하더라도, 아무리 운동을 하고 음식에 신경을 쓴다 할지라도 그렇다. 아름다움의 소멸을 피할 길은 없다.

우리는 무언가 잃는 것을 받아들일 때 다른 것을 얻게 된다. 이것이 단념의 역학이다. 위로를 하려고 하는 말이 아니라 실제로 그렇다. 그런데 우리는 이 사실을 잊는다. 따라서 나는 우리가 주름과 늘어진 피부를 인정한 채 자신을 사랑할 수 있다고 진심으로 믿는다. 그러면 우리는 자기도취로 인한 상처에서 치유될 것이고, 타인들은 우리에게서 또 다른 아름다움을 보게 될 것이다.

발표에 이어진 토론시간에 철학자 베르트랑 베르즐리가 질문했다. "노인의 아름다움을 표현한 건 없을까요?" 대답은 부정적이었다! 서양은 몸과 관련해서는 인간에게 모든 게 헛되다는 사실을 상기시키려는 듯 끔찍한 표현만을 선택한 것 같았다. 그러자 베르즐리는 동양에서는 몸을 보여주는 것이 아니라, 세월의 흔적은 남았지만 충만을 표현하는 얼굴을 보여준다고 지적했다. 그는 인도의 힌두교 수행자들인 사두 노인들의 멋진 얼굴, 중국 노인들의 평화로운 얼굴, 성상聖像들의 빛을 예로 들었다. 성상들은 부패하는 외적 몸만이 아니라 내면의 몸에 대해 말해준다. 그리고 물리적 몸의 존재론적 분신인 빛의 몸을 경험할 수 있다는 것을 가르쳐준다. 명상과 침묵을 수행하는 인도나 중국의 노인들 역시 이러한 몸을 경험한다. 그래서 그들의 얼굴이 그토록 우리를 매료시키는 것이다.

그의 말을 듣다 보니 도브의 노화방지 제품을 위한 광고가 머릿속에 떠올랐다. 아이린 싱클레어가 주름진 얼굴로 포즈를 취하자 얼굴에 환한 미소가 번진다. 그 이미지를 보면 이런 의문이 든다. "쭈글쭈글한 거야, 환하게 빛나는 거야?" 바로 이것이 우리가 물질성(쭈글쭈글한)과 육체성(자기 몸 안에 존재하는 방식, 여기서는 '환하게 빛나는')을 구분해야 함을 한마디로 요약해 보여준다.

이 광고는 사실 해당 브랜드 제품의 소비를 촉구하는 것 이상의 얘기를 들려준다. 그것은 우리가 가야 할 길을 제시해준다. 물론, 나이가 들면서 우리는 젊은 피부를 포기하고 주름살을 받아들여야 한다. 하지만 정서적 젊음이라는 또 다른 아름다움에 다가갈 수 있다. 우리는 기쁨으로 눈부시게 빛날 수 있다. 그럴 경우는 육체성이 물질성보다 우세하다. 따라서 늙은 남자 혹은 늙은 여자라는 자신의 이미지를 받아들이는 것이 가능해진다. 모든 것은 마치 육체적 변화가 심적 장치로 하여금 점차 이 변화를 받아들이도록 강요하는 것처럼 이루어진다. 이 단계를 정신분석학자 제라르 구에스는 반 농담 삼아 '주름기'라고 부른다.

2005년 10월, 패션디자이너 존 갈리아노는 2006년 봄-여름 패션쇼를 위해 나이 든 모델을 썼다. '엘리트'와 같은 모델 중개소들은 65세에서 100세까지 나이 든 모델의 파일을 내놓는다. 파일 사진마다 활기로 반짝이는 눈과 윤기 나는 회색 머리카락, 당당하게 고개 든 얼굴을 볼 수 있다. 세월의 흔적이 남아 있지만 저마다 개성이 있다. 나이 든 소비자는 그 모델과 자신을 동일시할 수 있을 것이고, '젊은' 소비자는 그 모델처럼 늙고 싶다는 생각을 할 것이다.

다니엘 블로흐가 제시한 슬라이드 가운데 한 이미지가 특별히 나의 관심을 끌었다. 1994년도에 제작된 앙드레 세라노의 작품이었다. 나이 든 두 연인이 벌거벗은 채 마주 보고 있었다. 쇠약한 육체와 노화의 흔적 때문에 차마 쳐다보기가 힘든 것이었다. 그렇지만 두 연인은 자신들의 볼품없는 몸을 전혀 의식하지 못하고 있는 것 같았다. 그만큼 그들은 살아 있었으며, 함께 있다는 기쁨을 느끼고 있었다. 노화가 우리로 하여금 더 이상 우리 몸을 자기도취적인 시각으로 바라보지 못하게 만들지만 더 젊었을 때도 그랬듯이 우리의 몸과 더불어 사는 법을, 살아 있는 기쁨을 느끼도록, 다른 피부와 맞대었을 때 감미로운 접촉을 느끼는 법을 배우게 하는 순간이 있지 않은가?

세미나를 끝내고 돌아오는 길에, 제시되었던 이미지들을 다시 떠올리면서 나는 늙은 몸을 감추는 것이 자신과 타인을 훨씬 존중하는 태도라고 생각했다. 그러면서 나는 일 년 내내 하루도 빠지지 않고 이외 섬의 해변에서 발가벗고 해수욕을 하는 늙은 여인을 생각했다. 그녀는 해변에 거의 아무도 없는 아침 일찍 와서 바위 뒤에서 조용히 옷을 벗었다. 나는 바닷물이 살갗에 닿는 감촉을 느끼는 기쁨을 잃고 싶지 않은 그 마음을 이해한다. 이 여성은 자기 몸이 더 이상 봐줄 만하지 않다는 사실을 받아들였다. 그녀가 조심하는 건 단지 부끄러움 때문이 아니라 즐겁지 않은 광경을 타인들에게 면제해주기 위해서였다. 그러면서 동시에 그녀는 계속해서 자기 몸을 경험하고 기쁨을 느끼고 싶어 했던 것이다.

우리는 노화를 감추는 세태에 대해 투덜거리면서도 다른

한편으로는 그 추함을 감추고 싶어 한다. 이 모순은 위에서 말했듯이 '우리가 지닌 몸'과 '우리 자신인 몸'을 분명히 구분하게 한다. 자기 자신과 타인을 생각해서 감추는 게 나은 것은 분명히 '우리가 지닌 몸'이다. 하지만 '바로 우리 자신인 몸'은 이 늙은 몸의 은폐 속에서 사라질 위험이 있다. 나이 든 남녀의 '육체성'은 어떻게 보여줄 수 있을까? 그들이 자기 몸과 더불어 사는 방식을 어떻게 보여줄 수 있을까? 왜냐하면 늙은 몸을 가졌다고 해서 자기 몸과 더불어 행복할 수 없는 것도 아니요, 그 몸을 통해 기쁨을 느끼지 못하는 것도 아니기 때문이다.

오늘날 '가난한 사람들의 작은 형제회'나 '방문 도우미'와 같은 단체들이 사람들의 생각을 바꾸기 위해서는 늙음의 이미지 자체를 바꾸어야 한다는 사실을 깨달은 건 참으로 다행스런 일이다. 이 단체들은 늙음을 보여주는 것이 수치스런 일이라는 생각을 깨뜨리기 위해 히엔 람 둑과 같은 사진작가들에게 도움을 청했다. 늙음을 이상화하려는 것이 아니라 있는 그대로 보여주려는 것이다. 얼굴은 언제나 영혼의 상태를 반영한다. 늙음을 보여주는 것은 경험과 감정에 익숙한 노인들을 보여주는 것이다. 그들의 얼굴에는 삶의 깊이가 담겨 있다. 그 얼굴에서는 그들의 애정생활과 고독과 피로도 읽을 수 있지만, 그들의 격정과 욕망도 읽을 수 있다. 다만 형태가 바뀌었을 뿐, 그들에게도 욕망은 여전히 있다. 다정한 몸짓이 유혹을 대신할 뿐이다.

히엔 람 둑의 사진이 흥미로운 것은 우리가 나이 든 사람과 맺을 수 있는 관계가 노인의 얼굴에 고스란히 드러나기 때문이다. 관심과 존중, 그리고 다정함이 온전히 배어나오는 것이다.

50여 장의 흑백 사진이 실린 멋진 책, 『오직 너와 새뿐』* 은 노년의 아름다움을 찬미한다. 이 책의 저자 미셸 보니는 스물두 살이다. 그는 파리 외곽의 탕플 지역에 위치한 8평방미터짜리 다락방에서 살고 있다. 그는 집과 연극 수업을 받는 곳, 그가 공연을 하는 서커스 공연장을 오간다. 그의 이웃은 92세의 할머니인 이본으로, 그녀와 그는 보기 드문 우정을 맺고 있다.

"아흔두 살의 이본은 대부분의 시간을 방에서 책을 읽고, 글을 쓰고, 라디오를 듣고, 식사 준비를 하는 데 보냈지요. 그녀는 하느님을 향한 기도를 올리지 않을 때면 코르네유*

* 미셸 보니, 『오직 너와 새뿐*Il n'y a que toi et les oiseaux*』(파리: 랑세, 1998).

의 긴 대사나 랭보의 시에 대해 몽상하고 암송했습니다. 글이 멋져서이기도 하지만 기억력 훈련을 위해서였죠. 그녀는 신자이지만 오래 전부터 하느님의 집은 사람의 마음속에 있다고 생각하고 있었죠."

미셸 보니의 사진들은 주름살과 흰 머리와 쇠약한 몸을 보여주지만, 매우 기품 있는 노부인의 숭고함과 유머도 보여준다.

그는 두 사람이 우정을 맺어온 10년 동안 그 사진들을 모아왔다. 그러다 어느 날 가까운 지인들에게 그것을 보여주다가 그 사진들이 "드골 같은 사람('늙음은 난파다')과, 모리악과 같은 사람('아름다운 노인은 없다'), 그리고 나이 든 사람들 앞에서 불쌍히 여기거나, 겁먹거나, 고개를 돌리는 모든 사람들에게 던지는 가장 준엄한 반박"**이라는 사실을 깨달았다.

사진에 덧붙인 글은 저자를 내면 깊이 바꿔놓은 이 우정의 특별함을 증언해준다. "다정하게 얘기를 들어주고, 어떤 상황이건 심각하지 않은 일로 만들 줄 아는 그녀가 없었다

*17세기 프랑스의 대표적 고전주의 비극작가. -옮긴이주 **장 테펜, 『우에스트 프랑스』, 1998년 8월 22~23일자.

면 지금의 내가 없었을 것이다." "이본은 놀라운 삶의 의욕을 가졌다. 그녀는 내게 희망을 가르쳐주었다. 그녀 덕에 나는 내가 맞게 될 늙음에 대해 예전과는 다른 생각을 갖게 되었다."

"우리는 얘기하는 것만으로는 만족스럽지 않았다. 그래서 신문기사와 요리법을 오려 붙이고 틈틈이 죽음과 사랑과 겸손에 대한 글을 써넣은 노트를 이 집 저 집으로 돌리는 일까지 하게 되었다." 이본은 100세에 세상을 떠났다.

우리가 노인들의 이미지들을 바라보며 감동할 때, 주저 없이 그 이미지들에 자신을 동일시하고, 늙어서 그 이미지들처럼 되고 싶다고 말할 때, 그날에서야 우리 사회는 한 걸음을 성큼 내딛게 될 것이다.

"늙는 걸 겁내야 할까요?" 이것은 '프랑스 논단'이라는 방송 프로그램이 어느 날 저녁 프랑스인을 대표하는 모든 패널에게 던진 질문이다. 73퍼센트가 '그렇다'고 대답했다. 방송은 '대단한 증인', 에릭 엠마뉴엘 슈미트*가 자리한 가운

* 프랑스 출신 소설가이자 극작가로 우리나라에도 『오스카와 장미할머니』, 『모차르트와 함께한 내 인생』, 『예수를 사랑한 빌라도』 등 여러 작품이 번역 출간되었다. -옮긴이주

데 진행되었다. 무대에는 장관도 한 사람 있었고, 사설 양로원 조합 대표, 철학자, 얼굴을 완전히 뜯어고칠 필요를 느끼고 있는 여성, 알츠하이머에 걸린 나이 든 어머니를 집에 모시다가 죄짓는 마음으로 양로원에 맡긴 여성, 과학의 힘으로 노화를 완전히 정지시키는 것이 가능하다고 믿는 이공계 연구원, 그리고 88세의 여배우 칠라 셀톤*이 있었는데, 그녀는 너무도 눈부시게 빛이 나고 아름다워서 무대에서 그녀밖에 눈에 띄지 않았다. 이 방송은 모두가 격식 없이 얘기를 하느라 서로의 말을 제대로 듣지 않는 식이었다. 서로 상대의 말을 자르는 바람에 그야말로 난장판이어서 사회자인 스테판 베른은 진행하는 데 꽤나 어려움을 겪었다. 그런데 이날 저녁 뭔가가 일어났다. 나는 우리나라가 앞으로 한 발짝 나아갔다고 생각한다. 우선, 방송은 대담하게도 노인들을 보여주고, 노인들에게 발언권을 주었다. 물론 그들은 참석자 한 사람이 지적했듯이 '건강하고 부자이며 유명한' 노인들이었다. 이것은 간과할 수 없는 지적이다. 방송에서 불행한 노년은 보여주지 않았던 것이다. 끝내 자기 어머니를 양

* 프랑스 여배우로 특히 〈타티 다니엘〉이라는 영화에서 괴팍한 노파 역을 맡아 이름을 알렸다. -옮긴이주

로원에 맡기고 그 세계가 얼마나 슬픈지 얘기한 여성의 충격적인 증언을 통해 그저 조심스레 언급됐을 뿐이다. 이때 무대 위 패널들의 표정이 변했다. 모두가 잠시나마 그 나이 든 여성의 자리에 자기 자신을 상상하고서 그 끔찍한 슬픔을 느끼는 것이 보였다. 양로원 원장조차도 마음의 동요를 감추지 못했다. 그런데 이날 방송에서 최고의 순간은, 말하자면 전환점이라 할 수 있을 순간은 칠라 셀톤이 말을 하기 시작했을 때였다. 그녀의 얼굴에는 세월의 흔적이 실려 있었고, 그녀의 몸도 마찬가지였다. 그녀는 그 흔적을 숨기지 않았다. 하지만 그녀에게는 어딘지 눈부시게 빛나는 데가 있었고, 눈부신 그녀의 존재는 강인한 인상을 남겼다. 그녀는 빙 둘러 앉은 청중에게 이렇게 말했다. "늙는다는 건 흥미로운 일입니다! 흥미로운 일이에요!" 그녀는 다시 힘주어 말했다. "마침내 자유로워지는 겁니다! 그토록 많은 에너지를 앗아가는 그 숱한 정열의 이야기들을 벗어버리는 겁니다!" 아흔의 로제 다둔은 최근에 '열정적인 노년을 위한 선언문'을 썼다. 그도 칠라 셀톤과 다른 말을 하고 있지 않다. 그 역시 노년을 찬미한다. 두 사람은 사람들이 그들에게 찬사를 던질 때 어째서 '정말 젊으시네요!'라고 하는지 의문을 제기하며, 차라리 '정말 멋진 노인이십니다!'라고 말해야 할 것이라고 생각한다. 프로그램에 참여한 모두가 그 점에 동의하는 것 같았다. 한 남자, 한 여자는 어떤 나이에도 아름다울 수 있는 것이다. 장 마레,* 다니엘 다리외**가 본보기로 언급되었다. 이 방송에서 또 다른 감동적인 순간은 스무 살의 한 학생이 매우 '열정적'이라고 여기는 아흔 살의 부인과 동거하는 얘기를 했을 때였다.

이 모든 증언들이 청중에게 늙는 걸 겁낼 이유가 없다는 걸 설득하는 데 성공했을까? 그렇다. 성공했다. 방송 마지막 무렵 스테판 베른이 다시 '늙는 걸 겁내야 할까요?'라는 질문을 던졌을 때 63퍼센트의 사람들이 '아니다!'라고 대답했던 것이다.

이 과감한 방송은 늙음의 긍정적인 경험들을 미디어로 더 알려야 한다는 나의 신념도 강화시켰다. 이날 저녁 우리는 나이 든 사람들에게, 우리를 이토록 겁나게 하는 인생의 노년기에 던지는 눈길을 바꿀 수 있다는 확신을 얻었다.

* 프랑스의 영화배우로 장 콕토의 작품 〈미녀와 야수〉, 〈무서운 부모들〉 등에 출연하였으며, 고전적인 얼굴과 특이한 배역으로 호평을 받았다. ** 프랑스의 영화배우이자 가수. 주요 출연작품으로 〈연애교차점〉, 〈금남의 집〉, 〈새벽에 돌아오다〉, 〈적과 흑〉, 〈채털리 부인의 사랑〉 등이 있다. –옮긴이주

기적을 만드는 사람들

이 방송을 보고 난 뒤, 나는 토론장에서 일어난 여론의 반전에 깊은 인상을 받았다. 그리하여 나는 자료조사 초기에 나를 사로잡았던 불안한 의문과 두려움을 하나씩 다시 생각해보기로 마음먹었다.

우리처럼 아직 젊은 노인들에게는 고령의 부모가 아직 살아 계신다. 그들은 우리에게 부러워할 만한 고령의 이미지를 보여주지 못한다. 거동이 불편하거나 치매에 걸린 사람도 있다. 우리는 미어지는 가슴과 죄책감으로 그들을 양로원이나 특수시설에 맡겨야만 했다. 우리는 돌봐줄 사람을 두고 부모님이 집에서 늙어갈 수 있게 할 형편도 못 되고, 그렇다고 내 집에다 모실 의향도 없다. 따라서 부모님을 시설로 모시고 갈 수밖에 없다. 마음속 깊이 이런 의문을 품으면서 말이다. 우리도 쓸모없는 자괴감을 안고 외롭게 늙어가겠지? 양로원이라는 노인용 게토에 몰아넣어지겠지? 혼돈스런 치매 상태에서 삶을 끝내겠지?

거동이 불편하거나 치매에 걸린 노인들을 위한 시설이 제대로 된 삶의 장소가 되기까지 아직 할 일이 많다. 하지만 인간애의 본보기를 보이는 곳도 이미 꽤 있다. 정부기관들이 고령화 같은 국민건강의 쟁점에 대해 의식하고 있다는 사실도 인정해야 한다. 그 기관들은 많은 계획을 발표했다. 우리를 사로잡는 두려움에 대답하기 위한 구체적 조치가 이어질지 지켜보는 건 우리의 몫이다.

하지만 이 모든 시도, 이 계획이 50세와 75세 사이의 우리 세대, 노인과 젊은이 사이의 우리 세대가 연대의 주된 쟁점을 의식할 때만이 유효할 것이다. 최근 어느 장관은 바로 우리가 '프랑스에서 연대 사슬의 강력한 고리'라고 선언했다.*

* 필립 바스, 가족부 장관, 2005~2007년.

곳곳에서 꽃을 피우기 시작한 이 모든 의견을 발전시켜야 한다. 세대 간의 만남을 가능하게 해주는 '다세대 카페', 어린아이를 둔 젊은 부부와 퇴직 노인을 한데 모으는 주거지.* 나이 든 사람들이 얼마나 어린아이들과의 접촉을 좋아하는지 우리는 잘 알고 있다. 나는 젊은 여자가 6개월 된 아기를 데리고 와서 병원에서 죽어가는 할아버지의 침대에 내려놓는 걸 본 적이 있다. 멍하게 슬픈 눈을 하고 있던 노인이 몸을 일으키고, 얼굴에 환한 미소가 피어나고 기쁨이 번지는 걸 보았다.

한 미국인 여자 친구가 미국의 어느 쇼핑센터에는 부모가 시장을 보는 동안 아기를 맡겨둘 수 있는 육아 공간이 존재한다는 사실을 내게 알려주었다. 나이 많은 사람들이 그곳에 와서 자격을 갖춘 유치원 보모의 지도 아래 자원봉사로 어린아이들을 돌보는 것이다.** 이 같은 접촉에서 쌍방이 얻을 이점은 더 말할 나위가 없다.

* 디종의 어느 변두리 지역에는 76개의 사회복지용 주거지가 서로 다른 연령층의 사람들을 위해 마련되어 있다. 그곳에서는 모두가 쉽게 어울리도록 「안녕 이웃」이라는 문서에 서명을 하도록 요구한다. 익명에서 벗어나 상대방을 알고 존중하고 만나는 법을 배우도록 유도하는 것이다. ** 1978년에 로라 헉슬리가 창시한 '사랑 나눔 프로젝트'.

나는 최근 몇 십 년 동안 일어난 사회적 변화와 더불어 우리가 잃어버린 모든 것을 제대로 가늠하지 못하고 있다고 생각한다. 조부모와 손자 사이의 그러한 접촉은 대가족 시대에는 한지붕 아래 살면서 자연스럽게 이루어졌다. 어떤 단체의 도움을 받아 세대 간의 마음을 연 관계를 만들기 위해서는 먼저 세대를 나누는 칸막이벽이 낮아져야만 한다!*

얼마 전 친구 집에서 만난 이공계 대학생 제롬은 라텡 가의 큰 아파트를 가진 85세 할머니 집에서 살고 있다고 얘기했다. 그는 자기 학교 학생들이 벌이는 '한 지붕, 두 세대' 운동을 알게 되었다. 학생들은 숙박 협약서까지 만들었는데, 그 협약서는 존중과 신뢰와 관용을 상호적으로 약속하는 데 토대를 두고 있다. 곁에 있어주고, 깨진 전구를 갈아 끼운다거나 생수통을 올려다주는 것과 같은 자질구레한 일들을 해주고 그는 욕실이 딸린 방에 편안하게 묵을 수 있다. 일주일에 세 번 그는 교양 있는 노부인과 저녁시간을 보낸다. 그녀는 법학 교수의 미망인으로 슬하에 자식이 없어서 외로운

*미셸 주아요의 '대부 대자회'는 조부모가 없는 아이들에게 나이 많은 어른들과 정서적 관계를 맺게 해주며 노인들에게는 다정한 할아버지와 할머니가 되고 싶은 욕망을 실현해준다.

사람이다. 때때로 그녀는 그를 식당에 데려가기도 하지만 대개 두 사람은 그녀의 집에서 저녁식사를 하고 음악을 듣거나 영화를 같이 본다. 청년과 이렇게 편안한 시간을 보낸다는 사실이 그녀를 자극한다. 그녀는 젊어지는 느낌을 갖는다. 청년은 청년대로 그녀로부터 많은 것을 배운다. 여행을 많이 한 그녀가 직접 겪은 모험을 재미있게 들려주기 때문이다.

우리는 투명한 존재가 될까봐, 그 누구의 관심도 끌지 못할까봐 겁낸다. 브누아트 그루는 이렇게 쓰고 있다. "당신이 가졌고 전해야 할 소중한 것은 더 이상 어떤 관심도 끌지 못한다. 당신의 경험으로 말하자면, 한마디로 그들을 지겹게 만든다! 그들은 우리에게 놀라운 일을 기대하지 않는다. 심근경색이나 대퇴골 골절이나, 뇌출혈이나 알츠하이머나 기대할 뿐이다……. 어떻게 하면 그들을 놀라게 할 수 있을까?"*

노인을 소외시키는 세태에 맞서고 노인이 우리에게 가져다 줄 수 있는 모든 것의 가치를 평가하는 것은 우리 세대가

* 브누아트 그루, 『별표 버튼』.

할 일이다. 다음 같은 미국의 경험에서 영감을 받지 못할 이유가 어디 있겠는가? 뉴욕의 일부 지역에서는 쓸모없고 혼자라는 느낌에 괴로워하는 사람들을 위해 더 젊은 세대에게 인생에 대한 앎을 전해줄 수 있게 해주는 '선배 모임'을 마련하고 있다. 이런 모임에서 연장자들은 가운데 둥글게 앉고, 그 바깥을 젊은 사람들이 둘러앉는다. 아메리카 인디언의 전통에 따라 발언 막대기가 가운데 놓여 있다. 나이 든 선배들은 원하면 바로 가서 막대기를 쥐고 자기 자리로 돌아온다. 그러면 자기 경험과 생각을 나머지 사람들과 함께 나눈다. 이렇게 저마다 기여하여 집단 지혜가 생겨나는 것이다.

클로딘 아티아 동퓌 또한 국립 노인학 재단과 협력하여 주목할 만한 작업*을 시도하고 있다. 그들은 80대와 90대 노인들에게 손자에게 보내는 편지를 쓰게 했다. 우리 사회가 침묵하게 한 사람들의 이 편지들은 지금껏 보지 못한 자료가 되었다. 편지를 쓴 대부분이 여성이었다. 그들은 편지에서 자신들의 기쁨과 고통에 대해, 지나온 삶과 현재의 삶

* 클로딘 아티아 동퓌, 『어제였고, 내일이다. 젊은이였던 사람들이 미래의 노인들에게 보내는 편지*C'était hier et c'est demain. Letters d'anciens jeunes à de futurs vieux*』(파리: 타이앙디에, 2005).

에 대해 말했다. 그 가운데 한 편지가 특히 마음에 와 닿았는데, 우리 모두의 양심에 호소하는 편지였기 때문이다. 그 편지는 아흔의 여성이 '사랑하는 자식들'에게 쓴 것이었다. 그들은 그녀를 대신해서 그녀를 양로원에 모시기로 결정했다. "여러 가족에게 이렇게 말하고 싶어요. 부모와 함께 의논하세요. 당신이 다루고 있는 건 그들의 삶이니까요. 우리는 장난감이 아닙니다. 이 나이가 되면 모든 걸 마음에 담게 되어, 사소한 일조차 우리를 아프게 한답니다. 그러니, 제발 부탁이에요. 우리가 거추장스러운 존재가 되자마자 우리를 감정도 없는 꼭두각시처럼 여기지 말아주세요. 우리에게 얘기를 하세요. 우리가 조금은 우리 삶의 주인공이 되도록 해주세요. 고마워요."

우리는 더할 수 없이 불편한 질문을 스스로에게 던진다. 노쇠한 부모님이 움직이기 불편하게 되면, 자동차를 운전할 수 없게 되거나 시장을 볼 수 없게 되면 어떻게 할 것인가? 그리고 우리의 자식들은 우리가 그런 상태가 되면 어떻게 할까? 이 질문은 우리를 불안하게 만든다. 우리 모두가 자기 집에서, 자신이 편안한 장소에서 늙고 죽기를 바라기 때문이다. 그곳엔 우리의 습관과 추억이 있기 때문이다. 그곳에서는 우리의 리듬대로 살 수 있다. 우리가 원하는 사람을 맞이할 수도 있다. 자기 집에서 늙어가고 싶다. 병이나 사고를 당하게 되더라도 마찬가지다. 그런데 오늘날 집에서 온갖 도움을 받을 수 있게 되었음에도,* 낙상이나 가스 유출이나 그 밖의 다른 비정상적인 일들을 탐지하기 위한 장치와 로봇학이 발달했음에도, 신체적 자립이나 때로는 정신적 자립의 상실로 인해 자기 집에서 생활하는 것이 불가능해질 수 있다.

시설에서 삶을 끝내는 사람들이 느끼는 불행과 양로원에 대해 쏟아진 증언이 균형을 되찾게 했다. 오늘날, 일부 가족들은 연로한 부모를 자기 집에 받아들이는 걸 망설이지 않는다. 80세 이상 노인의 5분의 1이 가족과 함께 살고 있는 것으로 추정된다. 하지만 이런 자식과 부모 사이의 연대에는 노력이 필요하다.** 그것은 큰 구속과 많은 애정이 요구

* 노인을 위한 연대 계획에 따르면 5년 내에 자택에서 간호를 받을 수 있는 인원이 40퍼센트 증가할 것으로 내다보며, 지금부터 2010년까지 자택 요양 노인의 수를 15,000명까지 늘릴 것을 제안한다. 이는 50만 개의 상근 일자리에 해당한다.
** 이 노력을 지지하기 위해 전 노인복지 정무차관인 폴레트 갱샤르는 개인별 자립 지원금 제도(APA)를 마련했고, 노인들과 그 가족들에게 그들이 누릴 수 있는 재정적 · 인적 지원의 가능성에 관한 정보를 제공하기 위해 지역별로 노인 연합 정보 센터(CLIC)를 설치했다.

되는 선택이다. 그래서 충분한 준비가 없으면 좋은 감정도 현실에 금세 짓눌려버린다. 나이 든 부모를 자기 집에 모시는 것은 너무도 기운을 소진시키는 일이어서 참기 힘든 지경에 이르기도 한다. 가족들 사이에서 간혹 학대가 일어나는 것도 그 때문이다. 나이 든 부모와의 동거는 분명히 가능하지만, 두 가지 조건하에서 그렇다. 계획적이어야 하고, 부모와 잘 통해야 한다는 조건이다.

행정당국은 점점 더 '자연적 도우미'를 지원할 필요성을 의식하고 있다. 가족이 보내는 휴가에 대한 재정 지원, 임시로 맞아줄 기관의 창설, 자원봉사의 활발한 전개* 등은 흥미로운 행보다.

자원봉사를 열심히 하는 벨기에 친구 몇몇은 퀘벡에서 영감을 얻은 흥미로운 경험에 뛰어들었다.** 그들은 보따리를 싸들고 떠나서 알츠하이머에 걸린 부모가 있는 가정에 가서 그 가족이 휴가를 보내는 얼마 동안 묵는다. 그들은 한

* 니콜라 사르코지 대통령은 자원봉사의 가치를 인정하는 데 적극적이다. 그는 2007년 7월 31일, 닥스의 노인시설을 방문했을 때 이렇게 말했다. "저는 자원봉사를 인정해주는 데 찬성입니다. 이를테면 10년 동안 자원봉사를 하면 은퇴를 1년 앞당길 권리를 줄 수 있을 것입니다." ** 마리 장드롱이 1999년 퀘벡에서 창설한 '알츠하이머 보따리회'.

두 주 묵으면서 아픈 사람을 완전히 맡아서 돌본다. 가족이 돌아왔을 때 그들이 쓴 간병일기가 일상을 공유할 수 있게 해준다.

연로한 부모를 집으로 받아들일 때 부모의 성격과 잘 늙을 수 있는 능력도 중요하다. 다시 말해 정서적 미덕을 펼치면서 나이가 가하는 상실을 받아들이는 능력, 갈등과 질투 혹은 그저 권태가 상황을 악화시킬 때마다 초연할 줄 아는 능력, 이 모든 것이 동거에 중요한 역할을 한다.

내 친구 부부인 피에르와 조르지나는 2년 전에 조르지나의 어머니인 샹탈을 집에 받아들이기로 결심했다. 여러 차례 쓰러지고, 여러 번 기억을 잃고, 시장을 보는 것도 어려운 그녀는 누군가에게 의지해야 할 때가 된 것이다. 부부는 고심했다. 어머니와 딸의 관계는 끈끈했다. 은퇴로 인한 시간적 여유와 널찍한 집이 이 모험에 뛰어들게, 적어도 시도는 할 수 있게 해주었다. "해보지도 않으면 나 자신을 원망하게 될 거야" 하고 조르지나는 내게 털어놓았다.

하지만 샹탈도 딸의 집에 정착하는 것이 쉬운 일은 아니었다. 어쨌든 자기 집이 아니었기 때문이다. 그녀는 모순된 감정을 느꼈다. 자신이 좋아하는 사위와 딸과 함께 지내면서 행복을 맛보면서도 한편으로는 미래에 대한 불안감을 느꼈다. 시간이 흐르면서, 자신이 자립성을 점점 더 잃게 되면 상황이 어떻게 변할까? 그녀는 물건 정리나 은행계좌 관리와 같은 일상이 점차 자기 손에서 벗어나리라는 걸 예감했다. 그녀가 손주딸처럼 보살핌을 받아야 할 경우 딸은 역할의 전도를 어떻게 받아들일까? 사위 피에르는 그들 부부가 함께하는 시간의 3분의 1이나 되는 시간 동안 늘 함께 지내는 이 침입자를 어떻게 견뎌낼까? 그들은 '주말'도 휴가도 없고, 한밤중에 일어나 그녀를 돌봐야 하는 생활을 어떻게 짜증 내지 않고 받아들일까?

조르지나와 피에르는 맞닥뜨릴 어려움을 알고도 현재를 선택했다. 얼마나 지혜로운가! 그들 삶의 변화는 아직 상탈과의 교류에서 얻는 풍요로움으로 충분히 보상되고 있다. 상탈은 다정하고 인내심이 많은 여성이다. 그녀는 사랑받을 줄 알아서 그녀를 돌보는 일은 즐겁다. 그녀는 부부가 그녀에게 쏟는 모든 관심에 행복해한다! 그리고 행복한 마음으로 미소와 입맞춤을 사용한다. 그녀는 자신이 떠안기게 될 무게를 의식해서 스스로 가벼워진다.

그들도 언젠가는 아마 어느 시설에다 그녀를 맡길 결정을 내려야 할 것이다. 그리고 상탈과 함께 그에 관한 얘기도 나눴다. 하지만 지금은 좋은 시간을 쌓고 있다.

이 증언을 들으면 함께 사는 것이 얼마나 인간적으로 풍요로운 경험인지 가늠하게 된다. 하지만 거기엔 치러야 할 대가가 있다. 노력과 사랑이 요구되는 것이다.

한편 자기 집에서 늙어가는 것과, 많은 사람들이 감옥만큼이나 두려워하는 양로원에서 늙어가는 것 사이에 자리한 중도적 해결책이 생겨나고 있다. '가정형 주거시설' 이 그것이다. 가정형 주거시설은 사적인 공간을 존중하기에 자신의 가구를 갖춘 방에서 자기 이름에 따라 살며 오고갈 수 있다. 그러면서 다른 사람들과 같이 식사를 하거나 단체 활동에 참여하고 싶다면 공동의 공간을 활용할 수도 있다.

은퇴 여성을 위한 '가정형 주거시설' 이 최근 몽트뢰이에 세워졌는데, 이는 언급할 가치가 있다. 이 계획을 위해 세 명의 70대 노인이 10년 동안 작업했다.

바바야가의 집(러시아 할머니들을 떠올려서 지은 이름이다)에는 미망인이거나 독신, 또는 이혼한 60세 이상의 여성 17명이 묵는다. 각자가 35평방미터의 스튜디오를 사회복지용 주거지의 조건으로 사용하고 있다. 일층에는 문화활동이나 사회활동이나 단체활동을 위한 공동 공간이 있다. 지하에는 수영장이 마련되어 있다. 이곳은 자주적으로 관리되는 자립적인 주거지다. 다시 말해 외적 도움을 최소한으로 제한한다. 가사생활과 관련한 도움이나 심지어 의료 서비스까지도 최소한의 비용으로 운영된다. 강요하는 법 없이, 외부활동과 집단생활을 권유하며, 일보다는 아이를 돌보아야 했던 여성들의 줄어든 퇴직연금을 보상하기 위해 일부 비용은 나누어 분담한다. 이곳은 "반反 양로원이자…… 우울증에 맞서는 참된 보루"*와 같은 곳이다.

이것은 자유로운 상태로 남기를 원하는 여성들의 멋진 계획이다. 가까운 사람들에게 부담이 되지 않고 무엇보다 어린아이 수준으로 떨어지지 않기를 원하며 고립에 맞서 싸우고, 스스로 참여하여 우정 어린 환경을 만드는 곳이다. 남성들도 방문은 할 수 있지만 그곳에서 살지는 못한다.

바바야가 여성들은 의학의 힘과 노화의 병리화를 경계한다. 그들은 "노인들의 질병이 대개는 권태와 고립에서 비롯된다"고 생각한다.

이들 계획의 한계는 거동이 불가능하거나 퇴행성 질병이 많이 진행된 사람을 받아들이도록 만들어진 곳이 아니라는 점이다. 바바야가 여성들 가운데 누군가가 그 정도로 상태

*「잘 늙어가고 있는 바바야가 일원들」, 『라 크루아』, 2005년 4월 29일자 기사.

가 나빠지면 의료 혜택을 받을 수 있는 장소로 이송되어야 할 것이다. 하지만 되도록 건강한 여성들이 다른 사람들의 장애를 보살피도록 한다. 이 은퇴 여성들을 끌어 모으는 가치가 연대감이기 때문이다.

모든 공동체들이 겪는, 피할 수 없는 갈등에 대비해서 창설자인 테레즈와 쉬잔, 그리고 모니크는 중재자가 정기적으로 자리하도록 고안했다. "이 계획은 모두에게 큰 제약을 요구합니다. 공동체에 속하는 것과 사적인 것이 잘 맞물리게 해야지요."

이 '현실적 유토피아'에 대한 야심은 노후한 유럽을 뒤흔들고 있는 노년층의 움직임과 합류하려는 것이다. 그리하여 곳곳의 다른 프로젝트에도 영감을 주려는 것이다.

이 책의 대부분은 내가 이외 섬에 지은 작은 집에서 씌어졌다. 어느 날 친구들과 저녁식사를 하면서 우리는 노년에 대해, 그리고 늙고 싶은 장소에 대해 얘기를 나누었다. 저녁식사에 참석한 사람들 가운데 그 누구도 양로원에서 생을 마감하고 싶어 하지 않았다. 다시 한 번 나는 양로원에서 생을 끝낸다는 생각이 내 세대의 남자들과 여자들에게 불러일으키는 두려움을 확인했다.

나는 제안했다. "우리가 수도원 같은 걸 만드는 거야. 중세 벨기에에서는 미망인들이 여덟 사람씩 작은 공동체를 이루어 인생의 마지막 단계에서 서로를 도왔지. 그들은 교회와 공원을 둘러싸고 다닥다닥 붙은 작은 집에서 각자 혼자 살았어. 각자의 자유를 존중하면서도 함께 사는 셈이지. 그 시대에는 정원일과 종교적 의식을 중심으로 일의 분담이 이루어졌어. 그들 가운데 한 사람이 죽으면 다른 사람들이 죽은 사람 곁을 지켜주었지. 그러고는 새로운 여성 회원을 뽑았고. 우리가 이 섬을 이토록 좋아하고, 운 좋게도 이곳에 지붕을 가진 사람들도 있고, 게다가 집들이 이렇게 가까운데 현대적인 혼성 수도원을 만들지 못할 게 뭐 있겠어? 각자가 자기 집에 살면서 자유를 누리는 거야. 그렇지만 공동 활동도 만들어서 섬 주변을 걷고 함께 정원도 가꾸는 거야. 그리고 명상이나 수련과 같은 영적 활동을 위해 정기적으로 만나는 거야. 우리 가운데 누가 병에 걸리거나 거동이 불편해지면 노인용 시설로 가지 않고 자기 집에 남아 있을 수 있도록 우리가 교대해서 그 사람 곁을 지킬 수도 있을 거야. 우리 사이에 연대 계약이 있는 것처럼 말이지."

매우 활발한 토론이 이어졌다. 어떤 이들은 섬에서 늙어가는 걸 상상하지 못했다. 그들은 영원히 여행을 하며 세상의 길을 떠돌고 싶어 했다. 무엇보다 한 곳에 머물고 싶어

하지 않았다. 누군가 보들레르의 시 「여행」을 암송했다. 어린 시절의 드넓은 공간에서 늙은이의 쪼그라든 공간으로 우리를 인도하는 시였다. "권태의 사막 속에 자리한 공포의 오아시스." 시를 낭송한 사람은 영원히 머물기로 결심하는 순간 이 섬이 공포의 오아시스로 변하는 게 아닌지 염려했다.

누군가 그에게 물었다. "더 이상 여행할 수 없게 될 때는 뭘 할 거지? 어딘가는 멈춰서야 할 것 아니겠어. 그렇다면 거기가 어디지?" 저녁식사가 끝날 무렵, 이 날 저녁 모인 친구들 대부분이 새로운 유형의 수도원 계획에 동의했다. 몇 년 동안 서로를 부축해줄 정도로 튼튼한 연대의 끈을 만들어 거동이 불편해지거나, 치매에 걸릴 경우조차도 자기 집에 남겠다는 계획은 분명히 실현 가능한 계획이다. 재정적인 개입이나 법적인 개입은 전혀 없다. 모든 건 도덕적 계약에 토대를 두고 있다.

그러자 저녁식사를 마련한 집주인이, 오늘 우리를 잇고 있는 바캉스 우정이 세월과 노화에 저항할 정도로 충분히 강하고 지속적인지 의문을 품었다. "노인이 되면 성격도 변하고 기분도 변덕스러워진다잖아. 때로는 견디기 힘들 수도 있을 텐데 우리가 성격을 그대로 간직하리라고 어떻게 확신하지? 결국 우리를 잇는 영적 끈이 아주 강해야만 할 거야.

중세의 수녀원은 종교 활동을 중심으로 형성되었어. 우리의 경우는 그렇지 않아. 우리 가운데 하느님을 믿는 사람이 있는가 하면 그렇지 않은 사람도 있고, 기도를 하는 사람이 있는가 하면 그렇지 않은 사람도 있어. 영적 차원에서 우리가 어떤 공통분모를 가지고 있지? 존중, 타인에 대한 관심, 연대감과 같은 인간적 가치, 자연에 대한 취향, 하늘의 무한한 다양성 앞에서 감탄할 줄 아는 능력, 침묵에 대한 취향, 무엇보다 사랑하는 것이 가장 중요하다는 데 대한 확신. 이것이면 영적 여행 준비물로 충분하지 않겠어?"

이 문제는 아직 미완의 상태다. 그것은 제 갈 길로 나아가고 있다. 그것은 어떤 경우에도 현재의 양로원 같은 늙은이용 게토보다는 나아보인다. 그렇지만 언젠가 우리는 가까운 사람 가운데 누군가를 이런 시설에 보내기로 결심해야 할 일이 있을지도 모른다. 우리 자식들이 우리를 두고 다른 선택을 할 여지가 없을지도 모르지 않는가?

알츠하이머에 걸린 사람들을 위한 요양시설의 원장인 한 친구가 모로코 양로원의 입주 조건을 알아보러 갔다. 왜일까? 물가도 싸고, 여유 있고 인간적인 전문 인력을 찾는 데 전혀 어려움이 없는 나라에서는 많은 사람들이 노년을 안락하게 살 수 있을 것이기 때문이다. 그런데 그는 윤리적인 문제가 제기된다고 말했다. 우리의 노인들을 수출해서, 자기 나라로부터, 자기 집으로부터, 자기 자식들로부터 멀리 떨어진 곳에서 살도록 보내는 것이 과연 잘하는 일일까?

그럼에도 일본에서는 그런 일이 벌어지고 있다. 일본은 아프리카 동쪽 해안에 사들인 '보호구역'으로 노인들을 수출할 계획이다. 이것은 미국에서도 벌어지고 있는 일이다. 미국에는 수백 채의 호사스런 호스피스 공동체가 건설되고 있다. 이를테면 애리조나의 선 시티는 안전한 주거시설을 갖춘 한갓진 분양지다. 이곳에서 노인들은 외적 압박으로부터 보호받는 느낌을 받으며, 거동이 불가능해진 사람들을 위해 도시가 온갖 종류의 편의를 제공한다. 그런데 단점은 그들이 세상으로부터 단절되어 있다는 점이다.

내 친구는 햇볕과 한결 쾌적한 기후와 모로코 사람들의 친절에도 불구하고 모로코 양로원에서 살게 될 노인들이 프랑스에서 살 때 이미 경험했던, 뿌리 뽑힌 듯한 비애를 더 깊이 느끼지 않을까 생각한다. 해외로 이주하게 됨으로써 자식들과의 단절이 더 심해지지 않겠는가? 그의 얘기를 듣다 보니 모로코 국왕 하산 2세의 말이 생각났다. "모로코에서 첫 양로원을 짓는 머릿돌을 놓게 되는 날, 모로코는 무덤을 준비해야 할 것이다. 왜냐하면 이 날 우리나라는 제 가족을 버린 셈이 될 터인데, 나라가 제 가족을 버리는 날, 그 나라는 돌이킬 수 없는 죄악을 저지르는 것이기 때문이다."*

여기서 우리는 노인들이 설 자리가 없는 부유한 나라들과 그와 같은 격리를 생각조차 할 수 없는 아랍이나 아프리카 및 아시아의 나라들을 갈라놓는 간극을 가늠해볼 수 있다.

나도 나 자신을 위해 만일의 경우를 생각해보았다. 나는 내 자식들이 여러 곳을 방문해보고 인간적인 보살핌과 편안하고 유쾌한 환경을 갖춘 시설을 고르도록 도와주었으면 한다. 요즘은 선택이 가능하다. 지금까지는 매우 불투명했던 시장에 노인들을 위한 시설의 안내책자가 등장하기 시작했고 서비스와 비용을 비교할 수 있게 되었기 때문이다.

그런 다음, 나는 이 마지막 이사를 준비할 시간을 갖고 싶다. 자기 의사에 반하여, 선택하지 않은 양로원으로 들어가게 되는 것이야말로 최악의 경우라 하겠다. 무엇보다 그 상황을 마음으로 받아들여야 하는데, 그러자면 시간이 필요하다. 자신이 이제 자립적이지 못하다는 사실을 받아들이고,

*『라 뷔』, 1997년 7월, 9호에서 인용.

그렇지만 움츠러들 필요 없이, 고마워하며 타인의 손길에 자기 몸을 맡기는 걸 받아들이는 것이다. 거북해하거나 수치스러워하지 않고 감사하며 받아들일 줄 아는 사람들이, 배려하고 존중하는 마음을 품고서 그들을 돌보는 간병인들에게 얼마나 도움이 되는지 나는 수없이 지켜보았다. 호의와 감사와 유머는 성공적인 적응을 위한 최고의 보증서다.

그런 날이 오면 나는 나를 한참 웃게 만들었던 람 다스의 말을 기억하고 싶다. "나는 내 휠체어('나의 곤돌라'라고 부르는)를 사랑하는 법을 배웠고, 친절한 사람들이 밀어주는 걸 좋아하게 되었다. 중국의 황제들과 인도의 마하라자*들도 가마를 타고 다니지 않았는가! 다른 문화에서는 누가 태워서 밀어주는 것이 영예와 권세의 신호더라!"

마지막으로, 나는 인간은 위대한 자유를 지녔기에 모든 걸 변화시킬 수 있다는 사실을 가르쳐준 두 권의 책을 다시 읽을 생각이다. 철학자 로베르 미스라이가 말했듯이, 좁은 공간에 머물며 침대나 안락의자에 못 박힌 채 거동이 힘들어진 노인은 물질적으로 초라한 공간을 '시적으로 변화된'

* 인도에서 왕을 칭하는 호칭으로 '대왕'이라는 뜻이다. –옮긴이 주

공간으로 만들 수 있다.

첫 번째 책은 1998년에 미국 책을 내가 번역하고 서문을 쓴 책이다.* 점차 마비가 진행되는 루게릭병에 걸린 한 노교수의 여정을 쓴 책이다. 자기 공간이 피할 길 없이 고통스럽게 축소되는 상황 앞에서 노인은 그 공간을 넓히는 법을, 다시 말해 메를로퐁티가 '신체의 기적적인 연장延長'이라고 말한 움직임으로 자기 너머에 있는 모든 것을 섬세하게 지각하는 법을 배웠다. 이렇듯, 자기 침대에 꼼짝 않고 있으면서 그는 자기를 넘어서는 걸 느끼는 능력을 경험한다. 이 능력은 그리스인들이 '합시스hapsis'**라고 이름 붙인 것이다. 그는 자기 방 창문 너머로 보이는 나무를 '느낀다'. 그리고 그것을 즐긴다. 이렇듯 점차 몸이 마비되면서도 그는 행복한 자유를 경험한다.

거의 전적으로 타인에게 의존해야 할 상황에 처했을 때 노교수는 누군가가 자기를 온전히 돌봐주는 걸 좋아했던 시절, 아직 완전히 잊지 않은 그 옛 시절을 되찾고서 '그것을 사랑하는' 법을 배웠다고 말한다.

* 미치 앨봄, 앞의 책. ** '촉각', '감각', '감정'을 뜻하는 그리스어. – 옮긴이주

노교수는 털어놓았다.

"나는 나의 의존상태를 좋아하게 되었습니다. 이제 나는 사람들이 나를 옆으로 돌려 누이고, 욕창이 생기지 않도록 엉덩이에 크림을 발라주는 걸 좋아합니다. 이마를 닦아주거나 다리를 문질러주는 것도 좋아합니다. 나는 눈을 감고 매순간을 누리고 즐깁니다. 이런 상황은 어딘지 친근해보입니다. 어린 시절로 돌아간 것 같지요. 누군가 당신을 목욕시키고 당신을 안고 갑니다. 누군가 당신을 닦아줍니다. 우리 모두는 어린아이가 되려면 어떻게 해야 하는지 알고 있습니다. 그건 우리 안에 새겨져 있으니까요. 이런 상태가 저한테는 그저 어린아이 시절의 기쁨을 되찾은 것만 같습니다. 어머니들이 우리를 품에 안고서 재우고 머리를 어루만질 때 우리는 결코 질리는 법이 없지 않았습니까?"

이렇게 노교수는 의존상태에 대한, 그리고 좁아지고 초라해진 공간을 '시적 공간'으로 바꾸는 자유에 대한, 참으로 독특한 관점을 우리에게 제시하고 있다.

내가 가지고 갈 두 번째 책은 『마리의 공책*Le Cahier de Marie*』이다. 이 책은 이제 막 양로원에 들어간, 다정한 마음과 날카로운 눈길을 지닌 어느 나이 든 여성의 일기다. 그녀는 새로운 친구들과 이웃, 그리고 그곳 직원들의 생김새를 묘사한다. 일요일 저녁마다 식사 후에 글을 쓰면서 그녀는 불 꺼진 캄캄한 침묵을 '아늑한 고요함'으로 바꿔놓는다.

마리는 전혀 자기 안에 움츠러들지 않고 타인을 이해하려고 애쓴다. 그래서 그녀의 일기를 읽으면 한 사람의 내적이며 외적인 삶이 고스란히 펼쳐진다. 이렇게 그녀는 방향 잃은 사람들의 세계를 공유하려고 애쓴다. "둥지를 틀자, 둥지를 틀어." "낮잠을 자고 나서 위베르 곁에 가서 앉는 거야. 지난주에는 그의 맞은편에 앉아서 그가 하듯이 의자를 흔들었지. 그가 멈추기에 나도 멈췄지. 우리는 서로를 쳐다보았어. 겁내지 않고 거창한 말을 쓰자면, 그 순간 영혼의 만남이 이루어진 거야."

이 시설에서 마리가 주변의 존재와 사물들을 바라보는 방식은 경이롭다. 생기와 유머와 애정이 넘치는 시선이다. 언제나 타인을 배려하는 그녀는 도자기 교실이며 파티며 모든 일에 기분 좋게 참여한다. 이제 그녀는 아침 기상과 세면, 식사와 활동 같은 정해진 리듬에 대해 불평하지 않는다. 왜냐하면 어린 시절의 시간을 다시 발견했기 때문이다. "이제 중요한 것은 무언가를 하기 위해 달리는 것이 아니라, 몽상하고, 하늘을 바라보고, 옆 사람과 얘기를 나누기 위해 멈춰 서는 것이다. 소독약 냄새 속에 스며드는 커피 냄새를 맡고, 자기 몸을 느끼고, 눈으로 소통하는 것이다." 그렇지만 그녀는 위선과 침묵, 작별인사도 못하게 거주자를 빼내어 죽음을 숨기는 방식에 대해서는 불만이었다.

마리의 일기에서 가장 감동적인 곳은 그녀가 되살아나는 기억의 리듬에 따라 서서히 자기 내면을 '대청소'하는 부분이다. 털어버려야 할 고통, 베풀어야 할 용서. "자기 자신을 용서하는 일은 힘든 일이다……. 이제 나이가 들어서 내가 고통을 주고, 때로는 의식도 못한 채 상처를 입힌 사람들을 생각할 때면, 얼마나 세심함이 중요한지 깨닫게 된다. 다른 사람들도 나와 똑같이 느끼는지 알고 싶다." 이제 늙어서 마리는 생각하도록 도와주고 이끌어주는 사람들을 만나고 싶어 한다.

그러자 그녀 안에서 감사의 물결이 올라온다. 그녀가 만나고 사랑한 모든 이들에게, 그녀의 인생에 흔적을 남긴 수많은 사소한 일들에 대해 고맙다고 말하고 싶다.

우리는 모든 것이 우리가 인생에 던지는 시선에 달려 있다는 것을 깨닫게 된다. 양로원은 수용소 생활처럼 끔찍한 곳일 수 있다. 그 삶을 견딘다고 생각하고, 스스로를 닫아버리면 모든 것이 죽어버린 곳에 와 있는 느낌이 들 수 있다.

하지만 마리처럼 열린 마음을 가지면 모든 것이 소통과 애정과 활력의 기회가 될 수 있다.

이를테면 나는 다음과 같은 감동적인 문구를 읽었다. "나탈리가 들어왔다. 그녀는 나를 향해 오더니 나지막이 말했다. '안녕하세요, 부인. 생일 축하 드려요. 오늘이 부인 생일이에요. 날씨가 기가 막혀요.' 그러면서 그녀는 창의 덧문을 열었다. '정말 아름다운 여름날이에요.' 나탈리는 내 곁에 앉았다. 그러고는 내게 물었다. '뭘 하면 기쁘시겠어요?' 나는 대답했다. '생일 축하해요, 사랑하는 마리'라고 얘기해주면 기쁠 것 같다고 말이다. 그러자 그녀는 멋진 행동을 했다. 나를 품에 안고 이마를 어루만지며 말했던 것이다. '생일 축하해요, 사랑하는 마리.' 그러자 나는 울음이 터져 나왔고, 내 심장을 짓누르던 돌멩이가 사라지고, 내 얼굴을 어루만지던 엄마의 익숙한 손길이 느껴졌다."

마리는 이 행복한 기억을 떠올리며 음미했다. "나는 그 기억들을 다시 떠올리고 나서 다른 일로 넘어간다. 산책을 하고 거실에 가서 앉고 활동방으로 내려간다. 사는 법을 배우는 것만 같다. 그럴 때다. 왜냐하면 난 이제 곧 끝날 만큼 꽤 늙었으니까……. 시작할 만큼 꽤 젊기도 하고. 내가 이 모든 걸 얘기하면 사람들은 나를 미친 여자로 취급하겠지.

실은 내가 현명해진 것 아닐까?"

"촛불에게 중요한 것은 그것이 놓이는 장소가 아니다. 그 촛불이 마지막까지 발산하는 빛이다." 이 말로 그녀는 결론을 짓는다. 우리가 환하게 빛을 발하는 노인이 된다면 우리가 생을 끝낼 장소는 그다지 중요하지 않다.

나는 라 셀 생 클루의 아름다운 집, 에피도르 빌라에 한나절을 보내러 갔다. 그곳엔 알츠하이머에 걸린 84명의 환자가 살고 있다. 건물은 거대한 시설답지 않게 하숙집 같은 인상을 주도록 만들어졌다. 환자들은 12명씩 7개의 작은 그룹으로 나누어져 있다. 이스라엘의 집단 공동체인 키부츠를 닮은 그룹 하나하나는 여원장의 책임 아래 놓여 있다.

이 시설의 철학은 뿌리 깊이 인간적이다. 이곳에서 일하는 사람들은 거주자들의 존엄을 지켜주려고 항상 노심초사하며 가족들의 얘기에 귀를 기울인다. 왜냐하면 가족들이야말로 가장 힘든 시간을 보내고 있기 때문이다. 나는 환자 가족들이 겪는 어려움과 감정을 표현하는 모임에 참석했다. 때로는 질병의 마지막 단계에 환자가 접어들면 가족들이 느끼는 감정은 고통으로 변한다. 그리고 그 단계가 상당히 길어지기도 한다. 이 상황을 경험한 독자는 자신을 전혀 알아보지 못하는 환자를 보러 갔을 때 느껴지는 감정이 어떤 것인지 안다. 상황은 비현실적으로 변한다. 그리고 시간이 지나면 오만 가지 의문이 든다. 이것이 무슨 의미가 있을까? 의사소통이 더 이상 불가능한 사람의 목숨을 왜 유지시켜야 하지? 치료비에 짓눌리는 가족도 있다. 그러다보면 공격적으로 변한다. 이 경우 매우 심각한 윤리적 문제들과 맞닥뜨리게 된다. 환자들의 대부분은 이런 상황을 겪고 싶지 않았을 것이다. 치료 거부를 존중해줄 권리를 주장하며 분별없는 고집을 단죄하는 '환자와 죽을 권리'에 관한 법률이 표결된 이후로 결정을 내리기가 미묘한 경우들이 있다. 질병의 3기에 접어든 사람이 폐렴에 걸리면 항생제를 주어야 할까? 먹기를 거부하는 사람에게 식도관을 통해 음식물을 주입해야 할까?

치료의 제한 또는 중단은 언제나 그것이 바른 결정인지 알아야 한다는 문제를 제기한다. 간병인들과 마찬가지로 가족들도 양면적인 태도를 보인다. 그래서 대립과 의견 불일치가 두드러진다. 부모와 관계가 좋았던 자식들은 부모의 쇠락과 마지막 순간을 한결 쉽게 받아들인다. 관계가 좋지 못했던 사람들은 그렇지 못하다.

최근의 법적 조치들은 의료진들로 하여금 '죽도록 내버

려두는 문제'에 관해 새롭게 숙고하게 하고 있다. 죽도록 내버려두는 일은 간병인들이 대개 그렇듯이 환자에게 애착을 가질 경우 쉽게 할 수 없는 행동이다.

나는 알츠하이머의 최종 단계에 이른 한 환자의 부인을 만났다. 매우 조심스럽게 그녀는 자기 남편의 병세를 얘기했다. 그가 아무 말 없이 진단을 받아들이던 가슴 아픈 순간, 그의 고통을 증언해주는, 좋은 기분과 공격적인 태도의 변화무쌍한 변화. 두 사람이 그렇게 가까운데도 그는 자기 고뇌를 부인과 함께 나누지 않았다. 그를 치료해온 의사가 그에게 전문기관으로 옮길 생각을 하는 것이 좋겠다고 설명했을 때 그는 눈을 감더니 떠날 때까지 다시는 뜨지 않았다. 그 후, 그는 스스로를 가둬버린 것 같았다. "그이는 한 번도 집을 다시 보고 싶다고 하지 않았어요." 그녀에게는 이 이별이 너무도 힘들었다. 그들은 그때껏 한 번도 서로를 떠나본 적이 없었다. 그녀는 매일 그를 보러 와서 함께 음악을 듣고 산책을 했다. 그러다 그녀가 건염에 걸리는 바람에 뜸하게 찾아오게 되었다. 이제 그녀는 그가 자기를 더 이상 알아보지 못한다고 생각한다. 하지만 그의 감수성은 여전히 살아 있다. 때때로 음악을 들을 때 그의 눈에는 눈물이 고인다. 그녀는 충직하게 계속 그를 보러 간다. 그녀를 안심시키는 것은 그가 에피도르 빌라에 자리 잡고 나서부터는 믿고서 간병하도록 몸을 내맡긴다는 점이다. 수천 명의 사람들이 이 여성처럼 사랑하는 사람의 쇠락을 무력하게 지켜보며 고통 받고 있다. 그렇지만 그들은 끝까지 함께한다.

이 책의 첫머리에서 말했듯이 치매 상태에서 삶을 끝내게 되어 주변 사람들에게 이 질병의 무게를 떠안기는 것보다 두려운 것은 없다. 우리 모두는 당연히 그렇게 되지 않기를 바란다. 그렇지만 나는 나나 혹은 내 주변의 누군가가 어느 날 이 병에 걸린다면 무엇이 이 질병을 받아들이는 데 도움이 될지 생각해보았다. 앞서 언급한 것과 같은 인간적인 시설이 존재한다는 사실을 아는 것만으로도 마음이 놓인다.

퀘벡에서 상영된 로랑스 세르파티의 다큐멘터리 영화 〈인생 끝까지 알츠하이머〉는 선도적 시설인 '카르페 디엠'에서 펼쳐지는 일상을 보여주었다. 그 이미지들은 이 병에 관한 우리의 비관적인 시선을 바꾸어 놓았다. 간병인들은 점점 더 암흑 속으로 빠져드는 사람들에게서 '아직 기능하는 것'을 보려고 애썼다. 그들이 환자들을 좋아한다는 것과, 표준화된 작업을 거부하고 개인의 특성에 맞추려고 하는 것이 느껴졌다. 그래서 이 영화를 보다보면 그토록 겁에 질리게 하는 이 질병에 걸릴지라도 존엄과 본연의 모습을 지키면서 삶을 끝낼 수 있다는 믿음을 갖게 된다. 관계를 유지하기만 한다면 치매 환자와도 소통할 수 있다는 믿음이 생겨나고 더욱이 그럴 필요가 있다고 믿게 된다. 치매 환자도 분명히 '쇠락해서 영원히 접촉할 수 없게 되어버린 인간 찌꺼기가 아니라 한 사람의 인간이기' 때문이다.

따라서 이 증언들은 언젠가는 가족 가운데 누군가를 이런 종류의 시설로 데려가야 한다는 데 대한 나의 두려움을 가라앉혀주었다. 크리스티앙 보뱅이 정확하게 말했듯이, "알츠하이머병은 교육이 인성에 심은 것을 걷어내고, 핵심을 표면으로 올라오게 만든다. 알츠하이머에 걸린 사람들은 눈을 통해서 무언가를 말하며, 내가 거기서 읽어내는 것이 책보다 더 많은 것을 밝혀준다……. 시설에 머물러보니 나는 만나는 사람들의 어깨를 살짝이나마 접촉할 필요를 느끼게 되었고, 번지르르한 연설에 대한 경계심은 더욱 커졌다."

가장 허약한 노인조차도 우리에게 전해줄 무언가를 지니고 있다고 말할 수 있지 않을까? 만약 그렇다면 치매에 걸린 사람들을 아무짝에도 소용없다고 여기고, 그들의 삶을 더 이상 삶이라고 할 수 없다고 여기는 일반적인 생각에 맞서 싸워야 한다.

치매에 걸릴지라도 주변 사람들에게 무언가를 가져다줄

수 있다는 생각은 내가 최악의 경우를 고려해볼 수 있도록 도와주는 두 번째 근거다.

최근 내 나이의 한 여성으로부터 자기 어머니의 질병에서 의미를 발견했다고 말하는 글을 받았다. 그녀는 어머니가 자신의 아주 오래된 결핍을 채워주었다고 말했다. "드디어 저는 어머니를 어루만지고 품에 안고서 제 애정을 보여줄 수 있게 되었습니다. 어머니의 병은 제가 전에는 절대로 하지 못했던 것을 표현할 수 있게 해주었어요. 병들기 전에 어머니는 차갑고 사람을 밀어내는 편이었죠."

알츠하이머병은 불가사의로 남아 있다. 이 병의 환경적 요인에 대해 여러 이론이 떠돈다. 이를테면 고독도 그중 하나다. 미국의 한 연구에서 혼자 사는 노인이 이 질병에 걸릴 확률이 두 배나 높다고 밝혀졌기 때문이다. 알츠하이머 환자 가족 모임들은 이 가설에 공격당하는 느낌을 받는다. 그들은 차라리 생물발생설을 선호한다. 이 이론은 그들에게 죄책감을 불러일으키지 않기 때문이다. 내 생각에는 흑백논리를 피해야 할 것 같다. 그것은 분명히 다양한 요인을 가진 질병일 것이다. 심리적 요인이나 특정 사건과 연관된 요인을 꼽는 한결 조심스런 이론도 있다. 정신과 의사 장 메종디유는 이 병이 "하나의 비명이요, 거부요, 일종의 사회적 · 지적 자살"일 수 있다고 생각한다. 이 사람은 왜 죽기 전에 죽은 사람이 되기로 결심하는 걸까? 왜 무대에서 물러나기로 결심할까? 자신이 늙어가는 걸 보고 싶지 않아서, 자기의 죽음을 보고 싶지 않아서일 것이라고 그는 가정한다.

심리치료사 오드 젤레*는 자기 어머니가 쇠락해가는 6년을 기록한 책을 출간했다. 알츠하이머에 걸린 사람들의 육체적 · 정신적 퇴화에 관해 쓴 책은 비교적 드물다. 금기시된 주제인 것이다. 그런데 오드 젤레가 이 고통스런 현실에 던지는 시선은 매우 깊고 새로워서 언급할 가치가 있다. 치매가 단순히 한 개인의 정신적 능력을 파괴하는 것만은 아니며, 바깥에서 볼 때 퇴행처럼 보여도 어쩌면 느린 변화의 마지막 기회일지도 모른다는 것이 그녀의 생각이다.

이것은 독창적인 이론이다. 우리에게 큰 힘이 될 수도 있을 이론이다. 쇠락은 장애를 겪는 노인을 어린아이의 상태와도 같은 의존상태로 퇴행하게 만드는가 하면, 죽음에 대한 두려움이 아직 자리 잡지 않은 정신 구조를 되찾게 해준다. 그렇다면 쇠락은 죽음을 준비하는 방식인 셈이다. 이 사실

* 오드 젤레, 『노화의 시련을 겪고*À l'épreuve de la vieillesse*』(파리: 데클레 드 브루베, 2003).

을 이해하면 퇴행은 어처구니없는 것이 아니라 그 의미를 주변 사람들이 함께 나눌 수 있는 것이다.

그런 점에서 우리는 치매 상태로의 현기증 나는 추락 이야기를 좇을 것이다. 드니즈는 여성으로서 자신의 정체성을 이루는 모든 것을 가차 없이 잃었을 때의 감정을 가리켜 '무더기 상실'이라고 이름 붙인 바 있다. 시력과 청력과 언어를 상실할 뿐 아니라, 손의 운동성도 상실하고, 따라서 손의 자율성도 상실한다. "물을 마시기 위해 컵을 잡거나 먹기 위해 포크를 잡지 못하고, 가려운데도 코를 긁지 못할 때 자기 몸과의 관계는 거동불능이라는 진흙탕의 늪 속으로 빠져든다. 타인에 대한 영향력뿐만 아니라 자신에 대한 통제도 깡그리 상실하며, 공격적인 말과 때로는 당치도 않은 상스러운 말까지도 거칠게 올라온다. 그녀의 어머니를 알아보기 힘들게 만드는 이 무절제 상태를 오드 젤레는 '억압된 것의 회귀'라고 이름 붙였다.

그렇지만 그녀는 어떤 일이 벌어지는지 이해하려고 애쓴다. 그녀의 어머니는 자신의 비밀스런 욕망을 펼쳐도 된다고 느끼지 못했다. 성적 활력이 깊숙이 억압되었던 어머니는 이제 예전의 도덕적 억압으로부터 자신을 해방시키려 하고 있는 것이다. "어머니의 헛소리는 여성의 감수성이 침해받은 데서 쏟아져 나오는 것이었지요. 따라서 고통스런 결과에도 불구하고 거기엔 한 가지 의미가 있는 겁니다. 그것을 막을 것이 아니라 오히려 귀를 기울여야죠."

겉모습에도 불구하고 치매에 걸린 사람은 자신이 왜곡하는 현실에 대해 막연하나마 어느 정도 의식을 하고 있다. 마치 아무 일도 없다는 듯이 행동하는 것은 무례하고 심각한 속임수가 될 것이다. 왜냐하면 헛소리는 '폭넓고, 광범위하고, 넉넉한 것을 향한 절망적인 시도'를 표현하는 것이기 때문이다.

하지만 거의 모든 것을 잃었을 때조차 근본적인 것은 남아 있다는 사실을 발견하게 된다. "어머니가 돌아가시기 1년 반 전에, 내가 성경의 시편 한 구절을 읽어주고, 예전 습관대로 어머니의 신앙생활에 맞추어 함께 하느님의 은총을 구했을 때 어머니가 눈은 딴 곳을 바라보면서도 내게 이렇게 대답해 나를 깜짝 놀라게 했다……. '이건 아직 앗아가지 않았어.'"

동료 심리치료사들 가운데 많은 사람들이 알츠하이머가 임박한 죽음을 대면하지 않으려고 삶에서 점차 물러나는 방식이라는 가설에 토대를 두고 일한다.

이 가설에 힘을 실어주는 이야기가 있다. 그걸 내게 들려준 사람은 60세 가까이 된 남자다. 그는 마다가스카르에 살며 6개월마다 알츠하이머에 걸린 사람들을 위한 시설에 입원한 늙은 아버지를 보러 아이들과 함께 프랑스로 온다. 그의 아버지는 알츠하이머 말기에 접어들어 아들을 알아보지 못한다. 지친 아들은 크리스마스 전에 아버지에게 이렇게 말한다. "아버지, 왜 아직 여기 계시죠? 이 생生에서 아직 뭘 하고 계신 거예요?" 아들로서는 이 질문을 던지기가 쉽지 않았다. 죽음의 문제에 접근하는 것은 금기사항이기 때문이다. 그때 아버지가 그의 눈을 똑바로 쳐다보며 대답했다. "걸음을 떼기가 쉽지 않구나!" 분명한 질문에 분명한 답이었다.

나는 치매 환자들의 가족이 환자들에게 사실을 말하면 모든 의식이 꺼진 건 아님을 보여주는 대답을 듣게 될 것이라고 늘 생각해왔다.

내 자식들에게도 나는 내가 치매에 걸리게 될 경우 내 뜻을 존중해달라고 부탁해두었다. 자식들의 얼굴을 알아보지 못하는 단계까지 살아 있게 하지 말라고 말이다. 그리고 마다가스카르의 친구가 그랬듯이, 정신이 맑았을 때처럼 나를 대하며 사실을 말해달라고 했다. 왜냐하면 나는 내 안의 '무언가'가, 무의식 깊이 파묻힌 무언가가 그들이 내게 하는 말을 듣고 있을 것이라고 굳게 믿기 때문이다. '환자와 죽을 권리'에 관한 법률이 나를 억지로 살게 만들 치료를 거부할 권리를 보장한다는 생각을 하면 안심이 된다. 그리고 나는 의사들에게도 미리 밝혀둔 나의 뜻을 고려해달라고 부탁해 두었다.

인간적인 시설, 진실한 말을 해줄 자식들, 일정한 상태를 넘어서까지 삶을 연장하고 싶지 않은 나의 바람을 존중해줄 의사, 이 모든 조건만 갖춰진다면 알츠하이머에 걸려 삶을 끝낸다는 생각도 한결 덜 힘들 것 같다. 내가 예감하듯이, 자아완성의 과정이 우리 존재의 내면 깊이에서 계속된다면 더욱 그렇다.

우리는 여러 증언을 통해 삶을 끝내는 장소가 어디건 인간적 차원은 있을 수 있다는 사실을 확인했다. 사람을 대한다는 사실을 종종 잊어버리는, 너무도 기계적인 세상에서 우리가 지켜야 할 것은 바로 이 인간적 차원이다. 우리가 자신이나 가족 · 친지를 위해 바라는 존엄과 인간애가 점점 커져갈 것이라고 생각할 많은 이유가 있다. 행정당국이 학대 현상에 대한 대책을 마련하고 있으며, 그 계획이 나오기도

전에 많은 기관들이 그들에게 맡겨진 연로한 사람들의 마지막 삶을 인간적으로 만들려고 애쓰고 있기 때문이다. 우리는 에피도르 빌라의 예를 통해 이 사실을 이미 확인했다. 필립 두스트 블라지* 보건부 장관이 맡긴 임무의 일환으로 즐겁게 프랑스 여러 지역을 돌면서 나는 이 사실을 거듭 확인할 수 있었다. 특히, 바스 노르망디 지방의 모르텡 지역 병원이 기억난다. 요리사에서 의사까지 그곳에서 일하는 사람들은 모두 개개인에게 각별한 관심을 쏟도록 교육받는다.

노인을 끝까지 '인간'으로 남게 하고 싶다면 신생아에게 하듯이, 존중하는 마음과 관심과 애정을 갖고 그를 대해야 한다. 간병인들에게 곁을 지키지도 않고 애정도 없이 습득한 모든 테크닉을 문제 삼도록 가르쳐야 한다. 먼저, 타인을 간병 대상으로, 존중하는 마음 없이 사물처럼 대하는 태도를 버리고, 인간미 넘치는 다른 방식의 접근태도를 가져야 한다. 보통의 환자라면 유용하고 필요한 일이기에 자신을 사물 다루듯이 하는 태도를 받아들일 수도 있겠지만, 매우 상처받기 쉬운 처지에 있거나 치매에 걸린 사람은 사물처럼

* 그가 보건부 장관으로 재직하던 2005년의 일이다.

다루는 접촉과 공격적인 접촉의 차이를 알지 못한다. 그들에게는 부드럽고 호의적인 접촉이 필요하다. 관계를 맺고, 함께 있어주고, 접촉하는 것에 토대를 둔 방법론을 가르치는 교육과정도 존재한다.

위마니튀드 철학*과 지네스트-마레스코티 방법론**은 인간관계를 간호의 중심에 둔다. 점점 더 많은 양로원들이 이런 유형의 교육에 도움을 청함으로써 다음과 같은 결과가 생겨나고 있다. 시설 거주자들의 불안한 행동이 눈에 띄게 줄어들고, 간병인들 쪽에서도 일을 그만두는 일이 한층 줄고 있는 것이다.

이 방법의 토대는 눈길과 말과 접촉에 있다. 우리는 습관적으로 노인들을 거의 쳐다보지 않는다. 간병인은 돌보는 사람을 제대로 쳐다보지 않고 위에서, 멀리서, 곁눈질로 쳐다보다가 일을 하려고 시선을 돌린다. 간호 받는 사람의 얼굴 높이에 서고, 몇 센티미터 거리까지 가까이 다가가는 걸 망설이지 않을 때, 상대의 눈을 똑바로 쳐다보는 걸 겁내지

* 위마니튀드(humanitude)라는 말은 인간적인(humain)과 태도(attitude)의 합성어다. – 옮긴이주 ** 이브 지네스트와 로제트 마레스코티가 위마니튀드 철학을 토대로 정립한 간호 방법론이다. – 옮긴이주

않게 될 때 놀라운 변화를 목도하게 된다. 사람들이 암흑에서 빠져나오는 것이다. 병석에 누운 노인이 하루 평균 120초 동안밖에 말을 듣지 못한다는 사실을 생각해보면 다정한 말의 중요성은 새삼 언급할 필요도 없다. 대체 누가 노인을 쓰다듬는가? 대개 간병인들은 자신들의 행동이 거칠고 빠르다는 걸 의식하지 못한다. 그들은 그런 행동이 상처받기 쉬운 상대에게 공격적으로 받아들여진다는 걸 간과한다. '위마니튀드' 교육에서 간병인들은 다정하고 마음을 푸근하게 하는 따스한 행동을 배우며, 그 행동은 환자의 몸을 이완시키기 때문에 한결 효과적이다.

신문기자인 플로랑스 드구엔*은 2006년에 한 양로원에서 촬영된 영화의 아주 감동적인 장면을 이렇게 묘사한다. "이 영화는 지네스트-마레스코티 교육기관의 은밀한 일격이다. 눈물을 자아낸 10여 분은 별것 아닌 인간적인 태도가 만들어낼 수 있는 기적을 예시해준다. 잔은 1년 반 전부터 침대에서 꼼짝 못하고 있는 89세의 노부인이다. 그녀의 눈은 거의 언제나 감겨 있고, 그녀는 태아처럼 웅크린 자세로 아무

* 『오주르뒤』, 2007년 9월 5일자.

것에도 반응하지 않으며, 음식도 강제로 주입된다……. 위마니튀드 교육을 받은 어느 보조간호사가 침대 속으로 그녀를 찾아오기 전까지는 그랬다. 젊은 간호사는 노인의 얼굴 높이에 자기 얼굴을 갖다 대고서 다정한 목소리로 공허한 얼굴에 매달렸다. "잔, 저는 친구예요. 눈을 떠보세요……." 잔은 무서울 정도로 굳은 자세로 꼼짝하지 않았다. 보조간호사는 손으로 잔의 어깨를 쓰다듬고, 그녀의 이름을 다시 부르고 또 불렀다. 그러자 갑자기 그녀의 눈꺼풀이 깜박이더니 머뭇거리며 뜨였다. 아직은 인간의 눈길이라 하기 어려운, 마비 상태에서 끌어내어진 데 놀란 듯한 흐릿한 눈에 불과했다. 적응하기가 힘든지 그녀의 눈이 보조간호사의 눈길을 만나기까지는 몇 초가 걸렸다. 그때부터 잔은 서서히 삶으로 돌아왔다. 침대에서 다시 일어섰으며, 씻으러 갔고, 앉아서 먹는 걸 받아들였으며, 1년 반 만에 '예', '아니오'라는 말을 했다. 심지어 다시 걷기까지 했다. 그러더니 보조간호사에게 '사랑해요'라는 말을 속삭였다."

이 내용을 읽고 나는 놀라지 않았다. 내가 심리치료사로 일하던 호스피스 간호 병동에서 보조간호사인 이본과 시몬이 그런 기적을 이뤄내는 걸 직접 눈으로 보았기 때문이다. 나는 유령 같던 사람들이 삶을 되찾는 걸 보았다. 물론 그러자면 마음도 필요하지만, '적정한 거리'를 찾는 능력도 필요하다. 이는 '무장하고' 인간관계로부터 자신을 보호해야 한다는 의미가 아니라, 반대로 자신의 감정을 뒤섞지 않고 타인의 감정에 민감할 수 있다는 뜻이다. 정서적 중립이란 허상이다. 간병인이 정서적 중립을 지키면서 인간적일 수는 없다.

한 가지는 확실하다. 다정하게 대하는 법을 배우는 간병인들은 자존감도 되찾기 때문에 덜 지친다. 그들은 일에서 즐거움을 얻을 수 있다는 사실을 발견하게 된다.

따라서 간병인들을 '잘못하고 있다'는 죄책감으로 몰아넣는 것은 적절하지 않다. 그들이 너무도 위생과 인체공학만을 고려하는 교육을 받다보니 환자를 편하게 하기 위해 그곳에 있다는 사실을 잊어버리는 것이 문제다. 따라서 지금까지 제대로 평가되지 못했던 것 즉, 다정한 태도나 접촉, 곁에 있어주는 배려 등의 가치를 제대로 평가하고, 간병인들이 동료 앞에서 인간적인 태도로 간병할 용기를 갖게 하는 것이 관건이다.

간병인들은 인간성 결핍에 대한 핑계로 시간이 없다거나 일손이 부족하다는 논거를 자주 내세운다. 인간적이 되는데 시간이 드는 건 아니다. 오히려, 같은 시간으로 똑같은 일을 할 뿐만 아니라, 상대에게 진심으로 다가감으로써 오히려 더 잘할 수 있다. 일부 간병인들은 단순히 인간적인 태도를 보이면 나쁜 평가를 받는다고 오랫동안 느껴왔다. 그들은 다정한 행동을 할 때 숨어서 했다. 있어서는 안 될 일이다. 이는 교육의 차원을 뛰어넘어 기관과 건강관리 부처가 총력을 기울여야 할 사안이다. 서비스 부문에 공통된 인간적 문화가 필요하며 집단적 책임이 필요하다. 이는 해볼 만한 가치가 있는 일이다. 양로원과 거동불능 상태의 노인들을 위한 병원시설에서 간호사와 보조간호사를 충분히 채용하지 않는다고 불평하는 시대지만 인간적인 시설의 교육과 문화가 자리 잡는다면 지원자들을 끌어당길 수 있다.

나이 든 사람들에게 그들의 리듬과 감수성과 존엄을 존중하는 접촉이 가져올 이점은 입증할 필요조차 없다. 많은 장애가, 특히 불안한 흥분 상태가 사라지기에 진정제 처방이 줄게 된다. 노인질병 전문의들은 환자의 병이 훨씬 호전된다고도 말한다.

놀라운 노인들과의 만남

나는 우리가 사람들에 둘러싸여 있으며, 열린 마음을 가지고 있고, 우리 안에 조그만 빛이라도 품고 있다면, 아무리 늙더라도 존엄과 의미를 지킬 수 있고, 늙어서 살게 될 장소는 우리가 상상하는 것보다 훨씬 덜 중요할 것이라고 믿게 되었다. 그러자 드디어 라두세트의 말대로 나이 드는 것이 '승리'처럼 경험될 수 있다는 걸 보여주는 현자의 말을 되새겨볼 때가 된 것 같았다. 그와 만나고 얼마 지나지 않아서 나는「멋지게 사는 노인들의 열 가지 증언」*을 실은 잡지를 받았다. 이 글이 내 생각을 더욱 확고

하게 만들어주었다. 브누아트 그루는 "나이가 주는 것, 그건 마음의 젊음이다"라고 말하면서 아프다는 소리만 해대며 시간을 보내는 나이에 대해 한탄한다. "매일 아침 창문을 열고 다시 태어나는 하루를 만날 수 있다면…… 매일 세상은 신선함으로 빛납니다. 그런데 젊을 때는 습관적으로 창문을 열지요……. 모든 것에 호기심을 갖게 됩니다. 전보다 더 호기심이 많아지지요. 예를 들어, 저는 요즘 시를 발견하고 있습니다. 시는 명상에 빠져들게 하고, 우리를 본질적인 것으로 인도하지요. 요즘 저는 움직이지 않는 여행의 풍요로움을 발견하고 있습니다. 움직일 수 있을 때는 몰랐던 즐거움을 이제는 제대로 만끽하고 있습니다." 앙리 살바도르는 한 발짝 더 나아간다. "그런 호기심은 나이가 들어도 간직되는 겁니다. 그것이야말로 탁월한 항노화제지요." 그도 다른 여러 사람들과 마찬가지로 행복의 열쇠가 현재를, 이 좋은 순간을 만끽하는 데 있다고 말한다. 왜냐하면 "인생은 경이로운 것이니까요! 그런데 사람들은 그걸 깨닫지 못하는 것 같습니다. 항상 불평하고 투덜거리고 우는 소리를 해대는 걸

*『누벨 클레』, 2006년 가을, 51호.

보면 자기 불행을 즐기는 모양입니다. 저는 좋았던 순간만 봅니다. 다른 순간들은 잊어버리지요." 이 말에 대한 메아리로, 상원의 최고참 의원인 폴레트 브리즈피에르도 나이가 들면 들수록 환상적인 삶을 발견하게 된다고 쓰고 있다.

모리스 베자르는 79세인데도 노화로 창작충동이 변질되지는 않는다고 말한다. 이제 자신은 직접 춤을 출 수는 없지만 제자들을 통해 춤을 체험하고 있다고 말한다. 83세의 드니즈 데자르뎅은 인도에서는 삶이 끝날 때까지 우리 안에서 무언가가 계속해서 자란다고 말하며, 그것을 '마음속의 주主'라고 말한다. "그걸 자아라고도 하고, '진정한 존재'라고도 부르죠. 변함없고, 영원불멸의 무언가를 가리키기 위한 이름은 수많이 많습니다." 아흔이 다 된 로베르 라퐁은 '자기 삶을 거꾸로 관조해보는 기쁨'에 대해 말한다. 그는 몸으로는 늙고 무겁다고 느껴도 정신은 점점 더 가볍고 평화롭다고 느낀다. 그리고 여전히 삶에서 배울 것이 많다고 여긴다. 특히 그를 둘러싼 '세상과 소통하고 전율하는 법'에 관심이 많다. 80세의 클로드 사로트는 여성으로서 느끼는 유쾌한 자유에 대해 말한다. 더 이상 섹시하지 않아도 된다고 느끼는 자유! 그녀는 타인의 시선에 덜 의존하게 되고, 어떤 판단을 받을까 겁내지 않고 원하는 걸 말할 수 있다고 느낀다. 93세의 자클린 드 로밀리도 정신은 여전히 젊으며, 마침내 자기의 '작은 나'를 떠나 '지혜를 향해 오를' 수 있게 되었다고 말한다. 마지막으로, 보리유 교수는 관능과 감각적 쾌락에 부여하는 자리가 행복한 노년을 사는 데 매우 중요하다고 한다.

멋진 노년을 보여주는 이 책자를 읽으니 내가 좋아하는 두 사람과 함께 얘기를 나누고 싶었다. 그 두 사람은 제각기 다른 방식으로 내게 늙고 싶은 욕망을 안겨주었다. 나는 그들을 행복을 주는 마스코트로 여긴다. 그만큼 그들의 존재가 나를 편안하게 해주는 것이다. 두 사람은 대중적으로 잘 알려진 인물이며 모두 빛을 발하는 노인들이다.

먼저 엠마뉘엘 수녀*가 있다. 거의 100세가 된 이 수녀는 프랑스인이라면 누구나 그 카리스마를 알고 있으며, 20년 동안 카이로에서 가난과 문맹에 맞서 싸워왔다. 이 분은 '무의미를 좇고 있는' 현대인들을 끊임없이 흔들며 영적 해방을 추구하고 있다.

* 카이로 빈민가에서 23년간 넝마주이들과 생활하여 '카이로의 넝마주이'라고 불리는 프랑스 수녀로, 그녀의 뜻을 이어받은 '엠마뉘엘 수녀를 지지하는 협회'가 오늘날 전세계 아동을 돕고 있다. 그녀의 책 『풍요로운 가난*Richesse de la pauvrete*』(2001)과 『아듀*Adieu*』(2009)가 우리말로 번역 출간되었다. –옮긴이주

미디어의 조명을 많이 받는(프랑스 여론조사에서 그녀는 조니 할리데이*와 맞먹는다) 그녀는 한결같은 자신의 아우라를 이용해서 지치지도 않고 마음의 길을 설파한다. 대중적으로 알려진 지위에서 얻는 개인적인 기쁨을 의식하고서 그녀는 명석하게 그것을 받아들였다. 그녀는 말했다. "타인을 향한 사랑의 숨결에서 개인적 이득이라는 딱딱한 씨앗을 분리하기란 불가능하다는 것을 깨달았습니다." 무상의 행위가 존재하지 않는다는 걸 어떻게 이보다 더 잘 표현할 수 있겠는가. "우리의 천성은 피어나고 싶어 합니다. 우리의 천성은 기쁨을 누리고, 소유하고, '자기 자랑을' 하고 싶어 하는 갈증을 품고 있습니다. 기부와 자비의 봉사에 대한 충동도 품고 있지요."** 내가 엠마뉘엘 수녀의 이 말을 인용하는 것은 그녀가 자기 자신에 대해 말할 때 보여준 진실과 겸손에 감동받았기 때문이다. 이 여성은 참되다. 바로 그래서 나는 그녀의 증언을 듣기 위해 찾아갔던 것이다.

그날 오후, 엠마뉘엘 수녀는 베르사유의 디아코네스 병

* 전 세계적으로 1억 장 이상의 앨범이 판매된 유명한 프랑스 록 가수. - 옮긴이주

** 엠마뉘엘 수녀, 『산다는 건 무엇에 쓰이는 걸까?*Vivre, à quoi ça sert?*』(파리: 제뤼, 2005), 110쪽.

실에서 안락의자에 앉은 채 나를 맞이했다. 그녀는 북부 지역으로 강연회를 하러 가던 중에 쓰러진 뒤로 그곳에 입원해 있었다. 등도 굽고, 얼굴에는 주름이 가득했지만 눈만큼은 믿기지 않을 만큼 살아 있었으며, 목소리도 여전히 쩌렁쩌렁했고, 정신도 여전히 맑게 깨어 있었다. 그녀는 거의 100세가 되었지만 이런 생각이 들게 만들었다. "굉장한 젊음이야! 엄청난 에너지야!"

우리는 몇 년 전부터 알고 지냈다. 내가 그녀의 말을 처음으로 들은 건 액스레뱅에서 사랑을 주제로 열린 토론회 때였다. 그녀는 베르크손에 대해 말했다. 볼품없는 수녀 복장을 하고 강단에 선 그녀는 연약해 보이기만 했다. 그런데도 그녀에게서는 빛이 났다. 낙엽 한 잎을 들고서 그녀는 인간의 마음에 대해 말했다. 그녀는 인간의 마음을 낙엽으로 뒤덮인 거대하고 깊은 호수에 비유했다. 그녀는 말했다. "우리의 마음은 슬픔과 회한의 나뭇잎으로 뒤덮인 호수와 같습니다. 슬픈 껍질을 깨뜨리고 호수 깊숙이, 다시 말해 마음 깊이 들어가야만 합니다. 자기 마음 깊이 들어가고, 자기 내면을 길어내는 데는 용기가 필요합니다." 그녀는 인간에 대해 품고 있는 거대한 믿음의 일부를 우리에게 전하려는 듯이 거듭 말했다. "인간을 넘어서는 건 인간입니다." 그녀는 누구보다 좋아하는 철학자 파스칼을 인용하며 말했다. 파스칼은 그녀에게 '생각하는 인간의 위대함'*을 발견하게 해주었다.

몇 달 뒤 우리는 다시 만났다. 내가 레지옹 도뇌르 훈장을 수여하는 의식을 그녀에게 맡아달라고 부탁했던 것이다. 나는 인간을 위한 일에 깊이 개입한 그녀 같은 사람이 내게 이 훈장을 달아주길 바랐다. 그녀는 내 부탁을 받아들였다. 내 책 『친근한 죽음*La Mort intime*』을 무척 좋아했기 때문이라고 했다. 이 의식이 우리를 이어주었다.

이제, 병실에서 그녀는 허약해졌다고 느낀다. 이 불편은 하나의 신호와 같다. 어쩌면 죽음은 더 이상 멀리 있지 않은지도 모른다. 게다가, 그녀는 매일 죽음을 생각한다. 그러나 전혀 두려움은 없다. 그녀는 준비가 되어 있다. 그녀는 죽음에 대해 내게 이렇게 말했다. "나한테는 아이가 아버지의 품속으로 돌아가는 것과 같은 거예요."

내가 그녀를 찾아간 것은 늙음의 경험에 관한 무언가를 우리에게 전해달라고 부탁하기 위해서였다. 물론 그녀의 증

* 엠마뉘엘 수녀, 앞의 책, 45쪽.

언이 우리들 대부분의 노인들이 겪고 있는 것을 대변해주는 건 아니다. 엠마뉘엘 수녀는 성녀와 다름없기 때문이다. 사람들은 날더러 우리가 동일시할 수 없는 데서 본보기를 찾고 있다고 비난할지도 모른다. 이런 걸 알면서도 나는 그녀를 만나러 갔다. 우리에겐 우리를 위로 끌어올려주는 사람들의 말이 필요하다고 생각되기 때문이다.

이어질 얘기에서 나이를 먹는 데 도움을 줄 수 있을 말을 취하는 건 독자들 각자의 몫이다. 노년에 대해 말해달라고 하자 엠마뉘엘 수녀는 내 눈을 똑바로 쳐다보며 말했다.

— 있잖아요, 마리, 내게 노년은 내 생애에서 가장 아름다운 시기랍니다. 나는 내가 가졌던 모든 만남을 통해 풍요로워진 느낌을 받고 있어요. 수만 명의 사람들이 나를 풍요롭게 해주었지요. 그래서 나는 거대한 자산을 가지고 있고, 내가 받은 것을 전할 책임감을 느끼고 있어요.

사람들이 그녀를 현자로 본다고 말하자 그녀가 응수했다.

— 난 현자가 아니에요! 마리! 허술하기만 한걸요. 모험에는 뛰어들지만 합리적이지 못해요. 난 항상 그랬죠. 내가 한 일들은 바람과 파도를 거스르고 한 일이죠. 아무도 내 뜻에 동의하지 않았어요. 내가 수녀가 되었을 때 모두가 나를 놀렸지요. 난 놀고, 여행하고, 잘생긴 남학생들과 춤추는 걸

좋아하던 여자애였으니까요. 멋도 꽤나 부렸죠. 옷차림이 나한텐 중요했지요. 그래서 사람들은 내게 '수녀원에서는 어쩔 거냐'고들 했죠. 다른 사람들은 내 마음속에 절대에 대한 열망이 있다는 걸 보지 못했습니다. 나는 가벼운 연애도 하고 여행도 했지요. 하지만 그런 것이 나를 무엇으로 인도했을까요? 나는 변하지 않는 무언가를 좇도록 만들어진 것 같은 느낌이 들었어요. 그때까지는 파스칼의 말을 알지 못했지요. "모든 것은 우리에게서 미끄러지듯 빠져나가 영원히 달아난다." 모든 것이 내 손에서 빠져나가는 느낌이었습니다. 나는 변하지 않는 것을 갈구했습니다. 사랑, 무상의 사랑, 영원하기 때문에 진짜인 사랑 말입니다.

몇 년 전, 함께 어린 시절에 대해 얘기를 나누던 중, 엠마뉘엘 수녀는 네 살 때 자기 눈앞에서 아버지가 익사하는 걸 본 일이 얼마나 결정적인 사건이었는지 내게 말한 적이 있다.

— 그날, 마음 깊이 깨달으신 거군요. 모든 게 덧없고, 인생도 덧없다는 걸 말입니다. 그래서 변하지 않는 걸 찾았던 거고요.

— 그래요. 내가 한 남자를 사랑한다면, 그래서 그와 결혼한다면, 내 눈앞에서 아버지가 사라졌듯이 그 남자도 언젠가 사라질 것이라는 사실을 깨달았지요. 나한테는 절대적

사랑이, 사라지지 않을 사랑이 필요했습니다. 나는 종교적 삶을 선택한 것을 한 번도 후회해본 적이 없습니다. 이 삶이 나를 해방시켰으니까요. 내가 멋 부리는 처녀의 치마를 풋내기 수녀의 엄숙한 복장과 맞바꾸었을 때, 발끝까지 내려오는 검은 옷을 입고, 머리에 베일을 뒤집어쓰고 정말 우스꽝스러운 두 줄 끈으로 묶었을 때도(꼭 과부 꼴이었지요!) 나는 아무렇지도 않았어요. 자유로웠지요! 난 자유로웠습니다! 나는 청빈의 서원을 했고, 따라서 돈이 필요 없게 되었죠. 정결의 서원을 했으니 잘생긴 남자도 더 이상 내 관심을 끌지 못했죠. 순명의 서원을 했으니 나는 함께 바른 길을 찾아야 할 상관을 두게 되었지요. 마침내 나는 자유로웠습니다! 그리고 지금도 여전히 자유롭다고, 어쩌면 한층 더 자유롭다고 느끼고 있습니다.

— 늙음이 더 큰 자유를 준다는 말씀이십니까?

내가 물었다.

— 그래요, 난 그렇게 생각해요. 사람들과의 접촉이 한결 쉬워졌으니까요. 게다가 젊었을 때는 모호해 보일 수 있기 때문에 온전히 쏟을 수 없었던 다정한 애정도 분명하게 인간적인 차원을 갖게 되지요. 아주 다정한 우정도 맺고 있어요. 그 관계는 참된 우정으로 내게 많은 것을 가져다주지요.

게다가 내 삶이 전개되는 걸 볼 때 평온한 느낌이 듭니다. 좋은 선택을 한 거지요.

하루 종일 무얼 하며 지내는지 묻자 그녀는 대답했다.

— 친구들을 맞이하지요. 내가 세운 단체에서 일하는 친구들이어서 어떤 활동을 펼치고 있는지 잘 알고 있어요. 왜 그런지는 모르겠지만 젊은 친구들이 엄청나게 많습니다. 그들에게서 내 모습을 봅니다. 그들은 내 영혼에 생기를 불어넣어줍니다. 젊음은 달콤하지요! 늙어서도 젊은 마음을 간직할 수 있어요. 경이로운 일이지요. 나이가 들면서 나는 극도로 예민해졌습니다. 존중과 사랑을 받으면 아주 기분이 좋아요. 전에는 미소와 친절로 둘러싸일 필요를 느끼지 못했지요. 이제는 그걸 만끽하고 있고, 그것이 내가 늙은 잔소리꾼이 되지 않도록 도와주지요.

— 때로 외롭다고 느끼는 때도 있는지요?

— 없어요! 마리, 나는 우리 안에 사랑의 정신이 깃들어 있다고 굳게 믿고 있어요. 그곳이 나의 거주지입니다. 매순간마다 그걸 누리고 있어요.

— 그걸 하느님이라고 부르시나요?

내가 감히 물었다.

그녀의 얼굴은 갑자기 젊은 아가씨의 얼굴처럼 환해졌다.

— 내겐 두 가지 무한한 기쁨의 원천이 있어요. 하느님과 사람들입니다. 난 하느님을 믿고 사람을 믿어요. 혼자일 때 나는 기도를 합니다. 손 닿는 곳에 언제나 묵주를 두지요. 기도할 때는 내 마음속에 있는 모든 사람들을 떠올립니다. 그리고 거대한 꽃다발을 만들어 아침부터 저녁까지 나누어 주지요. "주님, 제가 사랑하는 모든 이들에게 축복을 내려주세요!" 나는 하느님께서 내 말을 듣고, 그들이 자기 삶을 짊어질 수 있도록, 장애물을 넘을 수 있도록, 사랑하도록 도울 것이라고 확신합니다.

인생의 세 번째 시기에 들어서며 늙는 걸 겁내는 모든 이들에게 무슨 말을 해주고 싶은지 묻자 그녀는 단호하면서도 부드러운 목소리로 말했다.

— 겁내지 마세요! 늙음은 왕관과 같은 겁니다. 나는 내 인생의 꼭대기에 이르러 무한한 애정을 품고 세상과 타인을 바라봅니다. 그리고 그들을 마음속으로 느낍니다. 이 같은 다정한 관조는 엄청난 기쁨을 안겨줍니다. 내게는 샴페인과도 같은 것이지요! 기쁨이 마음속에서 터져 나오니까요!

여러분도 이런 기쁨을 주변에 나눠줄 수 있어요. 인간을 믿지 못하고, 어떤 사람이건 개개인의 가치를 믿지 못하게 되는 날 우리는 늙은이가 되는 겁니다. 내가 정말로 좋아하는 아랍 시인의 말을 여러분의 것으로 삼으세요. "인간의 마음을 쪼개보라, 거기서 태양을 발견할 것이다!" 하지만 그러자면 어느 정도는 자기 자신을 잊고 타인들에 관심을 가져야 하지요!

나이 든 사람들은 사랑해야 할 자신의 임무를 의식해야 할 것입니다. 어떤 상태로 늙어가건 우리는 바라보고 웃을 수 있고, 손을 내밀고 축복할 수 있습니다. 이것이 삶을 바꾸지요.

앞에서 우리는 노년을 환하게 빛나게 하는 건 믿음과 사랑이라고 말했다. 이제 막 엠마뉘엘 수녀가 그 본보기를 보여주었다. 그녀의 믿음은 종교적 경험 속에 뿌리를 내리고 있다. 빛을 발하는 또 다른 노인들은, 곧 보게 되겠지만, 종교적 믿음을 품고 있는 것이 아니라 그저 삶과 인간에 대한 믿음을 가지고 있다.

내 친구 스테판 에셀의 경우가 그렇다. 그는 휴머니스트요, 대화하고 참여하는 사람이다. 제2차 세계대전 때 저항군으로 활동했고 수용소 생활을 했던 그는 유엔 외교관도 지냈다. 그는 미셸 로카르가 창설한 국제 윤리 · 과학 · 정치 학회의 회원이다. 이 직책으로 그는 평화의 문화라고 부르는 것을 옹호하기 위해 전 세계를 돌며 강연을 했다.

그는 자신을 정원사로 정의한다. 그는 지칠 줄 모르고 거듭 말한다. "평화를 자라게 하는 것, 그것은 폭력 대신 이해와 대화와 소통을 자라게 하는 것이다."

나는 우리를 잇는 우정을 이용해서 노년에 대한 그의 생각을 얘기해달라고 부탁했다. 그는 이 시기를 어떻게 살고 있을까?

먼저 스테판 에셀이 90세라는 사실을 알아야 한다. 그는 날렵하고 기품 있고 건강하다. 특히 교양이 높은 사람이며, 삶의 기쁨과 행복에 대한 감각이 느껴지는 사람이다. 그의 눈과 넉넉한 웃음에서는 빅토르 위고가 말한 빛*이 보인다.

— 그 젊음과 빛은 어디서 오는 겁니까?

— 어머니에게서 물려받은 겁니다. 내가 어렸을 때 어머니께서 자주 하시던 말씀 가운데 이런 얘기가 있습니다. "행복하겠다고 맹세하자!" 어머니는 행복을 느끼고 비추는 일이야말로 우리 모두가 가장 잘할 수 있는 일이라고 말씀하셨습니다. 고통과 괴로움을 비출 수도 있지만 그런 건 아무

* 빅토르 위고, 『정관시집*Les Contemplations*』, "그런데 노인의 눈 속에 빛이 보인다."

득이 없지요. 마음의 거울은 인생 초년기에 형성되고, 그것은 각자의 비추는 능력에 따라 강화될 수 있지요. 나는 행복에 입문하는 행운을 가졌고, 그 후 평생 동안 행복을 가꾸었습니다.

그것이 나 자신을 사랑스런 사람의 이미지로 만들게 했다는 걸 잘 알고 있습니다. 나는 타인의 마음에 들고 싶어 합니다. 이 사실을 뒤집어보면 내가 귀를 기울이고, 긍정적이고, 건설적인 사람처럼 보이고 싶어 한다는 것이고, 누군가 내 뜻에 동의하지 않거나 나를 공격하면 방어하는 데 큰 어려움을 겪는다는 얘기지요. 나의 성향은 이해하려고 애쓰는 것이지, 격렬하게 응수하는 게 아닙니다. 그리고 청을 받으면 거절할 줄을 모르지요.

어머니로부터 물려받은 행복의 감각 말고도 살면서 운도 좋았다는 느낌도 있습니다. 죽음이 아주 가까이 스치고 지나가고도 살아남은 적이 적어도 네 번은 있었죠. 난 이걸 행운이라고 부릅니다. 불운하다고 생각될 때는 잘 늙기가 힘들지요. 나는 살면서 한 번은 죽음과 마주쳐야 한다고 친구들에게 말합니다. 그건 중요한 경험입니다. 삶이란 재산입니다. 우리가 삶을 잃을 뻔했다가 지켜보지 않으면 이 사실을 잊어버리기 십상입니다. 이건 전쟁 기간이나 심각한 질병에 걸렸을 때도 마찬가지로 적용되는 얘기입니다.

스테판은 자신이 무슨 얘기를 하고 있는지 분명히 알고 있다. 드골 장군 곁에서 참전했던 그는 1944년에 포로로 붙잡혀서 부헨발트 수용소에 갇혔다가 도라로 이송되었다. 그가 놀라운 '행운'을 만나지 못했더라면 아마도 거기서 죽음을 맞았을 것이다. 어느 날 밤, 사람들이 와서 탈주가 준비되고 있다는 사실을 그에게 알렸다. 그리고 가담자 가운데 한 사람이 얼마 전에 죽어서 자리가 하나 남았으니 행동을 같이 하겠냐는 제안을 했다. 스테판은 이날 밤 다른 사람들과 함께 탈주했다. 이로써 우리는 이 사람이 살아 있다는 단순한 사실에 감사하는 심정을 잘 이해할 수 있다. 그는 이 사는 기쁨을 어떻게 유지하는 걸까?

스테판은 언제나 시를 사랑했다. 늘 자기가 좋아하는 시를 배우고 암송한다. 그와 함께 하는 저녁시간은 언제나 한두 편의 시를 프랑스어나 영어로 암송하는 것으로 끝이 난다. 그와 함께하는 이런 저녁시간은 정말이지 매혹적인 시간이다. 그가 온전히 시 속에, 리듬 속에, 시가 불러일으키는 감흥 속에 빠져 있는 것이 느껴지기 때문이다. 우리는 눈을 감고 그의 소리에 귀를 기울이고, 목소리의 변화를 따라간다. 영혼의 가장 깊은 곳을 건드리는 순간에는 목소리의 변화를 감지하기가 힘들다. 고백하건대 우리는 그의 목소리에 실려 간다.

매일 시를 한 편 읊는 것은 기억을 위해서도 아주 좋은 일일 뿐만 아니라 삶을 사랑하고, 삶에 감사하는 그에게는 이 일상적 실천이 일종의 기도임을 느낄 수 있다.

88세를 기념해서 스테판은 시선집詩選集을 출간했다.* 그는 죽음을 다룬 88편의 시를 골랐고, 그 시들이 주는 감흥을 독자와 함께 나눈다.

— 나는 죽음에 대한 생각을 다시 끌어들이고 싶습니다. 아시다시피, 내가 가진 장점 가운데 하나가 매우 긍정적인 태도를 가졌다는 것입니다. 나는 죽고 싶어요. 내일이나 모레 죽고 싶다는 것이 아니라, 내 삶이 완성되기를 바랍니다. 그리고 그 완성이 내가 필요 이상으로 작아지지 않은 순간에 이루어지길 바라지요. 물론, 우리는 작아집니다. 하지만 우리가 "이제 됐어. 내 삶은 멋졌어. 아직까지는 사는 것이 기쁜 만큼 죽는 것 또한 기쁠 거야. 두 기쁨이 내게는 하나일 뿐이니까. 따라서 나는 기쁜 마음으로 떠날 수 있어" 이

* 스테판 에셀, 『오 나의 기억, 시, 나의 필수품 *Ô ma mémoire, la poésie, ma nécessite*』(파리: 쇠이유, 2006).

런 생각을 할 수 있으면 좋겠습니다. 실제로 그런 사람들이 있지요. 나는 죽음이 탄생과 마찬가지로 하나의 통과의례일 뿐이라고 생각합니다. 우리 안의 무언가가 시간 속으로 널리 퍼지는 거지요.

따라서 우리가 죽음에 대해 긍정적인 태도를 가질 수만 있다면 늙는 것이 두렵지 않게 됩니다. 때가 되었을 때 떠나는 방법을 발견하게 될 거라는 사실을 아니까요. 이것이 정말로 쉬운 일이 아니라는 건 인정합니다. 왜냐하면 아직은 '자! 여기서 스톱' 하고 말할 방법이 없기 때문입니다. 왜 지금이지? 곧 90세가 될 것이니까? 이런 경계를 세우는 건 터무니없어 보입니다!

"삶이 지긋지긋할 때 떠나는 '기분 좋은' 방법을 찾도록 결정할 가능성을 사람들에게 주는 것을 저도 긍정적으로 생각합니다. 그렇지만 안락사를 통하지 않고, 다른 사람에게 당신의 죽음에 개입하도록 부탁하지 않고, 떠나려는 그 선택을 어떻게 존중할 수 있을까요?"

그러자 스테판은 그의 장모, 즉 그의 두 번째 부인인 크리스틴의 어머니가 89세에 택한 방법을 얘기해주었다. "장모님은 떠나고 싶다고 말씀하셨지요. 그분은 특별히 뭘 하진 않았어요. 식사를 거부한다든지 적극적인 행동은 하지 않으셨지요. 다만 죽음에 몸을 내맡겼습니다. 그랬더니 죽음이 찾아오더군요. 내 생각엔 우리가 죽음을 부를 수 있는 것 같아요."

자기 죽음을 부를 수 있다니! 그렇다. 스테판은 그렇게 생각했다. 나이가 들면서 '보이지 않는 것'에 대한 그의 믿음은 커져갔다. 그는 자신이 발견해서 최근에 번역한 릴케의 멋진 텍스트에 대해 얘기했다. 릴케가 「두이노의 비가悲歌」를 이해하고 싶다고 말하는 한 친구에게 답하는 내용이다. 7쪽에 달하는 멋진 편지에서 이런 글을 읽을 수 있다. "내가 발견한 사실은 삶이 눈에 보이지 않는 것으로 둘러싸여 있다는 거야. 천사들은 이 눈에 보이지 않는 것 속에서 살고 있지. 우리가 할 일은 눈에 보이는 것을 보이지 않는 것으로 변화시키는 일이야. 우리는 눈에 보이는 것의 금을 모아서 보이지 않는 실을 잣는 벌이지." 이 글은 죽을 수밖에 없는 존재라는 사실이 우리에게 삶의 본질을 끌어내어 우리 안에 구현하게 해주며, 그럼으로써 그것이 세속의 경계를 꿰뚫는다는 걸 보여준다. 당연히 시는 우리를 천사들에게 다가가게 해주는 도구 가운데 하나다.

릴케는 이렇게 쓰고 있다.

"우리가 할 일은 임시로 머무는 이 노쇠한 땅을 우리 안에 새기는 거야. 깊이, 고통스럽게, 그리고 열정적으로 새겨 그 정수가 눈에 보이지 않는 우리 안에서 솟아오르게 하는 것이지. 우리는 '눈에 보이지 않는 세계'의 벌이야. 우리는 눈에 보이는 세계의 꿀을 필사적으로 따다가 보이지 않는 세계의 거대한 황금 벌통에 나르지."

나는 왜 릴케의 이 문장에 그토록 감동하는지 스테판에게 물었다. 그는 이 글이 우리 개개인의 임무를 기막히게 압축하고 있다고 말했다. 인간에게는 종種의 운명을 손에 쥘 능력이 있다. 그런데 인류는 지난 세기에 거대한 차원을 획득했다. "인류는 새로운 존재 능력을 갖게 되었지요. 이것은 프로이트와 아인슈타인 이후로 인류가 스스로에 대해 새롭게 발견한 것입니다. 이 변화에는 책임이 따릅니다. 인간은 인간에 대해 책임이 있습니다. 아무렇게나 행동할 수가 없지요."

그런데 올라오는 세대에게 세상과 인간에 대해 자신이 배운 것을 상기시키는 것은 모든 노년의, 장차 100세가 될 모든 사람들의 임무가 아니겠는가? 전쟁을 경험한 우리는 인류가 최악의 야만행위도 저질렀지만, 또한 인권선언과 같은 위대한 원칙을 중심으로 결집하기도 했으며 그 원칙들을 존중하도록 지켜볼 수도 있음을 안다. "우리는 이제 전쟁이

이기는 법은 결코 없으며, 폭력이 해결책이 아니라는 것을 압니다. 평화와 진보와 민주주의로 인도하는 길들이 어떤 것인지도 압니다. 대화와 경청과 협상이지요. 우리가 이 길을 따르지 않으면 엄청난 위험에 처할 수 있다는 것도 압니다.

수용소에서 돌아왔을 때 우리는 질문을 받지 않았습니다. 그 경험이 우리에게 무엇을 가르쳐 주었는지 사람들은 우리에게 묻지 않았습니다. 이제 수용소에서 해방된 지 60년을 맞이하면서 이제야 우리는 질문을 받았습니다. 부헨발트 기념관 관장은 유럽 전역에서 70명의 청년을 불러 모아 수용소에서 살아남은 사람을 한 사람씩 인터뷰하라고 요청했습니다. 청년들은 우리에게 흥미로운 질문을 던졌습니다. 그러고 나서 인상 깊었던 점을 스케치로 그려 제출했지요. 그들은 뭔가를 포착했습니다. 단지 불행과 파괴와 고통만이 아니라, 생존자들이 전하는 삶의 의욕과 쓸모 있는 사람이 되려는 갈망을 잡아낸 것이지요."

이것이 노년에 이른 두 사람의 모습이다. 두 사람은 매우 다르다. 한 사람은 신앙을 가졌고, 다른 사람은 그렇지 않다. 한 사람은 혼자서 살거나 공동체생활을 했고, 다른 사람은 두 번이나 결혼했으며 자식과 손자를 여럿 두었다. 그들이 걸어온 행로도 다르다. 그들이 공통으로 지닌 것은 삶의 선택에 힘차게 뛰어든다는 점, 활력, 긍정적 태도, 온갖 시련에도 삶에 대한 믿음을 지켰다는 점, 기뻐하고 감탄할 줄 아는 능력 등이다. 그들이 인생의 마지막 단계에 부여한 의미는 어떤 것인가? 계속해서 정서적으로, 그리고 정신적으로 풍요로워지는 삶, 젊은이들에게 자신들의 경험과 가치와 인간에 대한 믿음을 전하는 삶이다.

그들을 만나고 나서 우리는 늙어서도 자긍심을 간직하고 기쁨과 행복의 순간을 느끼며, 여전히 삶으로부터 배우면서 살 수 있다는 걸 확신하게 되었다. 그런데 어떻게 그런 상태에 도달할 수 있을까? 어떻게 하면 그렇게 환하게 핀 노년에 도달할 수 있을까?

잘 늙기 위한 열쇠

우리 세대는 더 오래 살 것이고 더 잘 살 것이다. 우리 세대의 책임은 '잘 늙는 것'만이 아니라, 이 경험을 가지고 선하고 행복한 무언가를 만드는 데 있다. 부러워할 만한 모험이다.

물론 이 모험 앞에서 모두가 평등하지는 못하다. 평탄하게 살아온 사람들은 살면서 시들고 메마른 사람들과 같은 방식으로 이 '새로운 시기'에 들어서지 않을 것이다. 우리는 과거의 실수와 부주의에 대한 대가를 치를 것이다.

아마도 행정당국은 노년을 맞이하는 사람들의 이 불평등

을 인식하고서 '불행한' 노년에 대한 예방에 막대한 예산을 배정했을 것이다.* 미래의 퇴직자들인 청년들은 자신들의 재정적 수단과 건강 상태를 미리 진단할 수 있고, 영양섭취나 스포츠활동과 같은 데서 성공적인 노년의 열쇠에 대한 정보를 얻을 수 있다. 그런데 이 '행복한 노년' 계획은 이미 엄중한 비판을 받고 있다. 어떤 이들은 이 계획이 부유한 은퇴자와 가난한 은퇴자 사이의 간극을 더 벌려놓게 될 것이라고 평가한다. 모든 사람이 가능한 한 오래 사회활동을 계속하고, 규칙적인 스포츠활동을 할 특권을 누리고, 건강하고 다양한 음식을 먹을 수 있는 것은 아니다.

하지만 단지 좋은 음식과 균형 잡힌 생활방식과 스포츠와 수면을 통해서만 우리가 이 시련에 맞설 수 있는 것은 아니다. 우리의 마음가짐도 크게 기여할 것이다. 2천 년 전에 쓰인 어느 글**에서 우리는 이 사실을 확인할 수 있다. "자기 몸에 주의를 기울이는 것으로 충분하지 않다. 정신과 영혼을 돌보는 일에 한층 더 마음을 써야 한다. 정신도 영혼도 기름 떨어진 등불처럼 노화로 인해 꺼질 위험이 있다." 불행

* '행복한 노년' 계획 차원에서 필립 바스가 2007년 1월 24일에 발표한 1억 6천 8백만 유로. **키케로, 『노년에 관하여*De senectute*』.

히도 정부의 계획은 노화가 갖는 심리적, 정신적 차원을 전혀 고려하지 않고 있다! 우리 세대가 노년을 평온하게 맞이하도록 돕기 위해 제안된 것은 아무것도 없다. 어떤 청사진도 어떤 정책도 없다. 아마도 행정당국은 이 영역이 각자의 개인적 영역에 속한다고 평가하는 모양이다. 뒤에서 우리는 철학자 로베르 미스라이가 잘 늙는 법에 대해 주장하는 걸 보게 될 것이다. 그에 따르면 이 일은 공중 건강 정책과 관계된 일이다!

『젊음을 유지하는 비결은 머릿속에 있다』에서 올리비에 드 라두세트는 젊음을 간직하게 해주는 심리적 전략에 한 장을 할애하고 있다. 먼저 삶을 좋은 쪽으로 바라보고 스트레스에 맞서 싸운다. 그는 미국에서 행해진 연구를 인용한다. 정신적 외상을 낳는 모든 사건이 사람을 '늙게' 만든다는 사실을 입증한 연구다. "한 해에 큰 스트레스를 두 번 겪으면 16년이나 늙을 수 있다. 심각한 사건을 세 번이나 겪은 끔찍한 해는 신체 나이를 32세나 높일 수 있으며, 그것도 열두 달 사이에 그럴 수 있다."*

* 올리비에 드 라두세트, 앞의 책, 102쪽.

그는 "백세 노인들은 우리가 건강하게 오래 살고 싶다면 감정을 잘 관리해야 한다는 가르침을 준다"고 말한다. 122세의 나이에 사망한 잔 칼망의 전기 작가는 역경에 맞서는 그녀의 능력에 깊은 인상을 받았다. 그에 따르면 그녀는 스트레스에 면역이 되어 있었다. 그녀는 만나는 사람마다 이렇게 말하곤 했다. "뛰어넘지 못할 시련은 없어요. 매번 해결책만 찾으면 됩니다."*

잔 칼망을 따라가려면 어떻게 해야 할까? 다른 곳에서 우리가 다룬 위생 조건인 수면, 소박하고 균형 잡힌 음식, 금주와 금연, 운동 외에도 무엇보다 상황에 적응하고, 능력에 대한 신뢰를 잃지 않아야 한다. 또 자신의 한계를 웃으며 받아들이고, 하기 싫은 일을 거절할 줄 알고, 한가로이 즐거운 일을 하는 데 할애하는 시간을 일상 속에 끼워 넣어야 한다. 게다가 주변 사람들과 자신의 걱정을 함께 나눌 수 있다면 우리는 올바른 길 위에 있는 것이다.

수많은 연구들이 주변에 가족과 친구의 관계망을 유지하는 노인들이 다른 사람들보다 훨씬 오래 산다는 걸 입증

* 같은 책, 103쪽.

해준다. 주고받고, 관대함을 보여주는 것은 긍정적인 효과를 낳는다. 반대로, 관계로 인한 갈등은 삶을 부식시키는 독이다.

"백세 노인들은 고독한 적이 거의 없다. 그들 가까이에는 매일같이 신체적, 정서적 지지를 해주는 충직한 사람들이 있다. 이런 관계는 존경과 애정을 불러일으키는 확실한 카리스마 덕에 존재한다. 그 카리스마는 사람들에게 강력한 흡인력을 행사한다."*

문제는, 고독을 받아들이는 것과 풍요로운 정서생활 사이에서 균형을 찾는 일이다. 혼자라고 느낄 때 정서적 의존 상태를 받아들이기란 쉽지 않다. 많은 노인들이 어떤 기대를 젊은 사람들에게 떠안기며, 젊은이들은 자기 삶이 있기 때문에 그 기대에 부응하지 못한다! 이상적인 것은 타인들에게 지나치게 기대를 걸지 않고, 마음의 여유를 갖는 것이다. 사랑스런 존재가 되는 것, 이것이 열쇠라고 장 루이 세르방 슈레베는 말한다. "사람들이 우리 얘기를 듣고, 우리를 만나고, 우리와 소통하는 데서 기쁨을 얻도록 하는 건 우리

* 같은 책, 174쪽.

에게 달린 일이다. 부드러워지자! 여유를 갖자!"

"몇몇 노인들은 이 연금술의 배합을 잘 안다. 그것은 눈길 속에, 미소 속에, 상냥한 전화 목소리 속에 깃들어 있다. 이런 노인들은 자신을 기분 좋은 사람으로 만드는 본능을 타고 났다. 그들은 투덜거리는 법이 없으며, 아무것도 기대하지 않고, 자기 고유의 관계망을 가지고 있으며, 자신의 신체적 외관에도 주의를 기울인다. 나이에 어울리지 않게 유혹하려고 애쓰는 것이 아니라, 끌리는 사람으로 남고 자기 매력을 가꾸려고 애쓰는 것이다."*

매력은 피부의 유연성이나 근육의 힘에서 오는 것이 아니라, 여배우 칠라 셀톤의 말에서 이미 확인했듯이 영혼에서 온다. 매력은 타인과 세상에 관심을 쏟는 능력에서, 삶에 믿음과 경이와 감사의 눈길을 던지는 능력에서 온다. 그러자면 "자기중심주의에서 빠져나와 타인의 영역으로 들어서야 한다"고 로베르 미스라이는 말한다.

신경언어학과 관련한 여러 권의 저서를 쓴 로버트 딜츠**

*조엘 드 로스네 외, 앞의 책, 118쪽. **로버트 딜츠, 『NLP 기본법칙을 통한 신념의 기적*Changing Beliefs with NLP*』(쿠페르티노: 메타, 1990)

는 활동적인 노인들을 대상으로 연구를 실시했고, 이들을 특징짓는 심리 과정에 관심을 쏟았다. 그들의 믿음, '영성', 노화가 가져오는 변화에서 비롯되는 스트레스를 극복하는 그들의 능력, 새로운 삶의 틀을 정하는 능력 등을 살펴본 것이다. "우리는 건강한 90대 노인의 전형적인 이미지를 찾아낼 수 있었다. 건강한 90대 노인은 적응할 줄 알고, 균형 잡힌 생활을 하며, 조화로운 사회적 관계를 맺고 있는, 행복한 사람이다. 문제는 어떻게 하면 그렇게 되는지를 알아내는 것이다. '행복하고 균형 잡힌 생활을 하라'고 말하는 결로는 충분하지 않다. 우리는 이런 방식의 삶 뒤에서 작동하는 심리의 변화 과정을 알아내려고 한다."

로버트는 나이가 많이 들어서도 활력을 고스란히 간직한 사람들이 스트레스 상황에 어떻게 대처하는지 의문을 품었다. 그들이 건강 상태를 통제하기 위해 도움을 구하는 믿음은 어떤 것이며, 질병에 대처하는 전략은 무엇일까? 이 미국 연구자의 목적은 심리적 모델을 찾아내어 잘 늙고 싶어 하는 사람들을 돕는 데 쓰는 것이다.

연구는 네덜란드 네이메헌에서 실행되었다. 80세 이상의 건강하고 활동적인 지원자를 라디오 방송으로 모집했다. 30명이 응답해왔고, 로버트 딜츠는 그 가운데 네 사람을 선택했다.

사회적 배경과 개성이 서로 다른 남성 두 명과 여성 두 명이었다.

그가 확인한 첫 번째 사실은 노년에도 건강을 지키고 행복해하는 능력은 각자의 역사, 개성, 믿음이 달라도, 때로는 근본적으로 대조되는 삶의 전략을 가진 사람들에게서도 찾아볼 수 있다는 것이다. 따라서 그는 선택된 네 명의 참가자들의 공통점이 무엇인지 찾았다.

그는 무엇보다 그들의 열린 정신과 자유로운 생각, 그리고 관용에 강한 인상을 받았다. 어린 시절 다른 환경의 사람들과 접촉했다는 사실이 열린 마음을 형성하는 데 어떤 역할을 하는 것이 분명했다. 다음, 네 사람 모두 항상 움직이고, 노래하고, 삶과 사건의 긍정적인 측면을 보고, 인생의 시련에서 실패보다는 발전의 기회를 보는 것이 중요하다고 강조했다. 또한 네 사람 모두 유머의 역할을 중시했다.

인생에서 중요했던 순간들을 얘기할 때 그들은 결혼을 그들 삶의 중대한 변화로 들었고, 배우자의 상실을 가장 큰 시련으로 꼽았다. 그들은 모두 사라진 사람의 존재를 내면화함으로써 탈상을 성공리에 마쳤으며, 떠난 사람의 존재를 수호신처럼 여전히 느끼고 있었다. 죽음에 대한 생각이 특별히 그들을 사로잡고 있지는 않았다. 그들은 그들 삶이 한

정되어 있다는 사실을 알지만 아직 시간이 많은 것처럼 살고 있으며, 미래를 맞이하는 그들의 태도는 남달랐다. 우리 사회에서 그들 나이의 사람들 대부분이 과거 속에 살고 미래에 자신을 투영하지 못하는 데 반해, 로버트 딜츠는 네 모델이 미래를 고려할 수 있는 건 그들이 과거와 평화를 유지하기 때문이라고 지적한다. 게다가, 그들은 고통스런 사건들이 그들 삶에 뚜렷한 흔적을 남겼지만 자신의 삶을 눈곱만치도 바꾸지 않을 것이라고 단언한다.

그들은 서로 믿음과 가치는 달랐지만 그것을 뛰어넘는 무언가와 연결되어 있으며, 자기 자신과 조화로운 관계를 맺고 있다는 감정만큼은 공통되게 품고 있었다. 마음 깊이 저마다 자기 자신에, 자기 역사에, 자기 문화에 충실했다.

그들은 오히려 노년을 기회로, 해방으로 여기고 있었다. 걱정도 적어지고 진정 흥미 있는 것에 할애할 시간이 더 많아지며, 말하는 것도 자유롭고, 자기 자신에 대한 신뢰도 커지고, 한층 개방적이게 된다는 것이다. "모두들 젊었을 때는 하지 못했던 것을 나이가 이뤄준다고 생각하더군요"라며 로버트는 잘 늙기 위한 열쇠 하나를 우리에게 제시해주었다.

그렇다면 노화를 겪는 노인들을 어떻게 도와야 할까? 그들에게 잘 늙는 법을 어떻게 가르칠 것인가? 세월의 흐름을 받아들이면서도 활력을 잃지 않고, 사랑스런 인물로 남고, 자신의 모습에 충실하고, 타인에 관심을 갖고 그들에 대해 알아가는 법, 세상을 좋은 쪽으로 바라보는 법, 유머감각을 간직하는 법 말이다.

이것이 배워서 터득되는 일이긴 한가? 어떤 이들은 그렇다고 믿는 건 순진한 생각이라고 여긴다. 투덜거리고 이기적이고 침울한 사람들, 평생 불평을 늘어놓으며 타인을 괴롭힌 사람들은 바뀌지 않을 것이라고 생각한다. 노화는 사태를 더 나빠지게 할 뿐이다. 그들은 사람들이 회피하는 노인들에 속한다. 잘 늙는다는 것은 배워서 터득되는 것이 아니다. 우리는 자신의 장점이나 결점에 충실한 채 살아온 대로 늙기 때문이다.

분명 사람은 늙으면서 변하지만, 항상 나쁘게 변하는 건 아니다. 삶을 사랑하지 않았던 사람들조차 그들을 일깨우는 어떤 일이 일어날 수 있다. 숱한 시련과 상실을 경험하게 하는 늙음은 전환의 기회다. 위기는 변화의 기회임을 중국인들은 잘 안다. 위기를 뜻하는 한자가 이중의 의미를 지닌 걸 보라. 한편으론 위태로움을 뜻하면서 다른 한편으론 기회를 뜻하는 것이다. 따라서 늙으면서 우리는 우리의 자아를 한

쪽에 젖혀두고 타인을 향해 돌아설 많은 기회를 갖게 된다. 그러자면 이 변화를 완수하려는 의지와 노력이 요구된다. 자기 자신과, 그리고 타인과 조화를 이루는 것이 자기 주변에 우정을 간직하고, 자식들과 좋은 관계를 유지하는 유일한 방법이라는 것을 깨달으면 도움이 된다.

나는 팔순의 한 남자를 알고 있다. 침울하고 기분이 늘 언짢았던 그는 중환자실을 거친 뒤로 완전히 바뀌었다. 죽는다고 생각했다가 두 달 뒤 중환자실을 나왔을 때 주변 사람들은 그를 알아보지 못했다! 그는 까다로운 성격에도 불구하고 가족이 어느 정도로 그를 사랑하는지 예전에는 깨닫지 못했다고 털어놓았다. 그는 다시는 불평하지 않으며, 아직 살아 있다는 행복에 대해 매일 하늘에 감사하겠다고 결심했다. 그는 매력적인 노인이 되었다. 그러므로 바뀌는 것이, 변하는 것이 불가능하다는 고정관념을 버리자. 나 또한 변할 수 있다는 생각을 하지 않았다면 결코 우리 세대를 위해 이 책을 쓰지 않았을 것이다.

내 주변의 노인 대부분이 스스로는 주는 것 없이 가만히 도움만 받는 사람이 되고 싶어 하지 않는다. 그들은 '햇빛을 잔뜩 품고' 환하게 빛을 발하는 노인이 되기를 꿈꾼다. 성경에 씌어 있듯이 인생이라는 모험을 잘 이끌어온 것에 행복해하고, 평화롭게 마지막 나날을 끝내는 걸 행복해하고, 더 이상 잃을 것도, 입증할 것도, 옹호할 것도 없을 때 갖게 되는 호의의 눈길을 세상에 던지는 것에 행복해하는 그런 노인이 되기를 꿈꾼다.

늙는 행복은 쟁취되는 것이다. 누구도 우리를 대신해서 해줄 수 없는 일이다. 그것은 정말이지 하나의 '작업'이기 때문이다. 우리에겐 겪을 수밖에 없는 상실들도 있고, 다시 검토해보아야 할 문제들도 있다. 그러자면 용기가 필요하고, 이 책 초반부에서 얘기한 의미의 마음이 필요하다. 다시 말해 활력이, 욕망이 필요하다. 그런 다음에야 우리는 새로운 것을 배울 준비를 갖추게 될 것이다.

요즘에는 늙는 법은 배워서 터득하는 것이라는 생각이 점점 더 자리를 잡아가고 있다. 앞으로 몇 년 뒤에 노인들이 심리적으로, 그리고 정신적으로 잘 늙을 수 있도록 돕기 위한 교육과정이나 세미나가 개발된다고 해도 나는 놀라지 않을 것이다.

철학자 로베르 미스라이는, 좀 더 뒤에서 보게 되겠지만, 나이 든 사람들을 교육해야 한다고 주장한다. 이는 그가 우리에게 인생 끝까지 배울 능력이 있음을 어느 정도로 믿고 있는지 말해준다. 올리비에 드 라두세트도 같은 생각이다. 이를테면 삶의 좋은 측면을 보는 능력을 예로 들어보자. 이제 우리는 낙천주의가 수명을 연장시켜준다는 사실을 알고 있다. 600명을 대상으로 23년에 걸쳐 실시된 미국의 한 연구는 연구 초기에 긍정적인 태도를 가졌던 사람들이 다른 사람들보다 평균적으로 7년을 더 살았음을 보여주었다. 마치 신체가 회복하고, 적응하고, 건강을 유지하기 위해 희망의 신호를 필요로 하는 것처럼 모든 일이 이루어지는 것이다. 올리비에 드 라두세트는 '낙천적 태도는 늦게라도 습득될 수 있다'고 생각한다. 어려서부터 이런 태도를 습득하지 못했을지라도 60세에 긍정적으로 사는 법을, 인생의 좋은 측면을 보는 법을 배울 수 있다. 자신의 부정적인 생각들을 재검토하는 법을 배울 수 있고, 삶을 믿는 법을 배울 수 있다. 물론, 그러자면 먼저 그걸 원해야 하고 도움을 구해야 한다.

긍정적인 생각을 개발하고 행동을 변화시키기 위한 여러 가지 방법이 있다. 우리는 쿠에의 자기암시법, 긍정적인 시각화, 최면술, NLP라고 불리는 신경언어학적 프로그래밍 기술 등을 알고 있다. 행동심리학에서 낙천주의로 이끄는 매뉴얼이 그 증거를 제시해주었고, 사람들의 '안전감'을 길러주는 치료법은 점차적으로 내적 능력(특히 촉각을 이용한 치료법의 경우가 그렇다)에 기댈 수 있게 해준다.

하지만 잘 늙기 위한 이 모든 방책들, 이 모든 열쇠들은 우리가 늙는 걸, 다시 말해 변하는 걸 받아들일 때만 유효하다.

늙는 걸 받아들이기

늙는 일은 상실을 받아들이는 것에서 시작된다. “한계에 이른 듯한 느낌이 든다”, “힘이 빠진다”, “전에 하던 일을 이젠 할 수가 없다”, “몸이 망가지고 있다”, “투명인간이 되어가고 있다”, “내가 없어도 된다는 걸 점점 더 느끼게 된다…….” 노년에 들어선 사람들의 하소연은 이런 식으로 이어진다.

이본이라는 여성의 이야기다. 65세에 정년퇴임을 맞은 그녀는 갑작스런 자유를 관리하기가 힘들어진다. 시간엄수만 뺀다면 직업적 제약이 얼마나 마음을 놓이게 하는 것이었는지 깨닫게 된 것이다. 예전에 그녀는 궤도에 올라 있었다. 목표가 분명했다. 그러다 갑자기 되찾은 자유를 어떻게 할지 결정해야 할 처지가 되었다. 그녀는 곧 퇴임이란 무언가가 일어나고 있는 환경을 떠나는 것임을 깨달았다. 따라서 그녀는 중요한 자리를 차지하고 있던 세상으로부터 내쫓긴 느낌이 들었다. 왜냐하면 그녀는 스스로 벌어서 생계를 유지하는 것을 자랑스러워하는 세대에 속하기 때문이다. 물론 그녀는 오랜 세월 납입해온 퇴직연금을 받게 된 것에 만족감을 느꼈다. 그러면서도 젊은 사람들에게 부담을 주고 있다는 사실도 알기에, 그것이 그녀를 불편하게 만들었다. "내가 일을 통해 사회에 제공한 것과 급여라는 형태로 사회가 내게 돌려준 것 사이에 성립된 교환이 내 균형의 근원이었는데, 그것이 깨어져버린 것이지요."

그녀는 몇몇 가치들의 변화를 힘겹게 체험하고 있으며, 컴퓨터, 전자메일, 인터넷 등 기술 혁신에 적응하는 데 어려움을 겪고 있다. 이 어려움은 흐름을 좇아가지 못한다는 감정을 더욱 부각시킨다. 그녀는 살면서 터득한 경험이 오늘날의 현실과 "제대로 들어맞지 않는다"고, 손자들과 의사소통이 안 되거나 어렵다고 생각한다. "물론, 세대 간의 소통은 언제나 어려웠지만, 오늘날의 급박한 변화와 늘어난 노년기로 인해 이 현상은 심화되었습니다."

이본은 그녀가 전하고 싶어 하는 것에 손자 세대가 과연 관심을 가질지 의문을 품는다. 삶의 경험과 실패, 고통과 성공과 상실 등 말이다. 그녀는 이 삶의 활력에 대해, 상실을 통해 배운 모든 것에 대해 증언하고 싶다. 사랑과 삶의 가치에 대한 생각과, 모든 것이 덧없기에 현재가 그만큼 중요하다는 것에 대해 말해주고 싶다. "어쩌면 우리가 손자들에게 전할 수 있는 가장 중요한 것은, 세대를 이은 끈 속에서 우리의 자리를 지키려고 애쓰는 것, 주저하지 말고 우리의 목소리를 내는 것인지도 모릅니다."

마지막으로 그녀가 떠안은 책임에 대한 얘기를 듣고서 우리는 가슴이 뭉클했다. 자식들에게 짐이 되지 않도록 선수를 친 얘기였다. 70세에 그녀는 '가정형 주거시설'에 등록했다. 그곳은 자기 삶을 자신이 원하는 대로 꾸릴 수 있게 해주고, 가까이 있으면서 만일의 경우에 도와줄 행정관리와 공동체의 혜택을 누릴 수 있게 해주는 시설이었다. 그녀는 그곳에 합류하기 위해 3년을 기다렸다. "그러자 멀리 사는 자식들이 안심하는 것 같았습니다. 밤낮으로 내가 보호를 받고 있다는 걸 알고서 말이지요." 그렇지만 이런 선택을 하자면 먼저 늙었다는 사실을 받아들여야 한다. 이 책임은 또한 앞으로 겪어야 할 단계들과도 연계되어 있다. "언젠가는 아마도 이 시설을 떠나서 병원시설로 옮겨야 할 것입니다. 언젠가는 길에서 위험을 겪기 전에 운전을 포기해야 할 것이고, 내 힘으로 인생을 꾸리는 걸 포기하고, 평온하게 죽음을 생각해야 할 것입니다."

이 증언에는 슬픔이 묻어난다. 우리가 '늙은이' 쪽으로 건너갔다는 사실을 깨닫는 순간 갖게 되는 일종의 침울함 말이다. 언젠가는 무언가가, 어떤 느낌이나, 어떤 지각 혹은 어떤 심각한 사건이 돌이킬 수 없는 방식으로 우리에게 이런 느낌을 갖게 할 것이다. 주름이 두드러져 보이거나, 탈모나 피부에 나타난 검버섯을 확인할 때, 사다리에 올라가거나 신발 끈을 매는 것이 어려워질 때, 성욕이 줄어들고 타인의 눈길에서 욕망이 사라진 것을 확인할 때, 버스에서 내게 자리를 양보하는 사람을 만날 때 그럴 것이다. 이럴 때는 이런 의식을 피할 길이 없다. 이 의식은 우리로 하여금 삶을 새롭게 지각하게 만든다. 어떤 관점에서 이것은 난파와 흡사하다. 우리는 늙지 않은 것처럼 행동하고 싶어질지도 모른다. 여전히 젊은 사람들처럼 옷을 입고, 육체적 힘이 감소한 것을 고려하지 않고, 기억력과 시력과 청력의 장애를 별것 아닌 것처럼 여기고 싶어질 것이다. 또 어떤 사람들은 우울증 환자가 되어, 줄곧 자기 건강에 대해서만 얘기하고, 건강에만 온통 정신이 팔릴 것이다. 늙으면서 끊임없이 불평만 하는 이들도 있다. 주변 사람들에게는 견디기 힘든 일임에 틀림없다. 또 어떤 사람들은 퇴행하여 어린아이 같은 행동을 하거나 안으로 움츠러든다.

이러한 의기소침은 유익하다. 그것은 우리가 성숙하고 무언가 새로운 것에 도달하려면 반드시 거쳐야 할 필수 단계다. 상실의 모든 과정이 그렇듯이 슬픔을 통해 자기 자신으로 복귀하는 과정을 거치는 것이다. 하지만 이 상태는 결코 병적인 것이 아니다. 자기 안에서 영혼의 생생한 힘을 긷기 위한 내면화의 과정이다. 왜냐하면 욕망은 여전히 살아 있기 때문이다. 우리의 활력은 우리를 언제나 앞으로 밀고 언제나 새로운 것을 추구하게 만드는데, 이것은 죽는 마지막 날까지 이어진다.

칼 구스타브 융은 우리에게 노화의 여정을 이해하게 해주는 모델을 제시한다. 인생의 초반부에 개인은 자신을 주장하고, 자신을 정립하고, 자신의 야망을 실현해야 한다. 이 과정은 대개 그 토대가 되는 것, 자신의 가장 내밀한 존재에 대해 알지 못한 채 이루어진다. 때로는 존재의 자유를 해치면서 이루어지기도 한다. 그래서 제3시기, 혹은 제4시기에 접어들면서, 자신의 젊음과 육체적 힘, 사회 속에서의 역할, 직업적 성과에 대한 피할 길 없는 상실과 더불어 새로운 자유와 내적 삶을 발견할 수 있는 것이다. 이 자유와 내적 삶은 새로운 성장과 변화를 위한 것이다. 우리는 살아가는 동안 내내 변화하고 성장한다. 하지만 삶의 마지막 여정에 따르는 변화는 완수다. 미셸 드 뮈장이 얘기하듯이 "사라지기 전에 세상에 자신을 고스란히 내놓는" 것이다.* 이 일은 며칠이 걸릴 수도 있고 수십 년이 걸릴 수도 있다. 완수는 내면의 자신을 실현하는 것이요, 자신의 자아가, 자신의 근본적인 존재가 드러나도록 하는 것이다.

따라서 인생의 후반부는 보다 영적인 목적을 가지고 있다. 이 시기는 '개인화 과정'으로 특징지어진다. 외적 자아가 내적 자아에 '헌신'하는 과정이다. 인생의 후반부라는 '내리막길'을 경험하는 건 분명 나요, 에고요, 외적 인간이다. 반면에 내적 자아는 계속 나아간다. 이 변화를 겪고 있는 나이 든 사람들만이 사도 바울이 고린도서에서 한 말을 이해할

* 미셸 드 뮈장, 『죽음의 작업, 예술과 죽음*Le Travail du trépas. L'art et la mort*』(파리: 갈리마르, 1977).

수 있다. "우리의 외적 인간이 몰락할 때 내적 인간은 나날이 새로워진다." 엠마뉘엘 수녀와 스테판 에셀의 말을 듣다 보면 이것이 가능하다는 걸 알게 된다. 늙음이 단지 난파가 아니라 성장이라고 말할 때 그것은 당연히 외적 세상에서의 성취가 아니라 내적 성숙을 말한다. 늙음의 의미는 성과가 아니라 성숙이다.

많은 사람들이 계속 외향적인 방식으로 살며, '가짜 자아'를, 다시 말해 내적 인격에 반하는 타협 위에 세워진 인격을 유지한다. 그런 사람들은 '오전의 규범'을 따르면서 '인생의 오후'를 살려고 애쓴다. 낡은 도식과 오래된 생각에 절망적으로 매달리며 그들 인생의 마지막 세월을 보내는 위험을 무릅쓰는 것이다. 자신들의 과거 모습을 보여주는 뻣뻣한 캐리커처 꼴을 하고서 말이다. "아침의 진리는 저녁의 오류가 될 것이다."*

이제 우리는 노화가 동반하는 피할 길 없는 의기소침 상태의 존재론적·영적 의미를 안다. 이 의기소침 상태는 겸손과 지혜를 가르친다. 후안 크루즈 성자가 말하는 '영혼의

* 올리비에 드 라두세트, 앞의 책, 86쪽.

어두운 암흑'처럼 우리가 목도하게 되는 것은 우리의 자기 중심적 측면의 죽음이다. 외적 인간이 떨어져 나가는 것은 받아들이기 힘든 고통스럽고 수치스런 일이다. 우리의 영혼은 떨림과 불안으로 동요한다. 이 침울한 과정을 우리는 겪어야 한다. "그래야 우리가 자신을 느끼고 그것과 마주하고 작아진 모습으로 머물 권리를 갖게 되는 것이다. 마음을 어지럽히는 사고를 겪고 나서 어린아이가 나약한 모습과 울음으로 균형을 되찾듯이."*

의기소침의 시기를 지나고 나면 뜻밖의 내적 힘이 나타난다. 생물학적 노화가 피할 길 없는 것이고 신체는 변할 수밖에 없다면, 내적 인간은 변하지도 않고 노화와 무관하기 때문이다. 그것은 계속해서 발전하고 진보한다. 하지만 그러기 위해서는 현실을 받아들이고, 현실에 동참해야 한다. 우리가 되고 싶고 살고 싶은 것과 삶이 우리에게 제시하는 것 사이에 더 이상 어떤 타협도 불가능하기 때문이다. 거기에 이르려면 많은 용기와 통찰력이 필요하다.

노년은 이렇듯 인생의 완수에 그 의미가 있다. 그것은 인

* 헤르만 헤세, 『노년 예찬*Éloge de la vieillesse*』(파리: 르 리브르 드 포슈, 2000).

생의 정점이요 완성이며, 동시에 최종 결단을 내리기에 적합한 심리적 공간이다. 왜냐하면 과거에 이루어지지 못했던 것이 가라앉은 채 실현되기를 기다리고 있기 때문이다. "누구나 자기 안에 자신이 되어야 하는 모습에 대한 이미지를 품고 있다. 그것을 이루지 못한 사람의 행복은 완전하지 못하다"고 안젤루스 실레시우스는 말했다. 늙음의 의미는 자신의 존재를 완성하는 것이다. 우리는 평생토록 '무언가'를, 끊임없이 찾고 있는 건 아닐까? 뒤르크하임은 이렇게 말한다.*

"우리가 찾는 것은 예로부터 줄곧 우리를 채우기 위해 우리 존재 깊은 곳에서부터 우리를 찾아온 것이다." 뒤르크하임은 우리가 우리 안에 내재한 초월성의 경험을 위해 애쓰고 있는 것이 아닌지 의문을 갖는다. "이 내재한 초월성을 향해 자신을 여는 것이 중요하다. 그것이 우리 인성을 구축하는 힘이기 때문이다. 이 초월성은 어렴풋하고 희미한 감정이 아니다. 그것은 형체를 가지려고, 매우 명확한 형태 속에 구현되려고 애쓴다. 그 형태는 존재하고 자신을 드러내

* 카를프리트 그라프 뒤르크하임, 『초월성의 경험*L'Expérience de La transcendance*』(파리: 알벵 미셸, 1994).

는 방식을 통해 실제 있는 그대로를 표출한다."

완성된 삶은 평온한 삶이다. 그렇기 때문에 세상이라는 무대를 떠나며 결산을 하기 전에 삶을 정돈하는 것이 이토록 중요한 것이다.

치매 상태로 접어드는 것은 자신의 과거와 평화로운 관계에 있지 않다는 사실과 관계가 있는지도 모른다. "치매환자의 불행은 자신이 해결해야 할 오랜 문제와 죽음에 대한 근본적 불안 사이에 사로잡혀 옴짝달싹 못하는 데 있다. 무거운 과거와 불안하고 불확실한 미래 사이에 사로잡혀 있는 것이다. 그는 조금씩 산 채로 스스로를 매장하면서 세상의 무대를 떠난다."*

우리 개개인의 역사 속에 중단된 채 남아 있는 모든 것, 억압된 정서, 해결되지 않은 갈등이 우리의 발전을 옭아매는 건 사실이다. 우리가 자신의 역사와 화해하지 않는다면 우리는 점점 더 늘고 있는 노인 치매의 위험에 무방비로 노출될 것이다.

따라서 자기 삶의 실타래를 감아야 하고, 그 실타래를 풀

* 제랄드 키토, 『늙느냐 성장하느냐*Vieillir ou grandir?*』(에스칼캉: 당글, 2004), 69쪽.

어서 사건 하나하나마다 다시 읽어야 한다. 매듭을 하나씩 풀어야 한다. 고통스런 과거의 족쇄로부터 해방되고, 자신의 실패들에 대해 자신을 용서해야 하는 것이다. 이것은 진정한 내적 작업이다. 정신분석이나 심리치료가 여기에 도움을 줄 수 있을까? 나는 그렇다고 생각한다. 그 과정을 통해 현실을 그 한계와 더불어 받아들이게만 된다면 말이다. 마음의 동요는 있는 그대로를 받아들이는 것이 어렵다는 신호인데, 그것은 이런 치료의 범주에서 포착되고 분석된다. 그러면 당사자는 한 발짝 뒤로 물러나서 인생을 바라보게 되고 마음이 평온해진다.

심리치료사로서 일하며 나는 인간이 얼마나 자신의 감정을 억누르고, 감정을 자연스럽게 표현하는 걸 어려워하는지 확인했다. 인간은 감정을 부인하거나 과소평가하거나 억누른다. 그렇게 해서 어린 시절부터 벽장 속에 처박힌 감정들은 때때로 노년의 나약함이 문을 열어줄 때 불쑥 밖으로 나온다. 그리하여 너무 오랫동안 억눌려 있었던 정서가 마구 넘쳐나는 걸 보게 되는 것이다. 이 감정의 급물살은 통제 불가능할 수도 있어서 그걸 겪는 당사자는 세월의 마지막 펀치 앞에서 무너진다. 시의적절하지 않은 숱한 흥분 앞에서 노인은 정신적 고통을 신체적 증상으로 드러내거나, 혹은 정신이 무너진다. 치매가 바로 그런 경우다. 그렇지 않으면 있을 리 없는 위안을 찾아 끊임없이 투덜거리게 된다.

결산을 해야 할 시간이 왔을 때, 미결상태로 내버려진 모든 것이, 경험될 수 없었고, 혹은 시도되지 못했던 모든 것이 마음속 깊은 곳에서 올라온다. 삶에 의미를 주는 모든 것이 무너질 때, '그림자'*는 쓰라린 회한과 예민한 반응, 매사에 투덜거리는 불평의 형태로 표출된다. "노인의 수많은 신체적 장애는 억압의 표현이요, 수십 년 전부터 억눌린 것이 신체적 증상으로 표현되는 것이다. 죄책감, 공격적인 표현, 환멸, 쏟지 못한 눈물, 억눌린 분노 등." 이 모든 체험은 개인에게 자기 존재의 내면 깊이 들어서는 길을, '인간으로서 그에게 약속된 충만함을 발견할 수 있게 해줄'** 길을 가로막는다.

그럴 때 우리는 '할 수 있었을 텐데', '했어야 했는데' 식의 후회와 회한에 휩싸인다. 물론 너무 늦지만 않았다면 나이 예순에라도 결산을 해서 미뤄두었던 욕망이나 계획을 실현할 수 있다. 가능한 한 후회를 적게 가지도록 노력하는 것

*칼 구스타브 융이 존재 속의 체험되지 않은 깊이를 지칭하기 위해 만든 개념.
**카를프리트 그라프 뒤르크하임, 앞의 책, 139쪽.

이 중요하다. 회한으로 말하자면, 그것이 얼마나 노인들의 영혼을 갉아먹는지 우리는 안다. 오랫동안 억눌러온 죄책감이 표면으로 올라올 때는 자기비하와 자존감의 상실을 가져온다. 이것은 심인성 정신질환의 한 요인이 될 수도 있다. "견디기 힘든 나의 이미지를 더 이상 대면하지 않기 위해 '정신착란'을 일으키는 것이다."* 자기도취적 회복이 가능할 수 있도록 자기 자신과 화해해야만 한다.

치료사로서의 경험을 통해 나는 일단 '그림자'가 동화되면, 다시 말해 받아들여지면 개인은 참된 충만의 감정을 경험하게 된다는 것을 알게 되었다. 나는 얼마나 자주 노인들이 '그림자'의 힘과 교류하도록 도왔던가! 나는 그들에게 미결상태로 남아 그들의 마음을 짓누르고 있는 갈등 상황을 종이에 적게 했다. 죄책감으로 짓누르는 것, 분노를 일으키는 것, 혹은 과거에 대해 환멸의 시선을 던지게 만드는 것을 자유롭게 쓰는 일, 다시 말해 절대적으로 진지하게 모든 것을 표현하는 일은 깊은 안도를, 진정한 해방을 가져다준다. 내 환자들이 쓴 것을 항상 다 읽는 것은 아니다. 나는 그들

* 제랄드 키토, 앞의 책, 84쪽.

의 사생활을 지켜주었다. 그리고 사실을 말하자면, 쓸 수 있다는 사실 자체만으로 그들은 해방된다. 하지만 대개 그들은 내가, 채워지기를 갈망하는 그들의 욕망에 장애가 되는 모든 것의 증인이 되어주기를 바랐다. 나는 언제나 똑같은 상황들을 접했다. 무시무시해서 다가갈 수 없거나, 집에 없거나 부당한 아버지, 차갑게 밀어내는 어머니, 혹은 집어삼킬 듯 들볶고 소유욕이 강하고 지나치게 간섭하는 어머니, 괴롭히는 형제나 자매, 도를 넘은 교사 등. 요컨대 자기 자신이 되는 걸, 그리고 자유롭게 피어나는 걸 막는 상황들을 만났다. 어떤 편지들은 더 이상 이 세상에는 없지만 내 환자들의 무의식 속에는 여전히 존재하며 영향을 미치고 있는 사람들에게 보내는 것이었다. 그런 영향에서 일단 해방된 후에야 환자들은 본질적인 것에 접근할 수 있다.

'늙는다는 건 더없이 고독한 항해'라고 브누아트 그루는 말한다. 따라서 늙는 법을 배운다는 것은 무엇보다도 고독을 받아들이는 것을 의미한다. 여기서 말하려는 것은 고독이지 고립이 아니다. 왜냐하면 고립이 얼마나 잘못된 노년으로 곧장 이끄는 슬픔과 움츠림의 원천이 될 수 있는지를 알기 때문이다.

오히려 고독은 노화를 기쁘게 받아들였다는 신호다. "고독은 우리가 받기를 거부하는 값진 선물이다. 왜냐하면 고독한 상태에서 우리는 자신이 무한히 자유롭다는 것과, 자유를 누릴 준비가 되어 있지 않다는 걸 발견하기 때문"이라고 자클린 켈렌은 쓰고 있다.

그녀는 『고독의 정신』*에서 버림받고 잊히고 격리된 노인들의 슬프고 고통스런 고독, 엄밀히 말하자면 고립이라 해야 할 이 고독과 "많은 현자, 예술가, 성자와 철학자들이 수행하는 아름답고 용기 있고 풍요로우며 빛나는" 고독을 구분하고 있다. 그녀의 책을 읽다보면 왜 늙으면서 우리가 이 '멋진 고독'에 다가갈 수 없는지 의문이 든다. 자신 속에 가두고, 움츠리는 대신 왜 우리는 자신을 만나지 않으며, 왜 한 걸음 뒤로 물러나서 거리를 두려 하지 않는 걸까?

주변을 둘러보자. 많은 노인들이 주변을 비움으로써 고립되고 있다. 그 원인은 그들의 뾰족한 자기중심주의이지 타인의 무관심이 아니다. 그들은 끊임없이 투덜거리고, 불평하고, 자기 자신에만 사로잡혀 있다. 이 '나쁜 고독'은 슬픔으로, 곱씹음으로, 절망으로 인도한다.

* 자클린 켈렌, 『고독의 정신*L'Esprit de solitude*』(파리: 알뱅 미셸, 2005).

좀 더 일찍 자기 고독을 정립하지 못하고서 75세에 이르러 기쁘게 고독을 살려는 건 너무 늦은 일일까?

또 다른 고독도 가능하다. 충만하면서 가벼운 고독은 마음을 여유롭게 열어주고, 이어준다. 이 고독은 존재론적 고독이다. 자기 존재의 핵심에 접근했을 때만 가능한 것이기 때문이다. 존재의 핵심이라는 말은 "내 안에 있는 파괴할 수 없고, 궁극적이며, 침해될 수 없는 것을 뜻한다. 어떤 이들은 이를 정신이라고도 한다."* 엠마뉘엘 수녀의 증언을 떠올려보자. 우리가 자기 안의 정신과 접촉하고 있을 때는 더 이상 고립되거나 단절되었다고 느끼지 않는다.

우리 세대는 '자신과 더불어 사는 법'을 배워야 할 것이다. 누구도 우리에게 혼자 있는 법을 가르쳐주지 않는다. 그것도 어린 시절부터 그래왔다. 가정에서 받은 것이건 아니면 학교에서 받은 것이건 우리의 모든 교육은 결코 아이를 침묵과 마주하게, 자기 자신과 마주하게 두지 않는다. 우리는 아이를 다른 아이들과 놀도록 강요하고, 운동 팀에 속하도록 강요하고, 텔레비전 앞에 앉힌다. 아이가 자기 내면의

* 같은 책, 22쪽.

정원을 탐험하는 것을 걱정한다. 그러니 타인에게 그토록 의존적인 사람이 성인이 되어 자기를 신뢰하는 법을 배우지 못한 걸 보는 게 어찌 놀랄 일이겠는가?

고독은 재앙처럼 체험된다. 우리는 그것을 질병을 보듯 한다. 무슨 수를 써서라도 고쳐야 하는 것이다. 하지만 고독은 자유를 향해, 뜻하지 않은 원천을 향해, 잠든 잠재적 에너지를 향해 열리는 경험이기도 하다. 인간은 우리가 생각하는 것보다 훨씬 고독을 감수할 능력이 있으며, 그것을 마주 대하고, 입문식처럼 체험할 능력이 있다.

이렇게 접근할 때 고독의 시련은 각성을 낳고 인식을 불러일으킬 수 있다. 물론, 그 시련은 껍데기를 갈아내고 벗겨낸다. 하지만 그를 통해 존재의 바닥을, 다시 말해 숨어 있는 황금을 드러내준다. "존재의 바닥은 기쁨이요, 가벼움이요, 신선함이지만 거기에 이르려면 물을 걷어내고, 요란한 장식을 벗어야 하며, '늙은 사람'을, 그리고 늙은 사람의 고통과 확신을 버려야 한다."•

• 같은 책.

마음은 늙지 않는다

"성숙한 나이가 찾아오면 사람은 젊어진다. 이것이 바로 지금 내게 일어나고 있는 일이다."*

나는 미셸을 기억한다. 85세의 오랜 친구인 그는 예전에 호흡기 전문의였고, 혼자 살며, 형태심리학에 빠져 있었으며, 눈이 살아 있었다. 아주 매력적인 노인이었다. 우리는 그가 좋아하는 식당인 '피에 드 코숑'에서 종종 점심식사를

* 헤르만 헤세, 앞의 책.

했다. 그럴 때마다 시간이 빨리 갔다. 그에게는 상대의 주의를 끄는 재능과 타인의 말에 귀를 기울이는 재능이 있었기 때문이다. 그와 마주 앉아 있으면 나는 그의 눈길에서 '사랑에 빠진 듯한' 불꽃을 보고 매료되었다. 그는 의심할 여지없이 사랑을 하는 종족에 속했다. 삶과 자연과 여자를 사랑하는 종족 말이다. 그는 그림도 놀랄 만큼 잘 그렸다. 어느 날 밤, 한 불교센터에서 개최한 '죽음'이라는 주제에 관한 세미나 때문에 우리가 도르도뉴의 같은 숙소에 머물고 있을 때였다. 그가 조금 전에 자기 방에서 조용히 그린 그림 하나를 내 방문 밑으로 슬며시 밀어 넣었다. 달빛 아래 배 하나가 물 위에 떠 있는 그림이었다. 그림에는 향수와 재치가 가득 담긴 시가 적혀 있었다. 나는 이토록 나이 많은 남자의 낭만에 감동받고 끌렸다. 이튿날, 아침식사 시간에 나는 그에게 감사하며 말했다. "아직도 정말 낭만적이세요!" 그러자 그가 이런 말을 했다. "난 여전히 열여덟 살인 것만 같은데 남들 눈에는 늙은이로 보이는 모양이에요. 끔찍한 일입니다!" 마음은 여전히 젊다고 그는 말했다. 그는 청년의 감정과 변함없는 격정을 품고 있었다. 내가 그의 눈에서 본 것도 바로 그랬다. 그의 몸은 시들었을지라도 눈은 조금도 변하지 않았다. 장난기와 기쁨과 생기와 놀라움이 가득한 눈이었다.

나는 이 나이 든 친구의 입에서 내가 아는 80대 노인들 대부분에게서 듣던 얘기를 들었다. 그들은 전혀 늙은이라고 느끼지 않는다는 것이다! 그들은 나이보다 적어도 평균 10년은 젊어 보였고, 그들에게 남아 있는 인생을 쉼없이 움직이며 살았다.

내 친구 미셸은 자기 앞에 영원이 놓여 있다는 느낌을 갖는다고 종종 말했다. 사실 그는 내가 조금 전에 얘기한 일이 있고 얼마 뒤, 크리스마스 날에 폐혈전색전증으로 세상을 떠났다.

나의 전남편인 크리스토페르는 곧 80세가 된다. 그는 종종 시를 쓴다. 그 시들은 모두 그가 지닌 마음의 젊음을 증언한다. 그 또한 여전히 열일곱 살이라는 느낌을 가질 때가 있다고 털어놓았다. 그는 이렇게 쓰고 있다. "물론 이젠 할 수 없는 것들이 있다/하지만 예전에 할 수 있었고 지금도 할 수 있는 것들도 있다/모든 것에는 끝이 있으며 다른 것과 마찬가지로 내 삶도 그렇다/어쩌면 내일, 어느 길모퉁이에서 끝날지도 모른다/아직까지는 내게 시간이 많은 것처럼 느껴진다/사랑하고, 나를 행복하게 해준 모든 사람들을 축복할 시간/짧은 사랑 혹은 긴 사랑/나는 그 사랑을 평온하게 가라앉은 마음 깊숙이 간직하고 있다/그 사랑은 내게 언제나 사랑하는 법에 대해 말해준다." 그리고 그는 이렇게 끝맺는다. "나는 운이 좋다!"

이 시는 늙음이 일련의 상실과 쇠약으로 축소될 수 없다는 것을 멋지게 말해준다. 늙음이 새로운 것을 가져다준다고 웅변하고 있다. 또 이렇게 말하는 유명인사도 있다. "늙으면서 젊어지는 것 같은 느낌이에요. 늙은 존재 아래 생명이 꿈틀대는 것 같아요."* 혹은 "내가 늙고 있는 것이 아니라 오히려 커지고 있다는 걸 난 잘 알고 있습니다. 그럼으로써 죽음이 가까워지고 있다는 것도 느끼지요. 이것이야말로 영혼의 증거가 아니겠어요! 나의 육체는 쇠약해지지만, 내 생각은 커지고 있으니 말입니다. 나의 노년에는 부화孵化가 일어나고 있습니다."**

이것은 역설이다. 이제까지 확인했듯이 늙는 걸 준비할 때 우리는 진정한 젊음에 도달하게 되는 것이다. 정서적 젊음, 마음의 젊음에.

늙음과 함께 찾아오는 이 현상에 주의를 기울이는 사람

* 에바리스트 불레 파티(1804~1864)는 이 글을 쓸 때 60세밖에 되지 않았지만 그가 살았던 시대에는 평균연령이 35세였다는 사실을 잊지 말아야 한다. ** 빅토르 위고, 『서간집*Correspondance*』, 시몬 드 보부아르가 『노년*La Vieillesse*』에서 인용한 구절이다.

이라면 비록 활력과 일부 능력은 사라져도 그의 삶이 어떻게 커지며, 무한한 접속과 뒤얽힘으로 이루어진 관계망을 늘이는지, 그리고 그것이 어떻게 끝까지 이어지는지 지켜볼 수 있다.

많은 90세 이상 노인들은 여전히 젊음을 누리고 있고 전혀 늙지 않았다고 느끼는데, 이 감정은 철학자 로베르 미스라이가 매우 명료하게 설명하고 있는 현상을 증언해준다.

에자이 재단이 주최한, 노년에 관한 세미나에서 나는 그를 만났다. 작은 키에 동글동글하고 얼굴의 반을 차지할 만큼 커다란 눈을 가진 이 사람은 스피노자 전문가였다. 그는 세미나를 거듭하는 동안 노년에 대한 역동적인 시각을 줄곧 지지하며, 노년에 던지는 우리의 시각을 바꾸도록 촉구했다.

그는 노화에 대한 가장 일반적인 비전, 즉 삶의 피폐화라는 비전에 맞서서 오늘날의 개인은 노화의 신호와 임박한 죽음에 불안해하며 '시간의 풍요로움'*을 포기하고 있으며, 때로는 죽지 않은 사실에 죽을 정도로 절망해 있다고 주장한다.

* 로베르 미스라이, 『노화를 읽을 시간을 생각하라*Penser le temps pour lire la vieillesse*』(파리: PUF, 2006).

"그런 태도의 바탕에는 노화에 대한 불행한 인식이 깔려 있다……. 말하자면, 그 사람은 더 이상 자기 삶을 사는 것이 아니라 자기 죽음을 산다. 그가 보기에는 더 이상 아무것도 가치가 없으며 자기 삶조차도 가치가 없는 것이다."*

그러면서 그는 노년이 살 가치가 있는지, 노년에도 인생이 의미를 간직하는지, 인생을 계속 연장할 가치가 있는지 의문을 품는다.

'시간의 풍요로움'이라는 이 멋진 표현을 강조하면서 우리의 철학자는 겉보기와는 달리 노인은 미래가 보이지 않을지라도 삶의 충동과 삶의 의지를 가진 채 욕망하는 사람으로 남을 수 있다고 말한다. 노화가 닫힘이 아니라 열림일 수 있는 것이다.

이것이 내가 이 책을 쓰면서 여러 증언들에 힘입어 줄곧 옹호하고 있는 시각이다. 로베르 미스라이가 어떤 개인이나 어떤 민족에게는 노년이 "신뢰에 토대를 둔 평정심과 평온한 인내심 가운데" 체험될 수 있다고, "다른 곳에서 가능한 것은 이곳에서도 현실이 될 수 있으며, 예전에 현실이었던

* 로베르 미스라이, 앞의 책.

것이 내일 사실이 될 수도 있다"[*]고 말하는 걸 듣고서 나는 늙음에 대한 이 비전이 긍정되고 옹호되어야 한다는 것을 깨닫게 되었다.

여기서 욕망의 문제가 제기된다. 로베르 미스라이는 욕망에 대한 비관적 비전을 거부한다. 정신분석학이 실패와 결핍으로 귀착될 수밖에 없는 광적인 추구로 결론 내린 비전 말이다. 그는 말한다. "욕망은 우리가 자주 말하는 것처럼 불가능의 세계가 아니다."[**] 욕망은 오히려 기쁨과 상호 인정으로 타인과의 관계를 부추기는 활력이다. "인간의 본질이 욕망이라면 기쁨의 추구는 인간의 소명이다."

그렇다면 '노화'에 대해 전혀 다른 시선을 던질 수 있다. '늙음'의 경험은 무엇보다 주변문화와 각자의 가치와 믿음이 길러낸 의식의 내용에 달려 있다. 이 의식의 내용은, 그것의 자율성으로 인해 달라지거나 나아질 수 있다. 이를테면 한 노인이 욕망을 포기하게 된다면 고통의 원천인 이 의식의 부정否定은 달라질 수 있다. 노인은 그것에 맞서 싸울 수 있다.

[*] 같은 책, 44쪽. [**] 같은 책, 49쪽.

하지만 욕망은 그와 동시에 언제나 '타인 앞에 놓여' 있다. '일종의 반사작용'이 일어난다고 철학자는 말한다. 타인은 상호작용과 인정을 갈구하는 노인에게 던지는 시선을 통해 '부정적인 것에서 긍정적인 것으로의 이행'*을 가능하게 해줄 의무가 있다.

로베르 미스라이는 타인의 책임에 호소한다. 의학의 책임에, 더 정확히 말하자면 노인학에 호소한다. '존재하는 기쁨이야말로 절대적 선이기 때문에 삶의 활력을 가능한 한 잘 유지하도록 애쓰는 일'은 노인학이 해야 할 일인 것이다.

하지만 의학이 활력을 회복시켜 줄 수 있다 해도 의학의 힘만으로 의식을 바꿀 수는 없다. 노화에 대한 시선을 바꾸고 그 책임을 다하는 건 사회 전체의 몫이 아닐까? 이 문제는 우리 모두와 관계된 것이기 때문이다.

미스라이는 '정신의 개종'을, 늙음에 대한 의식의 철저한 변화를 주장한다. 차라리 새로운 시작이라고 말해야 할 것이다. 우리는 아주 나이가 들어서도 새롭게 태어날 수 있다. 세상이 축소되고 삶의 리듬은 느려질지라도.

* 같은 책, 57쪽.

"노화를 쇠퇴와 고립과 끝으로 받아들이는 대신 욕망하는 주체는 스스로를 새로운 삶의 평온하고 풍요로운 움직임으로 지각할 수 있다. 효과적인 배려와 특히 '심리적' 및 철학적 재교육을 거친 뒤 그들은 새로운 삶의 시기로 들어설 수 있다. 이때는 주변 사람들과 사랑하는 존재들이 있다는 사실과 그들의 능동적인 열기로 인해 새로운 격정과 새로운 욕망이 분출하는 각성의 시기가 될 것이다."*

나는 로베르 미스라이가 노인들에게 늙는 법을 가르쳐야 한다는 생각을 힘주어 주장하는 것을 들었다. 그들을 '재교육' 해야 한다고 말이다! 노화는 난파가 아니라 진정한 재탄생의 기회라고 가르쳐야 한다. 그는 이 '재교육'을 세 가지 차원으로 구상한다. 창조성의 차원, 기쁨의 차원, 죽음을 마주하고 평정심을 갖는 차원.

이 모든 것은 교육될 수 있다. 그리고 많은 에너지를 그저 '수동적이고 빈 시간의 권태를 채우기 위한' 시끄러운 음악과 축제, 겉치레로 떠들썩한 유흥에 쏟기보다는 차라리 '나이 든 사람들'을 정신적 여행으로 이끄는 편이 낫지 않느

* 같은 책, 60쪽.

냐고 그는 말한다. 자기 삶을 생각하고, 음악을 듣고, 책을 읽고, 글을 쓰고, 숙고하고, 예술작품을 발견하고, 걷고, 명상하게 만드는 것. 한마디로 그들을 살도록 이끄는 것이다! 일부 상담사들은 양로원에서 그런 일을 하고 있다. 그들은 삶이 웅크리고 있는 곳에서, 삶이 간신히 존재하는 곳에서 삶을 찾아낸다. 그들 가운데 한 사람은 이렇게 쓰고 있다. "나이가 아주 많은 사람들을 대할 때 우리로서는 작은 행복을 낚는 투망으로 삶의 낚시꾼 놀이를 하는 것 외에 달리 선택의 여지가 없어요. 이 일의 핵심은 어쩌면 사람들이 더 이상 감히 희망하지 못하는 것으로 그들을 놀라게 하는 데 있는지도 모릅니다."

살면서 더 일찍 하지 못했던 일, 감춰진 창조성을 해방시키는 법을 60세, 70세, 혹은 80세에 배울 수 있을까? 그렇다! 자기 자신을 만나는 데, 우리가 늘 포로처럼 묶어두었던 감정이나 정서를 해방시키는 데 결코 늦는 법은 없다. 자신의 창조성을 계발하고, 어린아이의 영혼을 되찾고, 자기 직관을 믿는 데 결코 늦는 법은 없다. 모드 마노니는 자기 남편의 노화에 대해 이렇게 썼다. "노화란 정신 상태를 말한다. 스무 살의 노인도 있고, 아흔 살의 청년도 있다. 그것은 마음의 관대함과 관계된 문제이면서 또한 자기 안에 어린 시절의 모습을 얼마나 충분히 간직하는지에 관한 문제이기도 하다."

나는 일부 '지도자들'이 노인들로 하여금 어린아이의 영혼을 되찾도록 돕는 방식에 감탄한다.

연극인이자 연출가인 이브 페네는 몇 년 전부터 노인들을 위한 극회를 지도하고 있다. 60세와 85세 사이의 노인 열두 사람이 매주 그의 아틀리에에서 만난다. 주로 여성들이다. 처음 동기는 기억력을 훈련하려는 데 있었다. 그러다 금세 목표가 훨씬 중요한 데 있다는 걸 모두가 깨달았다. 이브는 연극 레퍼토리의 장면들을 통해 가능한 한 그들이 지닌 진정한 개성의 여러 면모를 드러내도록 촉구한다. 흥미로운 작업이다. 그는 평생을 억압 속에 살았던 사람들이 연극을 하면서 자신들이 알지 못했던 능력을 발견하는 것을 본다. 예전에 경영진의 비서로 일했던 한 여성은 여왕 역할을 하는 데서 엄청난 기쁨을 느꼈으며, 현모양처였던 또 다른 여성은 숨어 있던 열정을 발견하기도 했다. 이렇듯 그는 사람들이 진정으로 피어나는 것을, 감정의 부채가 활짝 펼쳐지는 것을 보았다. 이보다 더 나은 삶은 없다!

이 일을 통해 이브는 인생의 제3기나 제4기의 나이를 사는 사람들에게서 그의 청소년 제자들과 마찬가지의 신선함과 유연성을 발견했다. "그들은 놀랄 정도로 원기 왕성합니다. 게다가 이제는 직업이나 가정에 대한 책임에서 벗어났으니 여유가 있지요. 마치 그들 앞에 전도양양하게 삶이 펼쳐져 있는 것 같아요!" 그들이 열심입니까? 내가 물었다. "그럼요, 저는 그분들에게 6개월마다 공연을 하나씩 하도록 제안하는데, 그분들은 공연에 친구들을 초대합니다. 몸이 아플 때조차도 아틀리에로 온답니다. 넘어져서 다치는 바람에 목발까지 짚고 온 어르신도 생각나네요."

"저는 그들에게 사라 베른하르트가 즐겨 쓰던 말을 종종 되풀이합니다. '그래도!' 그러면 그들은 이 말에 고무됩니다. 실제로 사라 베른하르트는 75세까지 연기를 했고, 우리는 〈새끼 독수리〉에서 그녀가 보여준 연기가 절정이었다는 사실을 압니다. 우리가 마음과 열정을 가지고 연기할 때 나이는 조금도 중요하지 않습니다!"

다음 단계는 미스라이가 암시하듯 새로운 지혜를 가르치는 것이다. 금욕적 체념이 아니라, 끝나가는 삶에 새로운 시선을 던지는 것이다. '인간의 삶은 고통을 받도록 선고받은 것이 아니라' 기쁨과 행복과 평온을 누릴 운명에 놓인 것이라고 그는 말한다. 우리는 현재를 그 자체를 위해 살아야 한다. 충만한 현재. 현재를 누리기 위해서 나이 든 사람은 "매혹되고 감탄하는 능력을 되찾아야" 할 것이다. 매혹에 열림으로써 "나이 많은 사람도 삶으로 개종만 한다면 현재를 기쁨으로 누릴 수 있다."

"현재의 기쁨은 끊임없이 시간에 살을 붙인다." 나는 스피노자의 이 말에 대해 많은 생각을 했다. 우리 삶의 온갖 기쁨과 활동은 계속 이어진다. 다른 기쁨들이 와서 우리 심장을 떨리게 만들고, 살아 있다는 감정을 느끼게 한다. "우리가 영원하다는 것을 우리는 경험한다." 스피노자의 이 유명한 말을 어떻게 이해해야 할까? 시간을 넘어선 영원이 아니라, 충만함 속에 있는 영원에 대한 경이로운 경험으로 이해하지 않는다면 말이다.

나이가 들어가면서 아직 살아 있다는 사실을 만끽하고, 죽음이 다가온다고 한탄하지 말라. 이것이 로베르 미스라이가 우리에게 주는 현명한 충고다. 우리가 알고 있는, 환하게 빛을 발하는 노인들로부터 영감을 받아 기쁨과 경이와 감사를 느끼는 능력을 기르자. 우리 몸과 이미지의 변화에 더 이상 마음 쓰지 말고, 늙지 않는 것이 살아 있게 하자. "노년에 이른 사람들의 마지막 선물은 바로 이것이다. '행복한 성숙의 메시지'를 아직 살아갈 사람들에게 전하는 것. 그것이 바로 주변에 부담을 주는 것이 아니라 오히려 주변 사람들이 살아가는 데 도움이 되며 늙어가는 방식이다."

이 말을 통해 로베르 미스라이는 우리가 젊은 세대들에게 전할 수 있는 것, 다시 말해 늙어가며 자기를 완성하는 일에 행복해 하는 세대의 이미지를 말해주고 있다. 인생의 제3기 혹은 제4기에 들어서는 우리에게 '재탄생의 시도'를 촉구하는 대담한 계획이다. 이 시도는 우리가 타인과 관계를 유지할 때만, 우리가 사랑을 받고 사랑을 줄 때만 성공할 것이다. 이 시도가 성공하는 데 의례적이지 않은 진정한 인간적 온기와 다정함이 중요함은 굳이 입증할 필요도 없다.

미스라이가 역설하는 행복한 노후를 위한 교육은 곳곳에서 이미 자리를 잡아가고 있다. 철학적 사고에 바칠 시간이 있는 퇴직자들의 문화단체들에서 점점 더 철학자 베르트랑 베르즐리를 찾는다. 내가 '철학하는 화요일'에서 개최한 그의 강연을 들으러 갔을 때나, 혹은 그가 파리 제6구의 시청에서 한 '인생의 의미'에 관한 멋진 강연에서나 청중의 80퍼센트가 노인들이었으며, 그것도 대부분이 여성들이라는 사실을 확인하고 나는 놀라지 않았다. 강연장은 터져나갈 정도로 꽉 찼으며, 주의를 기울인 얼굴들에서는 진짜 기쁨을, 거의 환희를 읽을 수 있었다. 이 군중과 더불어 그가 이룬 성공은 자기 삶을 생각하려는 사람들의 욕망을 대변해준다. 그 욕망은 아마도, 질 들뢰즈도 말하고 있듯이 새로운 욕망일 것이다. 한 가지 의문이 든다. "노화가 찾아올 때, 구체적으로 말해야 할 시간이 찾아올 때, 더 이상 요구할 것이 하나도 없을 때 우리는 한밤중에 '그런데 내가 평생토록 한 것이 대체 무엇이었지?' 라는 질문을 던지게 된다. 이 질문은 예전에도 던졌고, 계속해서 던지고 있지만 너무도 간접적이거나 우회적이어서, 너무도 인위적이고 추상적이어서, 우리는 그 질문에 정말 사로잡히기보다는 그냥 지나치면서 그것을 드러내고 위에서 내려다보았던 것이다."*

마지막으로 미스라이가 늙어가는 사람들에게서 발휘되는 걸 보고 싶어 하는 세 번째 가르침이 있다. "죽음과의 새로운 관계"에 관한 가르침이다. 죽음은 비극적 만기가 아니다. 삶을 끝내러 오는 재앙처럼 지각하는 한, 죽음은 부당하고 터무니없는 것처럼 보일 것이다. "이유 없는 죽음, 그것은 어떤 것이건 언제나 어떤 행동을 깨뜨리고 폐기하기 때문에, 삶에서 가능한 모든 의미를 소급해서 빼앗는 것이 될 것

* 질 들뢰즈, 펠릭스 가타리, 『철학이란 무엇인가?*Qu'est-ce que la philosophie?*』(파리: 미뉘, 1991).

이다." 따라서 죽음에 대한 시선을 바꾸어야만 한다. 자기 자신의 죽음을 자기 삶의 가장 중대한 요소로 간주하는 것이 아니라, 피할 수 없지만 부차적인 요소로 간주해야 한다. 그리고 미스라이의 말을 따르자면 '살아 있는 현재에 그 강렬함과 풍요로움을 돌려주는 데 꼭 필요한' 것으로 여겨야 한다.

늙어서도 향유하기

"새로운 성性의 수용은 노화의 일시적 호전을 의미할 수도 있다"고 로베르 미스라이는 쓰고 있다.

노인의 성은 우리 문화의 마지막 금기 가운데 하나다. 그렇다 해도 남자들의 성에 대한 얘기가 더 많은 것 같다. 주로 일부 노인들의 음란한 욕망이나 남성적 무능력의 비극에 대한 것이다. 나이 든 여성의 성에 대해서는 한 마디도 없다. 마치 폐경기 이후에는 욕망도 없고 욕망할 만한 존재도 못 된다는 듯이 말이다. 이어지는 글에서 우리는 사실이 전혀 그렇지 않다는 것을 보게 될 것이다.

유럽 TV 채널 아르테*는 노인의 성을 집중 테마로 삼은 적이 있다.** 이 다큐멘터리에서 질문을 받은 남성과 여성들은 자신들의 욕망과 두려움을 얘기하고, 자신의 몸과 맺는 관계에 대해, 성적 경험과 관련한 그들의 새로운 접근방식에 대해 말했다. 어떤 이들은 수줍음과 애정을 갖고 얘기했으며, 또 어떤 이들은 유머를 담아 말했다.

한 여성은 더 이상 아무도 만나지 않고 있다며 한탄했다. "왜 그런지 이해할 수가 없어요. 사람들은 날더러 아직 예쁘다고 말합니다. 그런데 사실 전 아무도 만나고 있지 않아요. 나이가 들면서 우리가 한결 까다로워져서 그런 건지 모르겠군요. 어쨌든 한 남자가 내게 미소를 지으면 살아 있다는 느낌이 들어요. 저는 그런 걸 에로티시즘이라고 생각해요. 저는 한 인간이 일정한 나이가 되면, 혹은 주름이 어느 정도 생기면 더 이상 쳐다볼 만하지 않게 된다고 여기는 규범을 비인간적이라고 생각해요. 정말이지 끔찍한 일이에요!" 이

* 독일과 프랑스 공동 방송채널로 교양 중심의 문화채널이다. – 옮긴이주 ** 실비 바뉠과 모니카 키르쉬너가 제작한 독일 영화 〈노년의 사랑〉을 중심으로 이루어진 2006년 11월 28일 화요일 테마.

말은 나이 든 여성들의 성생활을 매우 슬픈 현실로 생각하는 심리치료사 울리케 브렌덴부르크에게서도 확인되었다. "60세 혹은 70세쯤 되는 여성들에게서 이런 얘기를 많이 듣습니다. '나는 더 이상 존재하지 않고, 성생활의 무대에 나라는 존재는 더 이상 없어요. 더 이상 아무도 나를 눈여겨보지 않아요! 남자들은 성욕에 도움을 주는 신제품 덕에 발기할 수도 있는데, 왜 반백에도 눈부시게 빛나는 여자들에 대해서는 관능적이라고 말할 수 없는 거죠?'"

최근 몇 달 동안 나는 내 나이의 여성들을, 그리고 더 나이든 여성들을 새로운 눈으로 바라보았다. 그들이 아름답다고 생각될 때가 많았다. 물론 그들의 몸은 늙었지만 여전히 가슴 뭉클한 아름다움이 있었다. 아마도 욕망을 지니고 있다는 것이 열쇠인 것 같았다!

완숙기의 이점 가운데 하나는 우리가 한결 자유롭고 여유가 있다는 점이다. 아이들이 커서 가정을 떠났을 때, 직업적 쟁점들이 뒷전으로 물러났을 때 얻게 되는 행동의 자유. 젊음에 집착하지 않을 때, 늙는 걸 받아들일 때, 다시 말해 남아 있는 시간을 현재로 사는 걸 받아들일 때 얻게 되는 내적 자유.

내 나이의 여성들은 명석하다. 그들은 자신들이 영원하

지 못하다는 것을 안다. 그러기에 더더욱 현재를 살고, 자기 몸을 받아들이고, 자신의 욕망을 살아야 하는 것이다. 나는 그들이 그 어느 때보다 관능적이라고 생각된다. 그들은 서두르지 않고, 불안해하지도 않고 삶을 만끽한다. 그것이 그들의 매력이다. 그것이 그들을 욕망할 만한 존재로 만든다.

73세의 어느 여성작가가 스무 살이나 어린 남자와 만난다는 얘기를 얼마 전에 들었다. 이 여성은 눈이 거의 보이지 않는다. 그녀에게는 음악에 대한 열정이 있다. 두 사람의 만남은 단체여행 동안 이루어졌는데, 아마도 음악과 관련한 여행이었던 모양이다. 그녀가 잘 보지 못하므로 남자는 길을 건너거나 계단을 오르내릴 때 여러 차례 그녀를 도왔다. 그녀는 곧 부드럽고 세심한 그의 손길을 좋아하게 되었다. 그녀는 속으로 생각했다. 그의 성기가 손만 같다면…… 그렇기만 하다면……! 그녀는 무한한 매력이 있기에 우리는 그 다음을 상상해볼 수 있다.

나이 든 남자나 여자의 성적 매력의 원동력은 무엇일까? 나는 아무도 감히 말하지 못하는 문제에 접근할 생각이다. 우리는 젊음에 대한 규범에 너무도 묶여 있어서 아직 젊은 몸과 늙은 몸 사이의 사랑의 유희를 잘 상상하지 못한다. 세월에 시든 두 몸이 나누는 사랑의 유희는 말할 것도 없다.

몸매와 미모가 아닌, 다른 것에 토대를 둔 욕망이란 어떤 것일까? 마음으로 공모의식을 느끼며 함께 있는 기쁨, 살결의 부드러움, 타인의 존재와 리듬, 만남의 감동에 토대를 둔 욕망.

이제는 늙어가는 여성들의 얼굴을 '젊어 보이게 만들어' 나이를 속일 만큼 팽팽하되 표정 없는 가면으로 바꾸어버리는 미학적 독재의 목을 비틀 때가 되었다. 나는 65세 여성의 '리프팅한' 얼굴이 어떤 감정을 불러일으키리라고 생각지 않는다. 물론 주름은 감춰지고, 피부가 북가죽처럼 팽팽해졌는지는 몰라도 그런 얼굴은 더 이상 아무것도 표현하지 않는다. 살아온 길을 수놓은 시간의 흔적과 기쁨과 고통의 자국이 몽땅 지워진 것이다! 솔직히 누가 리프팅한 얼굴을 아름답다고 하겠는가? 아름다움은 다른 무언가로부터 오며, 그 '무언가'는 감정의 차원에 있는 것임을 우리는 느낄 수 있다. 그것을 우리는 매력이라고 한다. 그윽한 눈길, 눈의 표현, 환한 미소. 매력은 늙지 않는다. 감정 또한 늙지 않는다. 그 둘은 세월과 더불어 더 깊어지고 강렬해질 수 있다.

오히려 그들이 자신의 늙어가는 얼굴을 사랑하도록, 내면의 영사기를 눈가 주름이나 눈밑 주름 혹은 처진 눈꺼풀보다는 눈길과 미소의 표현으로 향하도록 도울 때가 되었다.

그들이 제 얼굴을 살아 있게 만들도록, 활기가, 환히 빛나는 표정이 그들 아름다움의 본질임을 알아보도록 도울 때다.

그러자면 먼저 거울 속의 자기 모습을 바라보는 것을 멈추고, 영혼을 떨게 만드는 경험들을 향해 마음을 기울이고, 석양이나 별밤의 아름다움을 바라보고, 서로 사랑하는 두 사람의 다정한 몸짓에 감탄하고, 재즈 콘서트나 바흐의 칸타타에 도취할 줄 알아야 한다.

이제 나이 든 남자와 여자를 잇는 특별한 에로스에 대해 말할 차례다. 낸시 휴스턴의 '살살 녹는 기쁨'*이라는 표현이 떠오른다. 성숙한 여성, 나이 든 여성은 아마도 더 깊이 자기를 내주고, 자기 몸과 존재를 더 넓게 여는 것 같다. 65세의 한 그리스 친구는 자기보다 나이 많은 여성과 사랑을 나누며 느꼈던 아득한 느낌과 달콤한 행복감을 전하려고 애쓰며 말했다. "마치 바다에서처럼 그녀 안에서 헤엄을 치는 듯한 느낌이었지."

"나한테는 여성의 늙어가는 몸이 끔찍한 이미지가 아니어서, 그것 때문에 그녀와 사랑을 나누고 싶은 마음이 사라

* 낸시 휴스턴, 『숭고한 사랑*Une adoration*』(아를르: 악트 쉬드, 2003).

지지는 않아요. 전체적인 모습, 거기서 풍기는 조화로움이 중요한 거죠. 가슴이 작건 처졌건 그런 건 중요치 않아요! 마찬가지로 피부도 주름질 수 있어요. 눈길이 마음에 들면 난 그런 건 신경 쓰지 않아요. 전 세상을 이런 식으로 바라봅니다. 세월과 더불어 성性은 더 아름다워지고, 더 오래 지속되고, 더 에로틱해집니다. 나이가 들면서 다정한 몸짓과 상대를 위한 애무를 더 잘할 수 있지요. 결국 쾌락이 더 강렬해지고 더 만족스러워진 것 같아요."*

노인의 성에 대해 말할 때면 우리는 왜 그렇게 위축될까? 방전과 같은 짜릿한 쾌락과는 한참 거리가 먼, 일체를 이룬 듯한 거의 영적인 체험에 대해 말해야 '올바른 성'인 것은 아니다.

"사랑의 관계에서 내가 말하는 영성이란, 이를테면 두 사람 모두 움직임 없이 우주와 연결된 것처럼 명상에 가까운 상태에 있을 때다. 그것은 쾌락 없는, 오르가슴 없는 절대적 기쁨이요, 실존하는 행복이다. 마치 신을 만나는 것과 같다……. 우리 안의 모든 것이 타인과 세상을 향해 열린다.

* 앞에서 인용한 아르테 방송.

말하자면 내맡김 상태인 것이다."*

나이듦에 따라 타인의 육체가 아니라 그 존재를 사랑하게 된다는 건 점점 더 분명해 보인다.

물론, 자기도취의 붕괴에서 헤어나지 못하는 여자들도 있다. 그들은 스스로 더 이상 매력적이지 않다고 평가하기 때문에 자신들의 관능과 욕망에 단단히 못을 박는다. 일그러진 그들 몸을 보는 '고역'을 남자에게 안기고 싶어 하지 않는다. 그저 더 이상 자신을 견디지 못하며, 그리고 그것으로 끝이다. 더 이상 사랑하지 않는다. 이 같은 욕망의 포기는 우리가 상상하는 것보다 더 빨리 노화로, 기쁨과 활력의 부재로, 마음의 메마름으로 이끈다.

18세기에 팔라틴 공주는 몇 살쯤 성적 욕망이 사라지냐고 묻는 사람에게 이렇게 대답했다. "제가 어찌 알겠어요? 이제 겨우 여든인걸요!"

그런데도 오늘날 많은 사람들이 노인들에겐 더 이상 욕망도 없고 성생활도 없다고 생각한다. 노인들이 원하더라도

* 레진 르무안 당투아, 엘리자베트 베이스만, 『욕망이라는 이름의 나이*Un âge nommé désir*』(파리: 알뱅 미셸, 2006), 124쪽.

더 이상 사랑을 할 수 없을 것이라고 생각한다. 수치스런 일로, 심지어 변태적인 행위로 여겨지기까지 한다.

이미 28년 전에, 80세에서 102세까지 202명의 노인을 대상으로 한 미국의 한 연구*는 63퍼센트의 남성과 30퍼센트의 여성이 여전히 성관계를 갖고 있으며, 72퍼센트의 남성과 40퍼센트의 여성이 자위를 하고, 82퍼센트의 남성과 64퍼센트의 여성이 '애정관계'를 맺고 있다는 사실을 보여주었다.

데이더 피셀의 영화 〈우린 아직 해요: 65세 이상 여성의 사생활〉도 65세에서 87세까지의 몇몇 미국 여성이 활발한 성생활에 대한 권리를 당당하게 주장하는 모습을 보여준다.

나이 든 여성들이 모든 성생활을 포기했다고 생각하는 사람들은 깜짝 놀란다. 이 다큐멘터리에서 폐경기가 성생활의 끝을 의미하는 것이 아니라 그 반대라는 것을 발견하게 되기 때문이다. 많은 여성들이 65세 이후에 열렬한 애정관계에 빠져든다는 걸 알게 된다. 그 여성들 가운데 한 사람이 말한다. "폐경기 이후에도 욕망이 여전히 있다는 걸 발견했어요. 성생활을 하기엔 너무 늙었다고 생각했었죠. 그런데

* 브레츠슈나이더 & 맥코이, 1980년.

내 몸이 그러고 싶어 한다면 그건 아직 그럴 나이이기 때문이라는 생각이 들더군요."

85세의 프란시스는 5년 전에 만난 연하의 애인인 신문기자 데이비드 스턴버그와 매우 강렬한 관계를 맺고 있다. 그녀는 말한다. "데이비드는 내 생애 통틀어 가장 큰 사랑이에요." 이들의 관계는 그녀가 대퇴골 골절로 요양원에 들어갈 수밖에 없게 되었음에도 계속 이어졌다. 이 나이 든 여성은 대부분의 사람들이 그녀에게서 휠체어에 앉은 할머니밖에 보지 않는다는 사실을 의식하고 있다. 그런데도 그녀는 성생활을 계속한다. "사랑을 나눌 때면 그 누구도 중요치 않아요. 난 내 세계 속에 있고, 데이비드는 그의 세계 속에 있죠. 다른 그 무엇도 중요치 않아요. 요양원에서는 사생활을 많이 가질 수가 없지만 할 수 있는 만큼 누리지요. 우리는 서로 자신을 내줄 수 있는 것에 행복해합니다."

73세의 성의학자 베티 닷슨도 4년 전부터 그녀와 함께 살고 있는 26세의 애인 에릭과 행복한 커플을 이루고 있다. 에릭은 베티가 젊은 여자의 몸을 가지고 있지 않다는 사실을 받아들인다. 하지만 그가 자기 욕망과 경험을 표현하는 능력을 높이 평가하는 이 '놀라운 여성'과의 관계를 이 세상의 무엇과도 바꾸지 않을 것이라고 한다. 청년은 털어놓았다. “그녀가 69세에도 이토록 매혹적이라는 사실이 놀라웠지요. 그녀가 처음으로 옷을 벗었을 때가 기억납니다. 물론 젊은 여성의 몸은 아니었지요. 그것이 살짝 거북스럽기는 했습니다. 하지만 저는 겉모습에 대한 인색한 생각을 젖혀두면 많은 것을 얻게 된다고 생각했죠.” 그러자 베티가 덧붙였다. “저도 똑같은 당혹감이 있었죠. 맙소사, 옷을 벗어야 할 것이고, 내 늙은 몸으로 젊고 멋진 몸 앞에 서야 하겠군. 뛰어들어야만 했지요.” 에릭은 베티가 자기 몸의 이미지에 거북해했더라면 그들 커플에 해가 되었을 것이라고 인정한다. 73세의 성의학자는 모든 여성들이 이 도전을 해보아야 한다고 단언한다. 그녀는 여성들이 포기하지 않게 하려고 쉬지 않고 싸우고 있다. “아름답고 젊을 때만 성관계를 가질 수 있는 세상이라면 얼마나 슬픈 일입니까!”

엘렌은 68세이고, 돌로레스는 70세다. 두 사람은 3년 전에 만났다. 엘렌은 돌로레스와 함께 살기 위해 만족스럽지 못하던 오랜 이성애 관계를 끝냈다. 그녀는 돌로레스와 함께 게이와 레즈비언 들을 위한 양로원을 세우는 일에 뛰어들었다. 두 사람은 소리 높여 말한다. “버스에서 우리에게 자리를 양보하려고 일어서는 사람들은 우리가 침대에서는 폭탄 같다는 걸 결코 짐작도 못할 겁니다!”

69세에 재혼한 류트로 말하자면 그녀 인생에서 이때야말로 진정한 회춘의 시기였다. 그녀의 남편은 이렇게 고백한다. "우리가 처음으로 성관계를 맺었을 때 나이는 전혀 중요치 않았어요. 꼭 첫경험 같았지요."

엘렌은 할머니이자 증조할머니다. 하지만 그녀에게는 20년 전부터 애인이 있다. "누군가와 나누는 육체적 친밀감은 다른 무언가를 가져다줍니다. 내 삶은 충만해졌습니다. 이 작은 퍼즐 조각이 완전히 바꾸어놓았지요."

20년 전부터 혼자 살고 있는 프레디만 유일하게 자기 또래의 싱글인 남자들이 별로 없다는 사실을 확인해주었다. 그녀는 모든 성생활을 포기했다. "시드니가 죽은 뒤로 저는 성적 욕망을 모두 억눌렀고, 그 생각을 하지 않으려고 애썼지요. 하지만 욕망은 이따금 예기치 않은 방식으로 불쑥, 강렬하게 나타나곤 했습니다. 그런 감정이 아직도 이토록 강렬한 것에 놀라곤 했죠. 주변에 싱글인 남자가 있는지 둘러보았습니다. 하지만 먼저 첫 발짝을 떼어야 한다는 생각이 들었는데, 그런 일에 저는 그다지 소질이 없어요. 꼭 아무도 나를 쳐다보지 않는 것만 같았습니다. 남자들은 더 젊은 여자들을 찾고 있는 것 같았어요." 프레디는 묻혀버린 성생활에 대해 마치 꿈 얘기를 하듯 말했다. 그리고 사랑을 나눴을 때를 떠올리며 좋았다고 기억했다. 이제 그녀는 한탄만 하고 있지 않겠다고 한다.

마지막으로, 예전에 모델이었던 해리엣은 성생활을 포기할 수가 없다고 단언한다. "저한테 성생활은 순수한 행복의 순간이에요. 성공적이지 못할 때라도 없는 것보다는 낫지요." 그녀는 자기 나이의 여성들과 대화를 나눈다. 대부분의 여성들은 아직 성적 욕구를 가지고 있다고 시인하지만 성생활을 포기했고, 해리엇은 포기하지 않았다.

"저한테 인생은 언제나 놀라움으로 가득 차 있었습니다. 누군가가 기막힌 순간에 나타났으니까요. 돌아가신 어머니는 이렇게 말씀하시곤 했습니다. '남자들은 전차 같은 거야. 한 대를 놓치고 나면 몇 분 뒤에 그 다음 차가 오지.' 다만 이제는 다음 차가 오기까지 시간이 조금 더 걸릴 뿐이죠!"

이렇듯, 일부 고정관념과는 반대로 성性은 나이가 든다고 해서 사라지지 않는다. 그런데 욕망과 쾌락과 오르가슴은 일평생 동안 가능하지만 노인이 되면 애정생활이 훨씬 제한을 받는 것도 사실이다. 성관계의 횟수도 줄어들고, 한층 어렵게 쾌락에 도달한다. 해부학적 · 생리적 변화, 폐경기 이후 질의 위축, 발기부전은 종종 성생활을 중단하게 만든다.

사실 우리는 은밀한 침실에서 무슨 일이 일어나는지 알

지 못한다. 그리고 이 일반화 뒤에는 아마도 매우 대조적인 상황들이 감춰져 있을 것이다. 성생활을 완전히 포기하고서 만족해하고 해방된 느낌을 갖는 사람들이 있는가 하면 욕망이 넘쳐나는 정력적인 사람들도 있다. 올리비에 드 라두세트는 '이제 끝났다고 생각했는데 베니스를 여행하던 도중 생각지도 못했던 욕망이 깨어나는 걸 확인한'* 팔순 커플의 사례도 소개한다.

늦은 나이의 성생활은 예전 성생활의 연장일 뿐이다. 상상력이 풍부하고 다채롭고 조화로운 성생활로 만족하던 사람들은 나이가 들어도 예전보다는 덜할지라도 성생활을 계속 유지할 것이다. 반대로, 그다지 '색을 밝히지' 않던 사람들이 나이가 들어 변한다면 놀라운 일일 것이다.

이렇듯 나이가 리듬이나 특징은 변화시킬지라도 성적 욕망에 영향을 미치지는 않는다. 성이 덜 왕성하고 더 느려지긴 해도 더 관능적이 되기도 한다는 걸 우리는 안다.

한 여성이 말했다. "젊었을 때는 욕망이 더 자주 일었죠. 지금은 오르가슴이 느리게 오지만 한층 강렬해졌어요. 더

* 올리비에 드 라두세트, 앞의 책, 189쪽.

자유롭고 더 창의적이라는 느낌이 들어요. 예전에는 우리가 특별한 연인이라는 걸 파트너에게 보여주느라 소리를 많이 내야 한다고 생각했지요. 그것이 일종의 부담이었던 것 같아요. 지금은 나 자신에게도 너그러워지고, 성생활에서도 한결 편안한 걸 보면 말이에요. 우리 나이에는 우리가 변했다는 사실을 받아들이고, 다른 단계로 넘어가야 한다고 생각해요. 애무에 훨씬 더 신경을 쓰는 겁니다. 쾌락을 누리는 데는 숱한 방법이 있어요. 저한테는 애무가 행위 자체보다 더 중요해요. 상대에 대한 관심과 예비단계가 중요하지요. 내가 알았던 남자들은 더 이상 '성능이 좋지' 못하다면 성행위를 할 필요가 없다고 생각하더군요. 내가 보기엔 그들이 잘못 생각하는 거예요. 성관계는 자기 사랑을 표현하는 하나의 방식입니다. 그렇기 때문에 우리에게 그만큼 결핍된 것이지요. 우리에겐 포옹과 어루만짐이 필요해요."

따라서 온갖 종류의 감각과 관능적 접촉을 새로이 발견해야 한다. 가깝게 느끼고, 피부를 맞대고 자며, 서로를 꼭 끌어안는 접촉 등.

75세가 다 된 장 프랑수아 드니오는 함께 사르데냐 섬 주위를 배 타고 여행할 때 내게 말했다. 그는 심장에 문제가 있는데도 여전히 성행위를 하지만 '게으름뱅이처럼' 한다고 했다. 그러고는 부드러운 관능적 쾌락을 찬미했다.

알랭 모로는 『노년 예찬』에서 우리가 20세 때보다 60세 때 더 나은 성교를 하게 된다고 쓰고 있다. 그는 욕망과 발기를 혼동하지 말아야 한다고 말한다. "감성과 상상력은 감퇴될 이유가 전혀 없으며, 억제가 완화되면서 오히려 강화된다. 따라서 그 영역과 효능도 더 증대한다. 억압과 야성적인 충동이 약화되면서 얻어진 숙련으로 더 많은 쾌락과 기쁨과 행복의 가능성이 생겨난다."*

72세 이상으로 여전히 성생활을 하는 커플들은 모두 성생활을 계속하려면 여성의 태도가 중요하다고 털어놓았다. 여성이 폐경기로 인해 자신감을 잃는다면, 상대방의 '고장'이 자신의 책임이라고 느낀다면, 그래서 자신이 덜 매력적이라는 믿음을 갖게 된다면 그들의 성생활은 끝이다. 반대로 여성이 자신감을 갖고, 파트너의 일시적이거나 혹은 결정적인 불능에 상처받거나 실망하지 않는다면, 그들은 불능 상태를 자연스럽게 받아들이고, 사랑을 나누는 다른 방식을 찾게 될 것이다.

* 알랭 모로, 『노년 예찬*Éloge de la vieillesse*』(파리: 비블리오판, 2006), 172쪽.

성생활은 장수에 도움이 된다. 무르익은 성생활이 잘 늙는 데 어떻게 기여하는지에 관한 논의가 많지 않다 해도,* 그것이 정신적 균형과 자존감에 어떤 도움을 주는지는 상상해볼 수 있다.

그렇지만 금기는 여전히 남아 있다. 오늘날에도 우리는 나이 든 남성과 여성이 외로움을 나누고, 호감과 애정을 보이는 건 비교적 쉽게 받아들이지만 그들이 성행위까지 갈 수 있다는 생각은 잘 받아들이지 못한다. 노인의 성은 젊은 사람들의 눈에도 그렇고, 육체에 대한 죄책감 속에 자란 더 나이 많은 사람들의 눈에도 추하고 심지어 혐오스런 것으로 남아 있다. 타비아니 형제의 영화 〈로렌조의 밤〉에서는 독일군과 파시스트를 피해 피난을 떠나는 길에 한 할아버지와 할머니가 사랑을 나눈다. "이 장면이 아름답고 받아들일 만하게 그려지기 위해서는 두 감독의 재능이 필요했다. 이 같은 행복한 성性의 이미지들은 여전히 도발적이다."** 오늘날

* 2001년 10월 로마에서 개최된 ESSIR(성과 기능장애 연구를 위한 유럽학회)에서 마르크 가넴 박사는 이렇게 말했다. "건강상태의 호전, 특히 뇌의 산소공급을 담당하는 심장-폐 기관의 호전 이외에도 성생활은 뇌세포의 유지와 발달에 유리한 물질의 합성을 촉진한다." ** 조엘 드 로스네 외, 앞의 책, 131쪽.

에도 노년의 커플이 바다를 마주 보고 플라토닉하게 벤치에 앉아 있는 것 이상의 애정을 보이는 행동을 하는 이미지는 거북함을 낳는다. 노인들의 성교는 "정치적으로 올바른 에로티시즘의 미학적 기준에 맞지 않는"* 것처럼 보인다.

오늘날 베이비붐 세대는 노인의 성에 던지는 이 수치스런 시선을 문제 삼고 있다. 이 세대는 피임과 성적 자유를 경험한 세대다. 그들은 진정한 풍속 혁명의 선구자들이었다. 또한 쾌락과 생식을 분리시키고, 혼외정사를 죄악시 않는 데 기여했다. 그들은 늙어가면서 육체적 사랑을 포기할 준비가 되어 있지 않으며, 과학의 발달이 그런 그들을 돕고 있다.

그럼에도 노인의 성은 오래도록 금기로 남을 것이다. 어쩌면 문화적인 이유가 아니라 훨씬 깊고 무의식적인 이유가 깔려 있을지도 모른다. 아이들이 부모가 정사를 나누는 것을 상상하지 못하듯이, 성인이 되어서도 우리는 노인의 성을 상상하지 못한다. 아마도 이런 이유에서 양로원에서 성이 그토록 나쁘게 인식되는 것 같다.

* 올리비에 드 라두세트, 앞의 책, 188쪽.

간병인 교육을 맡고 있는 한 여성의 증언이다.

“몇 년 전, 제가 교육을 맡고 있던 한 시설의 원장이 절더러 꼭 좀 와서 성에 대해 얘기해달라고 부탁한 적이 있습니다. 그때 저는 그곳에서 얼마나 많은 간병인들이 ‘이해할 수 없는 행동들’을 대하고서, 그 행동들을 거부하고, 때로는 몹시 모진 말로 단죄하고, 추하고 더럽고 몰상식한 것으로 여기고 있는지 목격했습니다. 심지어 그들이 ‘죄를 짓는’ 사람들을 진정시키기 위해 의사에게 약을 요구하기까지 한다는 걸 알게 되었지요.”* 그녀는 노인들이 자기도 모르게 드러내는 성 본능 앞에서 간병인들이 보이는 떨떠름한 태도나 거친 태도를 느꼈던 것이다. 일부 간병인들은 자기의 판단을 노골적으로 드러내기도 했다. “할머니의 자위행위는 처벌되거나, 적어도 치료받아 마땅합니다.” 혹은 “이런 종류의 필요와 욕구를 이렇게 도발적으로 드러내는 건 돼지나 하는 짓입니다.”

양로원 인력을 위한 교육과정에서 이 문제는 점점 더 중요하게 다루어지고 있다. 교육을 받고 난 간병인들은 거주

*폴레트 갱샤르 퀸슬레 외, 앞의 책.

자들의 사생활이 아직 건재하다는 것을 의식하고서 그것을 존중할 수 있게 된다. 또한 제3기 인생을 위한 잡지들도 이 문제에 관한 내용들에 지면을 할애하기 시작했다.

폴레트 갱샤르는 자문한다.

"양로원에 2인용 침대는 언제쯤 들여놓게 될까? 지금으로선 1인용 침대만을 들인다는 사실만으로도 그곳에서 성性이 제 권리를 갖지 못하며 공식적으로 부인되고 있다는 것을 알 수 있다. 금지되어 있다는 표현을 피하자면 그렇다. 노인들도 이 문제에 대해 각자 생각들이 있지만 사람들은 그들에게 의견을 묻지 않는다. 이 노부인의 말에 귀를 기울여보자. '내가 양로원에 가야 한다면 2인용 침대를 갖고 싶어요. 기숙사 생활을 할 때처럼 날 1인용 침대에 보내진 못할 겁니다. 그렇게 되면 꼭 내가 이젠 침대에 다른 사람을 데려올 수 없는 사람이 된 것 같을 테니까요.'"

1995년에 제정된 노인헌장이 자기 방에서 사생활을 누릴 권리를 보장하고 있다는 걸 상기할 필요가 있을까? 모든 인간은 나이를 막론하고 예의를 지키며 자유롭게 사랑할 수 있다!

성을 노출하고, 인정을 얻어내고, 정치적 투쟁의 대상으로 삼는 것과 성을 부인하고, 우리가 자주 그러듯이 억압하는 것 사이에서 찾아야 할 중도가 있다. 타인의 사생활을 존중하는 것이다.

노인의 성을 말하는 데 적절한 어조를 찾기란 어렵다. 유일한 방법은 그것이 다름을 보여주는 것이다. 노인의 성은 내면화되고 무한히 다정할 뿐만 아니라 느리고 관능적이다. 그것은 충동에 이끌리는 것이 아니라 마음에 이끌린다. 그것은 감정적인 성이다. 아마도 인간의 삶에서 '사랑을 나눈다'라는 표현이 가장 깊은 의미를 띠게 될 경우는 늙어가는 혹은 이미 늙은 두 몸의 사랑을, 그 공감을 가리킬 때이리라.

나는 노인의 성에 관한 이 장을 해럴드의 증언과 함께 끝내고 싶다. 해럴드는 80세다. 그는 70세인 엘리즈와 매우 자주 사랑을 나눈다. 두 사람은 자신들의 얘기를 흔쾌히 털어놓았다.

해럴드는 도교 신도다. 그는 중국의 방중술을 20년 전부터 수행하고 있다. 방중술이란 신도들에게 건강한 삶을 영위하고 지상의 혹은 천상의 기쁨을 누릴 것을 가르치는 영적 수련이다. 사랑과 성은 방중술에서 말하는 기쁨에 속한다. 더욱이, 둘은 그 기쁨의 원천이다. 음과 양의 조화 없이는 모든 것이 파괴와 죽음으로 끝난다. 모든 파괴, 모든 증오, 모든 고뇌, 모든 탐욕이 사랑과 성적 접촉의 절망적 결핍에서 생겨난다. 이는 성적 접촉이 얼마나 건강과 행복과 장수에 기여하는지를 말해준다.

중국인들에게 장수는 하나의 강박관념이다. 건강을 유지하기만 한다면 노년은 그들 인생에서 가장 행복한 시기가 된다. 지속적으로 성생활을 갖는 것은 건강을 유지하는 비결이다. 고대 중국의 책자들은 하나같이 방중술이 장수의 관건이라고 보았다.

해럴드는 내게 이 혁신적인 성에 대해, 서양에서 행해지는 것과는 아주 거리가 멀고, 어떤 죄책감이나 억압에도 물들지 않은 성에 대해 말했다.

도교의 기본 원칙들(사정射精의 통제, 여성 오르가슴의 중요성, 남성의 오르가슴과 사정이 같은 것이 아니라는 사실에 대한 이해)은 오늘날 서양의 성의학자들에 의해 널리 받아들여지고 있다. 그들은 환자들의 회춘을 돕기 위해 이 사랑의 기술에서 교훈을 끌어오고 있다.

해럴드는 성교 도중에 멈추는 걸 실천하고 있다. 왜죠? 어떻게 말인가요? 나는 더 알려고 애썼다. 해럴드는 고대 중국의 의사들은 50세 이상의 남성들에게 사정을 매우 주의 깊게 통제하라고, 기계적으로 사정하는 위험에 빠지지 말라고 권한다고 설명했다. "사정을 하고 나면 남자는 지쳐서 귀에서는 소리가 나고 눈꺼풀은 무거워져 자고 싶어진다. 목도 마르고 사지에 힘이 없고 관절도 경직된다. 사정을 하는 동안에는 짧은 순간 쾌감을 느끼지만 그 결과로 오랜 시간 무기력해진다. 이것은 제대로 된 성적 쾌락이 아니다."*

남자는 사람에 따라 열 번 중 두세 번만, 또는 백 번 중 한 번만 정액을 배출해야 한다. 6세기의 중국 의원이 100살에 죽으면서 남긴 유명한 격언이 있다. "사정하지 않고 백 번을 사랑할 수 있다면 장수할 수 있다."

늙을수록 남자는 사랑을 할 때마다 사정할 필요가 없다고 그는 말했다. 성행위에서 사정을 분리시킨다면 큰 자유를 얻게 된다. 그렇게 해서 그가 어떤 기쁨을 느끼는지 묻자 지금 그가 느끼고 있는 강렬한 기쁨은 세상의 무엇을 준다 해도 바꾸지 않을 것이라고 대답했다. 나는 그의 말을 믿는다. 그가 평화롭고 행복해 보였기 때문이다. 그리고 사랑하는 걸 좋아한다는 것도 의심할 여지가 없었다. 그가 느끼는 쾌락은 격렬한 폭발의 차원이 아니라 달콤한 휴식의 차원의 것이다. 평온하고 향락적이며 관능적인, 그리고 자기 자신

* 졸란 창, 『방중술의 도*Le Tao de l'art d'aimer*』(파리: 포켓, 2005), 33쪽.

을 뛰어넘어 더 커다란 무언가와 이어진 듯한 쾌락이다. 그는 힘주어 말했다. "그래요, 그것은 내 아내를 배제한 개인적이고 고독한 경련이 아니라, 함께 나누는 긴밀한 일체감입니다. 방중술은 성적 수행입니다. 부부는 먼저 긴장을 풀 수 있도록 길고 깊이 호흡하는 법을 배워야 합니다. 그런 다음 자신을 열고, 감각을 예민하게 한 다음 관심을 사정에서 다른 것으로 옮겨야 합니다.

해럴드가 내게 묘사한 것은 프로이트의 전생식기*를 떠올리게 했다. 말하자면 변태적인 것이 아니라 절제된 동질다형적 성본능으로 돌아가는 것이다. 도교 신도들이 사랑의 기술이 갖는 중요성을 아무리 강조한다 할지라도 정말 중요한 건 일치와 평온의 추구이다. 성행위는 단순히 기계적인 행위가 아니라 전적인 체험이다. 감각의 개발이 이 조화로운 성에 가담한다. 촉각뿐만 아니라 후각, 긴 신체적 접촉, 부드럽고 느린 애무, 부드러운 목소리의 속삭임.

이때까지 아무 말 없던 엘리즈가 우리 대화에 끼어들었다. 그녀는 52세에 해럴드를 만났다. 그가 그녀를 도교에 입

* 생후 다섯 살까지. 프로이트는 생식기(십대 후반에서 노년기) 이전 단계인 구순기, 항문기, 남근기를 통틀어 전생식기라 부른다. - 옮긴이주

문시켰다. 그 전에는 성행위가 그토록 깊은 기쁨을 가져다 줄 수 있다는 것을 알지 못했다. 형용할 수 없는 그 경험을 말로 표현하기란 어렵다고 그녀는 말했다. 그녀의 말을 들으면서 나는 노인들에게서 가능한 성생활의 전혀 새로운 측면을 발견하게 되었다. 그들은 시간이 있고, 자유로운 정신이 있어서 피부 접촉과 상대의 몸속에 들어선 느낌, 뒤섞인 호흡과 에너지를 만끽할 수 있었다. 그를 통해 그들은 다른 식으로는 알 수 없는 내적 평화를 얻었다. 사랑스런 접촉과 다정한 일체감이 이 나이든 부부의 조화와 평안에 도움을 주는 게 분명했다.

접촉을 자주 갖는 것이 피곤하지는 않은지? 아니, 그 반대에요! 왜냐하면 긴장이 완화된 편안한 성이기 때문이죠. 고대 중국 의사들은 말합니다. 두 남녀가 높은 수준의 의식에 도달했을 때는 "왕(정액)이 동요되지 않도록 움직이지 않고도 내면 깊이 하나가 될 수 있다. 그들은 24시간 동안 이런 종류의 교합을 수십 번 가질 수 있다. 이렇게 수행하면 장수를 얻게 될 것이다."*

*졸란 창, 앞의 책, 90쪽.

해럴드가 말한 모든 것에 나는 호기심이 일었다. 나는 주변 곳곳에서 70세 이상의 남자들이 성 불능을 호소하고, 그 때문에 불행해하는 소리를 듣고 있다. 레오토의 경험을 옮겼던 시몬 드 보부아르의 구절이 다시 생각났다. 50세의 작가 레오토는 열정적이고 '경이로울 정도로 쾌락을 위해 준비된' 55세의 여성을 만났다. 7년 뒤 그는 녹초가 되었고, 성관계의 횟수를 줄이고 자위를 하기 시작했다. 방중술에 따르면 이런 행동은 아무 의미 없는 행동이다. "도道를 아는 사람들은 그것이 해결책이 아니었다는 것을 금세 알 것이다. 남자에게 자위란 여자의 기氣를 전혀 얻지 못한 채 남자의 기만 상실하는 행위다. 음과 양의 조화가 결핍된 이 행위는 아무 짝에도 소용없다."* 도에는 성 불능을 지칭하기 위한 말이 없다. 고대 중국인들은 그것을 중요한 문제로 보지 않았다. 나이 든 남자에게는 발기불능이 음양의 일치를 이루는 데 방해가 되지 않는다. 쾌락을 주고받는 방법은 여러 가지가 있다. 레오토가 발견하지 못한 것이 바로 그것이다. 그래서 그는 노화를 '슬픔의 구렁텅이' 속에서 경험했던 것

* 같은 책, 160쪽.

이다.

해럴드가 이어서 말했다. 남자들이 늙어서도 방중술을 안다면 발기 상태가 아니고도 상대 여성의 몸에 들어갈 수 있다는 것을, 사정을 참는 것이 좋다는 것을 발견하게 될 것이다. 중국의 이 사랑술은 '경이로운 무언가를 실현하는' '뻣뻣하지 않은 삽입'의 기술을 발전시킨다. '발기 없는 페니스와 질의 긴밀한 접촉.'* 이것이 해럴드가 80세에도 사랑을 나누게 해주는 기술이다. 엘리즈는 어떻게 생각할까? 그녀는 웃으며 이런 유형의 삽입이 매혹적이라고 단언한다! 그리고 모든 성의학자들이 알고 있는 사실을, 거짓된 광고 앞에서 거듭 말해야 할 것이라고 환기했다. 여성의 성적 만족도가 페니스의 크기와 그다지 상관없다는 사실 말이다. 『소녀경』에서 소녀는 헌원 황제에게 이렇게 단언한다. "먼저 남자가 몸의 소통에 여자에 대한 사랑과 존중을 더한다면, 진심으로 성의를 다한다면, 크기나 형태의 차이가 무슨 변화를 가져올 수 있겠습니까? 거칠게 넣었다 빼는 단단하고 뻣뻣한 것보다는 부드럽고 섬세하게 움직이는 약하고 물렁

* 같은 책, 145쪽.

한 것이 훨씬 낫습니다."*

해럴드는 도道를 수행하는 것이 잘 늙도록 도와준다고 확신했다. "죽음과 노화와 타성에 젖은 삶에 맞서는 유일한 마법은 사랑이 아니겠어요?"**

* 같은 책, 146쪽. **아나이스 닌, 『일기Journal』, 제4권(파리: 스톡, 1972).

시간의 풍요로움

"늙는다는 건 젊다는 것만큼이나 아름답고 성스런 일이다"*라고 헤르만 헤세는 썼다.

늙음이 한 아름의 고통을 가져오며 그 끝에 죽음이 우리를 기다리고 있다는 것은 누구나 안다. 세월이 갈수록 희생과 포기를 받아들여야 한다. 자신의 감각과 힘을 경계하는 법도 배워야 한다. 마지막으로, 온갖 장애와 질병, 감각의 감퇴와 신체기관의 약화, 특히 길고 불안한 밤에 찾아오는

*헤르만 헤세, 앞의 책.

숱한 고통이 있다. 이 모든 것을 헤르만 헤세는 받아들인다. 이는 씁쓸한 현실이다. 그렇지만 늙는 것에도 좋은 측면이 있으며 위안과 기쁨의 원천이 될 수도 있음을 보지 못한 채 쇠퇴 과정에만 빠져드는 건 가련하고 슬픈 일이라고 그는 말한다. "나이 든 두 사람이 만나면 저주스런 질병이나, 뻣뻣해지는 사지나, 계단을 오를 때 가쁜 숨에 대해서만 얘기하지 말아야 한다. 고통과 장애에 대해서만 얘기하지 말고, 기쁘고 기운을 북돋우는 사건과 경험에 대해 얘기해야 할 것이다. 그런 일들은 많다."

"백발의 우리는 젊은이들이 알지 못하는 원천에서 힘과 인내와 기쁨을 길어낸다. 바라보고 관찰하고 관조하는 일이 점점 습관이 되고, 수련이 되어, 어느새 정신 상태가 된다. 그리고 그로부터 얻어지는 태도가 우리 모든 행동에 영향을 미치게 된다."

생이 끝날 무렵에 루 안드레아 살로메는 이렇게 썼다. "끝이 가까워질수록 삶이라는 이 이상한 오브제를 고스란히 끌어안을 수 있게 된다."*

* 로제 다둔, 『열정적인 노년을 위한 선언문*Manifeste pour une vieillesse ardent*』(카델란: 쥘마, 2005), 80쪽.

우리가 젊음을 떠나보내고 과거와 평화로운 관계를 맺고 있다고, '시간의 풍요로움'을 믿는다고, 그리고 일정한 형태의 고독을 받아들인다고 상상해보자. 우리의 마음은 젊은 상태로 남고, 우리는 다른 형식의 사랑법을 발견할 수 있다. 이 모든 길은 우리를 일종의 완수로 인도한다. 우리는 가벼워진 느낌이 들고 높이 날아오르고 싶은 마음이 든다.

"인생의 일정한 시기에 이르면 날아오르려는 욕망을 유일한 낙하산으로 갖고 허공을 향해 뛰어내려야만 한다"고 로레트 노베쿠르는 썼다.*

20년 전쯤에 한 인터뷰에서 인생의 제3기로 이제 막 접어든 미셸 세르는 무게를 갖는 모든 것으로부터 '초연해지듯이' 나이 들어갈 것이라고 말했다. 전통과 학습된 진리들, 가족, 집단, 사회의 무게를 벗고서 말이다. "늙는다는 건 우리가 생각하는 것과 반대로 선입견을 버리고 한껏 가벼워지는 것이다."**

이외 섬의 할머니 알베르트는 우리를 아연실색하게 만들

* 로레트 노베쿠르, 『우리 안에 죽은 이들의 삶이*En nous la vie des morts*』(파리: 그라세, 2006). ** 제롬 펠리시에, 『어둠 속에서는 모든 노인이 희끗희끗하다*La nuit, tous les vieux sont gris*』(파리: 비블리오판, 2003), 290쪽.

었다. 두 해 전, 항공 클럽 축제 때 그녀는 낙하산을 메고 뛰어내리기로 결심한 것이다. 그녀는 젊은 교관을 동반하고 소형 비행기에 올랐고, 섬 상공에서 그들은 함께 허공에 몸을 던졌다. 낙하산이 펼쳐졌고 그녀는 생애 통틀어 가장 아름답고 강렬한 감동을 경험했다. 몇 주 뒤, 그녀와 함께 저녁식사를 하면서 우리는 그녀가 달성한 위업에 대해 말했고, 그녀가 자기 나이를 사는 방식에 대해서도 얘기했다. 이 76세 할머니의 말에서 나는 아주 단순하고 가볍고 유쾌한 지혜를 발견했다. 그녀는 자기 삶과 평화로운 관계를 맺으면서 여전히 활동하고 있었다. 그녀는 걷고 노래하고 죽는 걸 두려워하지 않았다. 정신은 젊은 채 늙는 걸 받아들인 모든 사람들처럼 그녀에게는 한 가지 욕망밖에 없었다. 가벼워지려는 욕망, 다른 눈으로 세상을 보려는 욕망이다. 시인 체스토프는 눈에 보이는 것 너머를 보게 해주는 수많은 눈동자로 뒤덮인 날개의 천사에 대해 말한다. 이 천사는 인생이 끝나가는 사람들에게 찾아온다. 늙는 걸 받아들이는 사람에게 주어질 능력에 대한, 얼마나 멋들어진 찬사인가? "따분해하고 훌쩍이며 마치 어떤 음모의 희생양이라도 된 듯 느끼는 것은 아무 짝에도 소용없다. 더 높은 의식의 차원을 향해 오르고 또 올라야 한다." 노화의 상징적인 작업은

"닻줄을 푸는 것이다. 열기구는 빛을 향해 올라야 하고, 고통의 세상을 떠나야 한다."* 내가 눈에 보이는 것에만 만족한다면 오늘날 내 삶은 어떤 의미를 가질까? 내 운명을 불쌍히 여기는 것에 만족하지 않는다면? 내가 충만함을 경험할 수 있을까? 내 의식의 수준을 높이고, "내 삶의 가장 주변적인 현실과 내 존재의 가장 뜨겁고 깊고 신비스런 부분 사이에 다리를 놓을"** 수 있을까? 동양학자 아르노 데자르댕은 여든 살을 맞았을 때 이런 상승의 열쇠가 집착을 버리고 있는 그대로를 받아들이는 데 있다고 털어놓았다. 힘든 길이지만, 우리가 생각하는 것보다 많은 사람들이 도달하는 겸손의 수행길이다. 결국 그 길은 가벼움과 기쁨의 공간으로 열린다.

늙는 걸 고통스러워하는 사람에게 뒤르크하임은 이렇게 말했다. "이제 당신은 손을 놓을 수 있다. 지금까지 당신 인생의 중심에 있던 것을 놓아버릴 수 있다. 그걸 놓고 이제 내면의 말에 귀를 기울여보라. 실존하는 존재로서 당신을

* 제랄드 키토, 앞의 책, 93쪽. ** 이브 프리장, 『우울한 경험: 어느 정신과 의사의 말*L'Expérience dépressive: la parole d'un psychiatre*』(파리: 데클레 드 브루베르, 1994).

사로잡았던 것을 놓고, 당신의 본질적 존재가 드러나게 하라. 원숙의 길로 접어들라."

하지만 그러기 위해서는 무엇보다 노화에 맞서 싸워서도, 과거에 집착해서도 안 되며, 과거를 붙잡거나 다시 만들려고 해서도 안 된다. "완전히 변신하고, 우리의 모든 힘을 쏟아 새로운 삶을 살아야 한다. 잃어버린 것에 대한 집착이 낳는 슬픔의 감정은 해로울 뿐만 아니라 삶의 참된 의미와 부합하지 않는다"*라고 헤르만 헤세는 말한다. 왜냐하면 삶은 언제나 새로운 것을 향해 가기 때문이다. 그것은 살아 있는 것의 논리 그 자체이며, 우리 모두가 우리 삶에 점철된 상실을 통해 경험하는 논리다. 물론, 이미 말했듯이 노화는 우리에게 상실을 강요한다. 당연히 우리는 활력과 일부 능력의 소멸을 지켜보게 되지만, 다른 한편 우리의 지각은 무한으로 열린다.

몇 년 전에 나는 도르도뉴에서 '자두마을'을 설립한 틱낫한 스님**이 안내하는 '의식적 걷기'에 참여할 기회가 있었

*헤르만 헤세, 앞의 책, 75쪽. **베트남 출신의 승려이자 명상가, 평화운동가. –옮긴이주

다. 그는 자두마을에서 걷기 명상과 의식적 현존 수행을 지도하고 있었다. 스님은 평화에 관한 국제회의를 위해 뉴욕에 초대받아 느린 걸음과 미소 띤 얼굴, 명상하는 태도로 참가자들에게 깊은 인상을 남겼다. 실제로 그는 한 발짝을 떼는 것도 의식적으로 행동하는 것 같아 보였고, 청중은 평화의 파장을 느끼는 것 같았다. 그는 그다지 덧붙일 말이 필요 없었다. 그가 풀어놓으려는 메시지는 이러했기 때문이다. "여러분은 좀 더 평화로운 세상을 찾고 있습니다. 먼저 평화가 여러분 내면 깊이 자리 잡게 하십시오!"

걷기 명상을 체험하려고 온 사람들은 백여 명이었다. 틱낫한 스님은 단순한 말로 우리에게 제안하려는 걷기 명상을 설명했다. 먼저, 공간 속에 자리한 자기 몸의 위치를 관찰할 것, 자기 발과 땅의 접촉을 느끼고, 마치 우리 발바닥 아래 뿌리라도 있는 것처럼 그 접촉을 길게 연장할 것. 그런 다음, 마치 눈에 보이지 않는 안테나가 우리를 하늘과 연결 짓는 것처럼 우리 머리 위의 공간을 볼 것. 그러고 나서는 자기 호흡의 리듬을 의식적으로 좇으면서 걷기 시작할 것. '마음속으로 미소를 띠고서' 살아 있는 행복을 의식하면서 느리게 걸을 것. 마음속으로 '숨을 들이마시고, 내쉬고, 더 깊이, 더 천천히'라고 중얼거릴 것. "조금씩 고요함과 자유와 기쁨의 감정이 당신 안에 스며들 것이고, 당신은 토대가 단단해진 느낌이 들 것이다."

사실이었다. 그 후 나는 걸을 때마다 이 경험을 생각하고, 걷기 명상을 실천하고 있다. 나는 이것을 노인들에게, 나이가 들어 움직이지 못하게 경직되는 것을 두려워하는 사람들에게 가르쳐야 한다고 진지하게 생각한다.

일부 운 좋은 사람들만이 나이가 들어서도 계속 걸을 수 있었던 때도 있다. 하지만 지금은 정형외과술의 발달이 70대와 80대 노인들에게 완전히 새로운 골반으로 뛰어다닐 수 있게 해준다! 스무 살 때의 심장과 힘줄은 가지고 있지 않을지라도, 걷기는 수영과 자전거와 더불어 우리가 가장 오랫동안 누릴 수 있는 스포츠다. 자기 리듬에 맞추어 즐길 수 있기 때문이다. 여름날 산에서 일주일을 보내보면 수많은 인생의 제3기 혹은 제4기의 사람들이 그 길을 누비고 다닌다는 것을 알게 된다.

나는 최근에 스위스의 발레 지역에서 등산을 했다. 벤치에 앉아 아니비에 계곡의 풍광에 감탄하고 있는데, 한 노인이 산길에서 나오더니 숨을 돌리기 위해 내 옆에 앉았다. 그 나이에 그토록 높은 곳까지(우리가 있던 곳은 해발 1,800미터였다) 오른 것에 내가 놀라자 그는 다음과 같은 얘기를 털어놓았다. "나는 매일 적어도 한 시간씩 걷습니다. 내가 이렇게 훈련을 하는 것은 보시다시피 매년 여름 바이스호른 호텔까지 오르는 것이 나의 낙이기 때문입니다." 그는 높은 곳에 자리한 하얀 큰 건물을 가리켜 보였다. "이렇게 햇볕 좋은 7월의 하루를 위해 매년 매일같이 준비를 하지요. 그리고 이날엔 생 뤽 케이블카에서 내려서 바이스호른까지 천천히 걷습니다. 이것이 나의 여름철 황홀경입니다!" 그는 형용하기 어려운 미소를 띠고서 덧붙였다. "예전에는 이 등반을 한 시간 만에 마쳤습니다. 어디에 발을 딛는지 쳐다보지도 않았고, 정상을 향해 날다시피 걸었지요. 요즘은 오르는데 3시간이 걸립니다. 내 발을 보면서 걷고, 예전에 알지 못했던 것을 발견하고 새로운 기쁨을 느끼지요. 길가의 꽃들 말입니다. 그 꽃들에게 이름을 부르며 인사를 하지요. 안녕, 파란 용담초, 노란 아네모네, 흰빛 물망초. 그리고 자주 멈춰 서서 비탈을 쏟아져 내려오는 폭포의 상큼한 소리와 검정 암소 목에 걸린 커다란 방울 소리에 귀를 기울입니다. 거, 있잖습니까, 사람들이 여왕이라고 부르며 투우에 끌어들이는 암소 말입니다. 그렇습니다, 나는 멈춰 서서 이 모든 아름다움을 바라봅니다. 맑은 공기를 마시며 속으로 거듭 말하지요. 고맙습니다, 고맙습니다! 그러다 조금 더 높은 곳에 가면(노인은 새빨간 색의 키 작은 진달래밭을 가로질러 자갈밭으로 아슬아슬하게 이어지는 길을 가리켜 보였다) 저기, 사람들이 오며 가며 만든 돌탑이 보이시죠? 저건 네팔에서 볼 수 있는 일종의 '종교적 기념물'입니다. 사람들이 너도 나도 감사의 뜻으로 돌을 쌓은 것이지요. 여름마다 여기 오면 나도 내 돌탑을 쌓으며 삶에 감사하고, 살아 있는 것에, 이런 행복을 누릴 수 있도록 아직 건강하게 살아 있다는 것에 감사하지요!"

"연세를 여쭤봐도 될까요?" 내가 감히 물었다. "일흔아홉입니다. 난 언제나 걷는 걸 좋아했고, 아직도 그럴 수 있다는 것에 감탄하지요. 그런데 난 걷기를 전혀 다른 방식으로 경험합니다. 내면으로 경험하지요. 내면 깊이 걷는 겁니다. 젊었을 때는 육체적으로 달성하는 성과가 중요했지요. 경치는 거의 보지 않았습니다. 이제는 일분 일초를 소중하게 삽니다. 내 눈은 늘 황홀경에 빠져 있지요. 냄새에도 줄곧 도취되어 있고요. 바이스호른까지 도착하기 전에 약간 힘든 구간도 있습니다. 석회석 암괴들이 길을 가로막고 있지요. 매년 나는 이 장애물을 지나갈 수 있을까 속으로 생각합니다. 하지만 천천히 조심해서 가다보면(거의 다 왔다는 걸 알기에 더 쉬워요) 올해도 도착하겠구나 하는 생각이 들지요."

노인은 일어섰다. 의지가 굳은 주름이 패여 있고, 구릿빛으로 그을린 아름다운 얼굴이었다. 나는 그의 말과 미소를 떠올리면서, 나처럼 그의 나이에 그렇게 가벼운 마음으로 산길을 오르고 싶어 할 모든 사람에게 이 몇 마디 대화를 전한다.

나이가 들면 새로움은 언제나 내부에서 온다. 새로운 감수성, 관능적 지각은 나이와 더불어 섬세해진다. 불가사의하게도 몸은 쇠약해지는데 감수성은 커진다. 뒤르크하임은 "삶의 개별적 양태와는 별개로, 존재의 메마르지 않는 원천을 지각할 수 있게 해주는 감각을 깨우라"*고 말한다. 자신의 깊은 내적 존재와 관계 맺는 일은 나이 들어가는 사람들이 해야 할 일이다. 이 관계 맺음은 여러 가지 방식으로 이루어질 수 있는데, 여기서 몇 가지만 언급하려고 한다.

첫 번째 방식은 단순히 '놓아버리는 것'이다. "우리가 어떤 사람에게 손을 놓으라고 가르치고서 어떤 결과를 얻을 수 있는지 확인하면 참으로 놀랍다. 이를테면 신체의 고통

*카를프리트 그라프 뒤르크하임, 앞의 책.

스런 부위를 통해 숨을 내쉬도록 가만히 있는 것이다. 습관적으로 우리가 하듯이 숨을 참지 않고서 말이다. 숨을 참는 것은 자연스럽지 못한 행동이다. 숨을 참는 것은 병든 부위를 뻣뻣하게 만들고 기능을 정지시킨다"라고 뒤르크하임은 쓴다.

내면 깊숙이 이완하는 것, 즉 '초탈'을 위한 왕도는 호흡을 수련하는 것이다. 이것을 단순히 공기를 들이마시고 내뿜는 방식으로 간주해서는 안 되며, 몸 전체를 관통하는 리듬으로 여겨야 한다. 그 리듬에 맞춰 우리 자신을 열고 닫고, 우리를 내어놓았다가 다시 거둬들이는 것이다. "제일 먼저 해야 할 훈련은 숨을 내쉴 때 긴장을 이완하는 것이다. 더 정확히 말하자면, 자신을 '높은 곳에' 편안하게 풀어두고, 내면 깊이 옴폭하게 자리를 잡고 앉아서 인위적인 노력 없이 호흡이 절로 이루어지도록 하는 것이다."*

"10분의 명상을 두세 달 동안 계속하면 약을 전혀 쓰지 않고도 혈압을 어느 정도 낮출 수 있다"고 조엘 드 로스네는 말한다. "눈을 감고 폐로 깊이 숨을 들이마신 다음, 요가 수

* 같은 책, 151쪽.

행자들이 하듯이 복식호흡을 하면서 심장 박동을 느리게 한다. 얼굴의 모든 근육을 이완시키면 자신도 모르게 부처처럼 미소를 짓게 된다. 이런 식의 10분은 잠을 몇 시간 잔 것과 맞먹는다. 이것은 누구나 실천할 수 있는 것이다."*

호흡 속에 이렇게 자리를 잡으면 우리의 몸을 지각할 수 있게 된다. 말하자면 숨결이 몸의 내부를 돌게 하면 모든 긴장이 풀리는 것을 느끼게 된다. 그런 다음, 수련과 더불어 우리는 "내면 깊이 야릇한 감동에, 행복한 충만감에 부드럽게 휩싸이는 느낌이 든다."** 이 느낌은 실제로 새로운 내적 공간을 드러내 준다. "이렇게 해서 나이 든 사람의 건조하고 얼어붙은 내면 풍경이 새로운 봄을 경험할 수 있는 것이다. 이 새 봄은 온갖 청춘의 힘이 깨어나는 것이 아니라 전혀 다른 삶이 깨어나는 것이다. 그 삶 속에서는 '행동하는' 것이 아니라, 시간을 넘어 '존재하는' 것이 관건이다."***

대개 명상이 이루어지는 장소는, 기독교 혹은 불교의 장소가 되었건 모두 노인들이 잘 드나드는 곳이다. '늙는 작업'은 머무르고, 비우고, 침묵의 체험을 하는 수행과 잘 부

*조엘 드 로스네 외, 앞의 책, 60쪽. **같은 책, 153쪽. ***같은 책, 153쪽.

합된다. 또한 늙는다는 것이 어느 정도는 집착을 벗는 것이며, 많은 사람들에게는 어느 정도의 고독을 받아들이는 일이기 때문에 많은 노인들이 영적 스승에게서 본보기를 찾는 것이 이해된다. "매일 나는 30분씩 침묵을 지키려고 한다. 시간이 날 때마다 파리의 생 제르베 성당으로 간다. 그곳은 침묵의 장소다. 그곳은 내가 내면 깊숙이 들어갈 수 있게 도와준다. 그곳에 있으면 기분이 좋다. 그 순간에는 내 몸이 가볍다는 느낌이 들기 때문이다. 나는 보호받는 느낌과 함께 조용히 늙을 수 있다. 내 안에도 나만의 것인 이런 장소가 있다. 그곳에 머물면서 나는 그저 내 호흡을 느끼고, 내 안과 내 주위의 삶을 느낀다!" 늙는다는 생각에 불안해하지 않던 한 친구가 내게 털어놓은 얘기다.

모든 노인들에게 '우리 자신인 몸'을 지각하게 할 수 있다면, '우리가 지닌 몸'과 관련한 많은 고통을 뛰어넘게 될 것이다. 이를 터득하는 데는 시간과 관심과 여유가 요구되는데, 이 세 가지 미덕은 노화와 양립할 수 없는 것으로 여겨진다. 하지만 오히려 그 반대다. 요컨대 자신의 지각을 훈련하고 발전시키고 다듬는 것이다. 의식하지 못하던 내밀한 세계를 발견하는 사람들에게는 커다란 기쁨이 마련되어 있다. 그들의 '외적' 몸은 파손될 수 있으나 '내적' 몸은 그 어느 때보다 예민한 감수성으로 살아 있다.

이런 식으로 긴장을 풀고 나면 새로운 형태의 관능적 쾌락이 나타난다. 청각과 시각이 중요성을 잃고 대개 촉각이 발달한다. "피부는 그 어느 때보다 교류와 쾌락의 장소가 된다."* 현재가 새로운 가치를 얻게 된다. "순간의 감각과 생각과 감동을 한층 더 음미하게 되고, 자신이 변함없다고, 존재한다고 느끼는 기쁨을 얻게 된다." 제롬 펠리시에는 이것을 자기 자신과의 '재회'라고 말한다. "정신은 자기 안에서, 자신이 살아오면서 축적해둔 것에서 자양분을 길어낸다." 그는 자신을 이루는 근본적인 것, 생각과 감성 또는 꿈이 어린 시절부터 자기 안에 자리하고 있었다는 사실을 발견한다. 그리고 "이미 경험한 근본적인 현실을, 그것을 경험했을 때 가졌던 의식을 뛰어넘어, 좀 더 깊이 이해하기 위해"** 기억들을 끌어온다. 그 목적은 우리가 살았던 삶의 의미를 찾는 것이다. 늙음은 이 일을 위한 시간과 정신적 공간을 제공해준다.

헤르만 헤세는 우리가 "긴 인생 끝에 기억 속에 간직하고

* 제롬 펠리시에, 앞의 책, 286쪽. ** 같은 책, 288쪽에서 재인용.

있는 이미지의 보물 쪽으로 관심을 돌리기를, 우리 인생의 커다란 앨범을 조심스럽게 넘겨보기를, 이 추격전에서, 이 광적인 달리기에서 물러나 관조적 삶에 이르는 것이 얼마나 좋고 멋진 일인지" 확인하기를 권한다.

'노년의 정원'에는 인내가 꽃을 피운다. "우리는 평온하고 관대해지며, 개입해서 행동하려는 욕망이 감소할수록 자연과 인간을 관찰하고 귀 기울이는 능력은 커진다."

"우리는 늙으면서 아름다움이 귀한 것임을 깨닫고, 폐허와 포연 한가운데 피어난 꽃의 기적을, 신문과 증권 시세표 한가운데 살아남은 문학작품의 기적을 이해하게 된다."

자신의 삶의 리듬이 느려지는 걸, 혹은 어쩔 수 없이 움직이지 못하게 되는 걸 보는 사람들이야말로 자신이 존재한다고 느끼는 기쁨에 다가갈 수 있다. 앞에서 거동불능 상태에 대해 우리가 갖는 두려움을 말할 때 언급했듯이, 침대에 누워 지내면서 창문을 통해 보이는 나무를 그 어느 때보다 '감상하며 즐긴다'고 말한 노교수의 증언도 있지 않은가.

우리가 늙으면서 겪게 되는 쇠약과 느려짐과 피로에 맞서 반항하는 대신 흐름에 몸을 맡기는 건 어떨까? 왜 우리는 몸을 눕히고 쉬지 못하는 걸까? 일명 람 다스라 불리는 리처드 알퍼트는 2000년에 미국에서 출간한, 늙는 법에 관한 멋진 명상록에서 이렇게 묻는다.* "피로의 순간을 겪을 때 우리는 이 느려짐이 지금 이 순간을 살도록, 이 순간과 함께하며 그것을 음미하도록 초대하는 메시지가 아닐까 자문하게 된다. 이 에너지의 변화는 우리가 어떻게 변할 수 있는지, 어떻게 내적으로 안정되고 성찰을 향해 방향을 바꿀 수 있는지 일러주기 위해 찾아온 게 아닐까?"**

뇌출혈로 반신불수가 된 람 다스는 자신의 상황을 받아들이면서 예전보다 훨씬 더 행복해졌다고 말한다. "나의 태도는 내가 다시 걸으려고 애쓰기 위해 싸워야 한다고 생각하는 주변 사람들을 당황하게 만든다. 그런데 내게 정말로 다시 걷고 싶은 마음이 있는 걸까? 나는 앉아 있고, 그걸로 충분하다! 나는 평온하고 나를 돌봐주는 모든 사람에게 감사한다."

11년 전 내 친구이자 작가인 질 파르세가 이 매력적인 인물을 만났을 때, 불구가 되어 움직일 수 없게 되면 무엇을 할 것인지 묻자 그는 이렇게 대답했다고 한다. "분명히 아주 좋을 겁니다. 나는 점점 더 평온해질 것이고, 일종의 존재감

* 람 다스, 『성찰*Still Here*』(뉴욕: 리버헤드 북스, 2000). ** 같은 책, 77쪽.

자체가 될 정도로 내면 깊이 침잠할 것이어서 사람들이 내 곁에 와서 몸을 녹일 수 있을 겁니다. 나는 놀라운 존재감이 뿜어져 나오는 많은 노인들을 만났습니다. 그들은 아무 말도 하지 않고, 그저 그 자리에 있는 것에 만족하더군요. 몇 주 전 네팔에서도 한 사람을 만났습니다. 그는 육체적으로는 쇠약하면서도 정신적으로는 너무도 존재감이 컸고 빛이 났습니다. 어쩌면 나도 다른 사람들에게 그런 존재감을 뿜어낼 수 있을지도 모르지요. 어쨌든 그럴 수 있기를 바랍니다. 신께서 나의 정신에서 모든 사물의 덧없음이 불러일으키는 명상의 감정, 변화에 대한 열정, 죽음에 대한 수긍, 다시 태어나려는 의지가 사라지지 않게 해주기를 바랄 뿐이죠! 모든 일이 충돌 없이 일어나도록 내버려둡시다. 단계를, 공간을 차례로 건너갑시다. 늘 새로운 무언가를 경험할 준비가 된 채 깨어 있읍시다."*

프란츠 벨트만은 그의 저서에서 그가 '스틸 포인트still point'라 부르는 것에 관심을 집중시킨다. 이 내적 평온의 상태에서는 지각하고 듣는 법을 배울 수 있다. 뒤르크하임은

*람 다스, 『명료한 의식으로 늙기*Vieillir en pleine conscience*』, 질 파르세의 서문(파리: 르 릴리에 포슈, 2002).

'존재를 손으로 만진다'고 말한다. 나는 여기서 두 가지 독창적인 서양적 접근 방식을 예로 들려고 한다. 두 방식은 오랫동안 동양의 전유물이었던 것, 무위와 침묵과 평온의 장려를 나름대로 도입하고 있다.

"노인들이 몇 시간 동안 아무것도 하지 않고 시선을 멀리 두고, 아무 말 없이, 꼼짝 않고, 팔짱을 낀 채 플라타너스 그늘 아래 벤치에 앉아 있을 때 느끼는 기쁨을 이해하기 시작했다"고 프랑수아 미테랑은 생애 마지막 몇 달을 남기고 내게 말했다. 그토록 활동적이었던 그가 '무위'의 미덕을 이해하고 있었다. 그 노인들은 아무것도 '하지' 않지만 '존재'한다. 많은 현대인들에게 아무것도 하지 않는다는 사실은 결함이나 큰 불행처럼 여겨진다. 그저 평화로이 앉아 있으면서 현재를 온전히 음미하고, "자신의 깊은 내면 속에서 반짝이는 것을, 극도의 섬세함으로 그를 스치지만 성스러운 것으로 채워진 무언가를 지각하는"* 행운을 가졌음을 아는 사람은 드물다. 이렇듯 뒤르크하임은 '무위'의 경험을 설파하고 있지만, 우리처럼 부산한 사람들에게 그저 가만히 있

*카를프리트 그라프 뒤르크하임, 앞의 책, 149쪽.

는 데서 느끼는 행복을 이해시키는 것이 얼마나 어려운지 느껴진다. "그를 둘러싼 모든 것이 무한과 연결되어 있어서, 자기 방 문 앞에 앉은 노인과, 바다나 들판이나 숲이나 산이나 하늘이 되었건 그가 바라보고 있는 먼 경치 사이에 불가사의하게도 파도가 오고 간다. 바라보는 대상은 자기 창문 앞의 큰 나무가 될 수도 있고 자기 방의 벽이 될 수도 있다……. 심지어 감은 눈 속의 어둠이 될 수도 있다. 그가 바라보는 방식은 그가 보고 있는 것을 무한의 한 형태로 만든다. 무한이 그의 안에 밀려오고 밀려가는 동안 그는 자신의 평화를, 빛나고 완벽한 평화를, 축복받은 평화를 붙든다. 그는 행복한 걸까? 이 상태를 묘사할 말은 없다. 이럴 때 어떤 일이 일어나는지 말로는 설명하기 어렵지만 그가 앉은 곳에 그가 온전히 느끼고 있는 '무언가' 가 있는 건 분명하다."*

* 같은 책, 149쪽.

노년의 마지막 기쁨들

장 루이 크레티앙은 최근에 기쁨에 관한 에세이를 출간했다. 심장을 부풀게 하는 감정인 기쁨. "기쁨 안에서는 나 자신이 커지기 때문에 모든 것이 커지며, 세상이 더 열리기 때문에 나 자신도 커진다." 기쁨은 정말로 '공간과 삶의 팽창'을 가져온다.

장 루이 크레티앙의 저서에서 흥미로운 것은 그가 이 기쁨을 묘사하는 방식이다. 그는 그것이 자기 자신의 몸에 대한 지각을 어떻게 변화시키는지 묘사한다. 우리 몸은 영혼의 상태가 몸에 신선한 공기를 제공하는지 아니면 몸을 질

식시키는지에 따라 축소되거나 확장될 수 있다. 우리는 슬프거나 우울하거나 불안할 때 '마음이 무겁고', 몸이 움츠러든다. 무언가가 옥죄는 것만 같다. 그래서 사라지고 싶다. "하지만 미소가, 좋은 소식이, 행복한 사건이 일어나면 우리는 세상보다 더 커지고, 대양이 되고, 거대한 천체가 된다. 흔히들 말하듯이 '기쁨으로 넘쳐나는' 것이다."* 부푼 가슴과 함께 삶 전체가 다른 차원을 갖게 된다. "우리의 호흡은 더 넉넉해지고, 조금 전까지만 해도 구석자리에서 움츠리고 있던 우리 몸이 갑자기 일어서면서 펄떡이고 전율한다. 우리는 뛰고, 튀어 오르고, 달리고, 춤추고 싶어진다. 너르고 트인 공간 속에서 가뜬해졌기 때문이다."

기쁨은 우리를 확장시킨다. 이제 우리는 어느 누구에게도 피해를 입히지 않고, 누구의 자리도 빼앗지 않고 이루어지는 이 마음의 경험이 왜 허약하고 상처받기 쉬운 노인의, 또는 침대나 안락의자에서만 지내야 하는 노인의 내적 체험을 혁신시킬 수 있는지 안다. 몇 년 전부터 나는 내 교육을 받는 간병인들에게 그들이 말 한마디나 몸짓 하나, 미소 한

* 장 루이 크레티앙의 『넓은 기쁨*La Joie spacieuse*』에 관한 로베르 마지오리의 기사, 『리베라시옹』, 2007년 2월 1일자.

자락의 창조적인 힘을 가늠하지 못하고 있다고 거듭 말했다. 말이나 몸짓이나 미소는 그것을 받아들이는 사람의 마음에 기쁨을 생겨나게 함으로써 그들에게 공간을 확장시켜 준다.

장 피에르 반 릴라에는 브뤼셀의 북쪽에서 시모니의 집이라는 양로원을 운영하고 있다. 비교적 불우한 환경에서 온 134명의 거주자들이 적은 비용으로 이곳에 머물고 있다. 이곳에는 혼자서 움직일 수 있는 사람들이 거동불능 상태이거나 치매에 걸린 사람들과 함께 지낸다. 이 양로원은 젊은 사람들도 받아들이고 있다. 심각한 정신적 외상을 입었거나, 장애가 심해서 다른 곳에서는 받아들이려 하지 않는 사람들이다. 말하자면 이곳은 세상의 모든 비참을 모아둔 소우주인 셈이다. 나는 장 피에르를 따라서 식사시간에 카페테리아를 함께 돌았다. 그가 넓은 홀에 들어서자마자 사람들이 일어섰다. 48세의 이 남자는 잘 생겼으며 얼굴에서 빛이 난다는 사실을 말해야겠다. 호감을 주며, 심지어 눈부시게 빛이 난다고까지 할 수 있는 그의 존재는 사람들 눈에 대번에 띄었다. 그는 한 사람 한 사람씩 다가가서 넉넉한 미소를 띠고 사랑 가득한 말을 던지고, 한두 사람을 끌어안았다. 그렇다, 내가 꿈꾸고 있는 것이 아니었다! 나는 슬프고 피로

한 사람들 눈에 기쁨의 빛이 서리는 것을 보았다. 정말이지 놀라운 일이었다. 그러자 장 루이 크레티앙이 말한 '공간을 넓히는 기쁨'이 생각났다. "길은 모든 것이 닫힌 듯한 곳으로 열린다." 한 순간에 저마다 자기 마음이 커지는 걸 느끼고, 더 넓어지는 걸 느낀 것이 틀림없었다. 나는 장 피에르가 자신이 일으키는 기적을 제대로 의식하고 있는지 확신이 들지 않았다. 어쩌면 그런 편이 나은지도 모른다. 하지만 그가 자기 일을 하며 행복해한다는 건 알 수 있었다.

간병실로 돌아오면서 우리는 거주자들의 얼굴에서 피어나던 기쁨에 대해 말했다. 바깥에서 보면 이들은 아침부터 저녁까지 아무것도 하지 않기 때문에 일종의 어둠 속에 파묻힌 것 같아 보인다. 저들은 무엇을 경험하고 있을까? 지루해하진 않을까? 무언가를 기다리고 있을까? 장 피에르가 물었다. 왜 항상 활동적이어야만 하죠? 왜 '존재하기' 위해 무언가를 꼭 해야만 하죠? 이런 황혼의 상태가 없다면 기쁨을 누릴 수조차 없는 건 아닐까요? 기쁨이 찾아와도 느끼지 못하는 건 아닐까요?

히브리어를 연구하는, 80세가 넘은 한 친구가 히브리어로는 똑같은 단어 'guil'이 나이와 기쁨을 가리킨다고 알려주었다. 흥미로운 일이다. 히브리어는 나이 든 사람과 기쁨에 도취한 사람을 연결 짓고 있다. '노년은 기쁨을 얻는 시기'라고 이 친구는 말한다. "그렇지만 사는 동안 '늙은 사람'을, 다시 말해 과거의 사람을 죽게 해야만 한다. 나이 드는 것과 연계된 수많은 상실은 빗장을 조금씩 흔들며 마음의 문을 연다. 그럴 때 우리는 점점 더 깊은 의식의 차원으로 들어선다. 우리가 자기 집에, 자기 내면에 들어서면 더 이상 고독하지 않게 된다. 신성한 차원과 연결되기 때문이다. 그렇지 않으면 노년은 비극적이고 고독할 뿐이다."

내가 이 말을 더 잘 이해한 것은 이외 섬의 오랜 친구가 바다를 앞에 두고, 낚시꾼 오두막을 등진 작은 벤치에 앉아 내게 "어떻게 심심할 수가 있지?"라고 물었을 때였다. 친구는 바위가 내려다보이는 그 벤치에 앉아 천 번도 넘게 해 뜨는 것을 지켜보았다. 그는 조금도 싫증내지 않았다. 하늘은 결코 똑같지 않고, 빛도 매순간 변하며, 바위 색도 그랬다. 이날 아침 공기는 특별히 감미로웠다. 눈을 감고서 삶의 흔적이 역력한 얼굴을 비추는 아침 햇살을 느끼고 있는 그를 나는 불시에 보게 되었다. 그의 무릎 위에는 『라 크루아』지 한 부가 놓여 있었다. "늙어서 어떻게 지루할 수가 있지?" 하고 그는 거듭 말했다. 그러더니 그가 조금 전에 읽은, 『늙는 용기』*라는 책에 관한 기사를 내게 보여주었다. 그가 말했다. 들어봐! "노년은 가능하기만 하다면 노래하고 춤추고 놀 때다. 우리가 이 세상에 없게 될 때도 여전히 남아 있을 자연에 감탄하고, 우리를 더 이상 덥혀주지 못할 때도 여전히 남아 있을 태양을 누리고, 우리가 없을 때 아직 남아 있을 손자들을 보며 즐길 때다." 이것도 들어봐! "사람에 따라 조금 이르거나 늦을지라도 살다보면 자기 내면의 정원을 가꾸는 것이, 더 깊이 경작해서 지금껏 보지 못한 열매를 수확하는 것이 가장 중요한 일이 될 순간이 온다. 승려나 수녀, 혹은 고독한 현자나 교회 의자에 앉아 조용히 대화를 나누는 마을의 노인들처럼 말이다. 이것은 결코 일탈이나 공허를 닮은 것이 아니다. 다만 '외적으로 덜 행동'하는 가운데 '내적으로 더 존재' 하는 것일 뿐이다."

나는 우리가 철학을 하는 이런 순간을 좋아한다. 우리는 그럴 때면 철학자 폴 리쾨르의 죽음을 떠올린다. 그는 위대한 노년을 생각한 사람이다. 그는 노년의 두 가지 중대한 위험인 슬픔과 권태를 파악했다. 그는 말했다. "슬픔과 관련해서 통제될 수 있는 것은 슬픔이 아니라, 슬픔에 대한 동의

• 『라 크루아』, 2005년 3월 21일자 기사.

다. 그것은 성당의 사제들이 '나태acédie'라고 부르는 것이다." 권태에 대해서는 이렇게 구별했다. "'뭘 해야 할지 모르겠어'라고 말하는 아이의 권태가 있고, 많은 경험을 한 사람이 '난 이 모든 걸 이미 보았어'라고 말하는 사람의 권태가 있다." 양로시설에서 슬프게 죽음을 기다리는 수많은 노인들에게서 새어나오는 것이 바로 이 권태다. 이 재앙을 예방할 방법이 있을까? "있다. 새롭게 일어나는 모든 것에 주의를 기울이고 열린 마음을 갖는 것이다. 데카르트가 감탄이라고 부른 것을 여전히 계속할 수 있도록 하는 것이다. 나한테는 이것이 노년의 지혜다. 신이 내게 힘을 주는 한 그럴 수 있기를 희망한다."

감탄하는 것, 이것은 모두가 손에 쥘 수 있는 행복이다. 널리 공유되는 행복이다. 몇몇 팔순의 작가들은 '노년의 지복'* 가운데 하나라 할 수 있을 감탄의 힘에 대해 감격해서 말한다. "우리가 이렇게 이 순간 아직 살아서 오고가고, 맞이하고 맞이되고, 갈망하고 갈망되고, 영속하는 주변의 모든 것을 느끼고 음미하고 관조하는 것을 보는 건 참으로 경

* 크리스티안 생제가 『인생의 시기*Les Âges de la vie*』에서 사용한 표현. "자유로운 공간" 시리즈(파리: 알뱅 미셸, 1990).

이로운 일이다!"

"나이가 들면서 우리의 삶이 가득 차고, 풍요로워지고, 넓어지는 것을 겪고 …… 그리고 숱한 장애물들을 넘어서고, 많고 많은 공격에 대비하고, 부러움과 증오와 적대감에 맞서며, 죽음과 상실을 견뎌내고 전쟁과 소요와 혁명과 재앙을 지켜볼 수 있었다고 생각하면 참으로 경이롭다. 그리하여 여기 이렇게, 세월을 건너 …… 지금 이 순간에도 우리는, 흐릿해지고 침침해졌을지언정 우리의 눈으로 따뜻한 햇빛을 바라볼 수 있으며, 흔들거리거나 빠져버린 이빨 사이로 비바람을 느낄 수 있으며, 경이로운 구름의 공중곡예를 관찰하고, 매일 저녁 별들의 고요하고 풍요로운 속삭임에 경의를 표할 준비가 되어 있다."*

브누아트 그루는 사물의 아름다움에 대한 이 감수성을 흥미롭게 관찰한다. "수많은 작은 경이로움과 거대한 광경이 한데 어우러져 내 눈에 눈물이 맺히게 한다. 석죽의 파란 빛깔, 〈위대한 비상*Le Peuple Migrateur*〉**에서 볼 수 있는 잿빛

* 로제 다둔, 앞의 책. ** 자크 페렝 감독이 2001년에 만든 다큐멘터리 영화로 30여 종의 철새들을 좇아 온 지구를 돌며 철새들의 짧지만 아름다운 일생을 보여준 영화다.

두루미의 비상, 지난해에 별 생각 없이 썩 좋지 못한 자리에 심었는데 11월에 빨갛고 노란 얼룩무늬 꽃을 피운, 세잔이라는 이름의 장미나무."

감탄하고 바라보는 능력은 보상처럼 얻어진다. 노인들이 이 수동적인 미덕을 자랑하는 얘기를 듣다보면 노년이 세상을 향해 눈을 여는 데 이상적인 나이라는 생각이 든다. 우리는 무한히 많은 걸 경험했고, 보았고, 생각했고, 느꼈고, 인내했다! 이것은 마치 자아를 연마하는 작업과도 같아서, 자아는 닳고 닳아 투명해진다. 또한 바다가 조개의 진주빛깔을 연마하는 것과도 같다. 크리스티안 생제는 죽기 1년 전, 노인들은 너무도 투명해져서 그들 너머로 삶이 보이고, 그들은 사물 너머로 본다고 말했다.

시대마다 시인들은 노년의 노쇠함과 임박한 죽음과 연관된 이 극적인 감수성을 표현하려고 애썼다. 이를테면 헤르만 헤세는 어느 날, 바람 없는 온화한 날에 장작불을 지피다 죽음이 아주 가까이 와 있다는 것을 의식하게 되었다고 얘기한다. "그것이 다가오는 게 보였다. 그저 한 줄기 숨결처럼 미지근한 바람이 갑자기 일었고, 그토록 오랫동안 버텨온 수백, 수천의 나뭇잎들이 꿋꿋이 버티는 데 지친 듯, 가볍게, 고분고분 날아갔다. 대여섯 달을 버티고 저항해온 것이 아주 사소한 것에, 한 줄기 숨결에 무너졌다. 종말을 알리는 시간이 울렸기에, 고된 인내는 더 이상 필요하지 않았다. 나뭇잎들은 흩어져서 싸우지 않고 웃으면서 기꺼이 바람에 휩쓸려 날아갔다. 놀랍고도 비장한 이 광경이 내게 깨우친 것은 무엇이었나? 노인이 된 나에게 던지는 일종의 경고였을까? 내게도 날다가 떨어지라고 말해주는?"

죽을 줄 알기

늙을수록 우리는 죽음에 가까워진다. 죽음에 대해, 이 마지막에 대해 명상하는 습관을 가지고 있지 않으면 불안에 사로잡힐 위험이 크다. 우리 이전의 세대들은 그들의 믿음과 종교적 교육과 관계된 형이상학적 두려움을 느꼈다. 그들은 연옥과 지옥을 겁냈다. 나는 병상에서 최후의 심판에 대한 꿈을 이야기하던 수많은 노인들을 떠올린다. 그들은 겁에 질려 있었다. 오늘날엔 내세에 대한 두려움의 자리를 막연한 불안과 의기소침이 대신 차지했다. 파피붐 세대인 우리 세대는 죽음 너머에서 기다리는 것에 대한 질문을 제기하지 않는다. 그들을 사로잡는 막연한 불안은 자기 인생에 대한 결산과 고통스럽게 대면하는 데서 오는 것 같다. "죽음 앞에서 우리는 삶이 거대하고, 경이롭고, 창조적인 무언가가 될 수도 있었다는 걸 의식하지만, 때는 늦었고, 삶은 미완의 무언가에 대한 막심한 후회 속에 부각될 뿐이다. 이때 죽음은 바로 삶이 미완이었기 때문에 구렁텅이처럼 보인다."* 모리스 정델은 삶이 끝날 무렵 자신이 본질적인 것을 지나쳐왔다는 사실을 깨닫는 사람을 덮치는, 이 구렁텅이에 대한 두려움의 이유 가운데 하나를 밝혀준다. 완전히 사라진다는 생각, 무無 속에 해체되어버린다는 생각은 우리가 무엇을 위하여 살았는지 진실로 알지 못하기에 더더욱 끔찍하다. 그럴 때 우리는 곧 죽을 사람과 그를 동반하는 사람들이 주고받는 말의 중요성을 깨닫는다. 자기 뒤로 평화와 감사와 생명의 말을 남긴다는 확신은 죽어도 완전히 죽지 않게 해준다. 죽음의 머리맡에서 한 노인이 말했다. "죽음이 삶은 끝내지만 관계를 끝내는 건 아닙니다. 우리는 살았을 때 우리가 만지고 먹였던 사람들

* 모리스 정델, 『침묵에 귀 기울이며*A l'écoute de silence*』(파리: 테키, 1979).

의 마음속에 계속 살아남습니다."*

우리가 사랑한 존재들의 기억 속에서일지라도 자신의 본질이 살아남는다는 느낌을 가질 때 죽음은 더 이상 두렵지 않다. 마리 루이스 폰 프란츠**가 그녀의 환자들 가운데 죽음이 임박한 한 환자가 꾼 꿈에 대해 얘기해 준 것이 생각난다. 죽음을 앞둔 이 여성은 엄청난 화재가 일어난 꿈에 대해 이야기했다. 그녀는 불길이 밀밭을 완전히 삼켜버리는 것을 보았는데, 참으로 놀랍게도 밭 한가운데 나무 한 그루는 아무런 피해도 입지 않고 살아남았다. 그 나무의 가지에는 황금사과 하나가 매달려 있었다. 융의 제자인 스위스인 심리치료사, 마리 루이스는 이 꿈이 얼마나 자기 환자를 안심시키는지 설명했다. 황금사과로 상징된 그녀의 본질적 존재, 그녀의 자아는 파괴될 수 없다는 걸 보여주는 꿈이라는 것이다. 늙으면서 우리가 자신의 자아를 더 의식하게 되면 죽는 것을 덜 두려워하게 된다. 스피노자가 말했듯이 우리가 영원하다는 것을 경험하게 되기 때문이다.

이 두려움, 잘못 죽는 것에 대한 두려움은 거의 모든 노

*미치 앨봄, 앞의 책, 16쪽. **마리 루이스 폰 프란츠, 『꿈과 죽음*Les Rêves et la Mort*』(파리: 파야르, 1955).

인들이 가지고 있다. 당신을 간호하려고, 끝까지 당신과 함께하려고 뛰어든 사람들 가운데서 인생을 끝낸다면 모를까. 그래서 호스피스 치료가 일반화되거나, 함께하는 문화가 존재하는 곳에서는 노인들이 잘못 죽는 걸 겁내는 경우가 드물다. 하지만 다른 곳에서는 이 두려움이 우리의 노인들을 괴로움에 떨게 만들고 있다. 그들은 극도의 고통 속에서, 혹은 침대에 묶인 채 몸 곳곳에 관을 꽂고서 끝나지 않는 끔찍한 임종 속에서, 혹은 견디기 힘든 불안에 사로잡힌 채 혼자서 삶을 끝내게 될까봐 겁낸다. 그들은 죽음에 앞서 찾아오는 느린 쇠락을, 자기 몸을 타인의 손에 맡기게 만드는 거동불능 상태를 겁낸다. 또한 무심하거나 거친 간병인들에게 학대당할까봐, 그래서 정말 아무것도 아닌 존재가 되었다는 감정을 한층 더 느끼게 될까봐 두렵다.* 이런 쇠락에 대한 생각, 타인의 인간애에 대한 신뢰 결핍, 다른 사람들에게 짐이 된다는 두려움이 노인들에게 죽음을 앞당기는 것을 고려하도록, '별표 버튼'을 누르도록 만든다.

노인들은 종종 알츠하이머에 걸리면 생을 끝낼 생각을 한

*에두아르 페랑 박사가 최근에 실시한 연구에 따르면 병원에서 사망하는 환자 4명 중 3명이 친지 한 사람 곁에 없는 상태였다.

다. 이 질병의 마지막 단계에서 피할 길 없는 육체적 · 정신적 쇠락에 맞서는 일은 그들의 힘을 넘어서는 것이기 때문이다.

1999년에 천체물리학자 위베르 레브와 만났던 일이 생각난다. 그는 예전에 자기 인생을 끔찍한 재앙처럼 얘기하면서 삶을 끝내는 두려움에 대해 내게 말했다. 그는 굉장히 똑똑하고, 장점이 많은 한 친구가 생애 말년에 완전히 미치고, 공격적이고, 증오에 가득 찬 사람이 되어버린 얘기를 했다. 이 모습이 그를 떠나지 않았다. 어찌 그런 모습으로 변해버릴 수 있을까? "나를 존경하고 사랑하는 사람들에게 그런 모습을 보이느니 차라리 죽음을 앞당기겠다"고 그는 내게 말했다.

노인 자살은 비교적 금기로 남아 있는 주제이다. 그럼에도 노인 자살자 수는 계속해서 증가하고 있다.

내 주변의 노인들 가운데 일부는 자기 삶이 살 만한 가치가 없다고 판단될 때 삶을 끝낼 가능성을 꽤 평온한 마음으로 고려하고 있다. 반대로 어떤 일이 닥쳐도 끝까지 살기로 결심한 사람들도 있다. 이 경우는 물론 건강한 노인들의 말이지만, 그래도 그들은 자신들이 겪은 상황에 따라 정도의 차이는 있을지언정 미래에 대해 두려운 예측을 하고 있다.

지나친 단순화를 피해야겠지만, 가까운 사람에게서 끔찍

한 종말을 지켜본 사람들은 어떤 경우에도 그 같은 상황을 만나고 싶지 않아서 차라리 죽음을 앞당기려고 한다. 그런가 하면 거동불능 상태가 되거나 치매에 걸려서도 양호한 상태로 가까운 사람들이 떠나가는 걸 지켜본 사람들은 자기도 인생의 끝까지 가려고 생각한다. 이 특별한 순간의 인간애와 강한 애정교류만 있다면 이들은 아무리 두려운 임종일지라도 그것에 의미를 부여하기에 충분하다고 여기는 듯하다.

나는 이들을 구별 짓는 것이 무엇인지 이해해보려고 애썼다. 노인들 사이에서는 이것이 유행처럼 된 것 같다. 가능한 한 오래, 그리고 가능한 한 최상의 상태로 건강하게 사는 것, 노년을 즐기는 것, 그러다 거동이 불가능해지거나, 정신적 능력을 상실하게 된다 싶을 때 삶을 끝내거나 의사에게 그렇게 해주기를 부탁하는 것. 서서히 쇠락하기를 가만히 기다리는 건 있을 수 없다!

"나는 달리고, 산을 오르고, 스키를 타고, 자동차 운전하는 걸 너무도 좋아해서 휠체어에 앉는 걸 받아들일 수가 없다. 또한 포도주 맛과 싱글 몰트 위스키 맛과 보드카에서 나는 만년설의 향기를 너무도 좋아해서 내 접시 앞에 무색 무향에 아무 맛도 없는 액체가 담긴 플라스틱 병이 놓이는 걸 참을 수가 없다. 나는 정원에서 무릎을 꿇고 앉아 흙냄새를 맡고 땅을 일구고 가지 치는 걸 사랑했다. 태양이 중천에 있을 때 일광욕하는 것과 얼음 바다에서 수영하는 것, 황야에서의 도보여행을 너무도 좋아해서 머리에는 모자를 쓰고 다리에는 담요를 얹은 채 자러 가기 위해 저녁이 되기만을 기다리며 정원 그늘에서 졸고 있을 수가 없다."* 삶을 사랑하기에 늦기 전에 떠나고 싶다고 브누아트 그루는 말한다. 브누아트 그루는 담요를 덮은 채 졸고 있는 노인이 정말 경험하고 있는 것에 대해 무엇을 알까? 휠체어 덕에 봄의 공기를 맡으러 나갈 수 있는 사람의 내밀한 체험에 대해 무엇을 알까? 아마도 알츠하이머를 앓는 그녀 언니의 입장에(어쩌면 그렇게 고통스럽지 않을지도 모르는데) 도저히 자신을 둘 수 없었던 건 아닐까?

조력자살을 처벌대상에서 제외시키는 법을 만들기 위한 움직임이 현재 활발한 것은 우리 세대가 느끼는 두려움의 깊이를 드러내준다. 잘못 늙는 것, 잘못 죽는 것에 대한 두려움, 그리고 그저 죽음에 대한 두려움. 존엄사의 권리를 지지하는 단체(ADMD)의 가입자 대부분이 75세 이상의 노인

* 브누아트 그루, 앞의 책.

들이며, 그리고 양로원에서 충원되는 것은 놀랄 일이 아니다. 유서에 서명을 하고서, 고통 받지 않으려는, 지나치고 인위적인 수단을 통해 목숨을 유지하지 않으려는, 죽는 데 적극적인 도움을 받겠다는 자신들의 뜻이 지켜지기를 요구하며 이들은 '존엄을 지키며' 죽겠다는 자신들의 바람을 고려해주길 희망한다.

인위적인 수단과 치료를 통해 목숨을 유지하지 않으려는 의사의 존중은 오늘날 '환자와 죽을 권리'에 관한 법률로 보장된다. 더 이상 살기를 바라지 않는 노인은 의사에게 죽여주기를 요구할 수는 없지만 자신이 죽도록 내버려두게 할 수는 있다. 어떻게? 목숨을 유지하게 하는 모든 치료를 중단하는 것이다. 먹는 걸 거부한다면 그 사람은 삶에 대한 거부 의사를 존중받을 수 있다. 식도관을 통해 음식물을 주입함으로써 억지로 살아 있게 하고, 때로는 주사바늘을 잡아 뽑지 못하도록 침대에 묶어두기도 하는 모든 노인들을 생각할 때 이 새로운 법이 얼마나 진보한 것인지 깨닫게 된다. 하지만 우리 노인들은 이 법이 충분하지 않다고 평가한다. 그들은 스스로 자신의 죽음을 통제하고, 날짜와 시간을 결정할 수단을 갖고 싶어 한다. 그들은 서서히 미끄러져 들어가는 죽음이라는 생각을 거부한다. "내가 약한 불에 서서히 죽어가는 걸 본다는 건 정말 끔찍한 일이에요!" 이런 말을 나는 자주 들었다. 천천히 꺼져가는 것이 고문처럼 여겨지는 것이다. 이런 말을 듣다보면 그들이 주변 사람들의 다정하고 평온한 동반 경험을, 죽어가는 사람의 머리맡에서 묵상하며 밤을 샌 경험을 갖고 있지 않다는 것을 알 수 있다.

노인들의 조력자살을 두고 네덜란드에서 격렬한 토론이 있었다. 이 나라에서는 일정한 조건 아래, 참기 힘든 고통을 겪는 환자들의 경우에 한해서 안락사가 허용된다는 사실을 상기해야 한다. 예를 들어, 사는 데 지친 노인이 안락사를 요구할 수는 없다.

바로 이런 이유에서, 정년퇴임한 85세의 전직 판사 드리온 씨는 네덜란드에서 아직 금지되어 있는 조력자살을 위해 싸우고 있다. "나는 혼자 살고 있고 내 삶에 만족합니다. 음악을 좋아하고 책 읽는 것도 좋아합니다. 하지만 내가 집에서 나갈 수 없게 될 경우, 신문을 읽고 싶은 의욕이 더 이상 안 들 때, 절친한 친구들이 땅에 묻혔을 때, 나는 꼭 병에 걸리지 않더라도 죽도록 도움받을 권리를 갖고 싶습니다." 드리온 씨는 당장은 아니지만, 자살을 위한 도움을 받고 싶어한다. 그는 '기차에 뛰어들지' 않아도 되기 위해 자기 목소리가 받아들여지길 바란다.

드리온 씨의 발언 이후로 네덜란드인의 50퍼센트가 더 이상 살고 싶은 마음이 없는 노인들에게 죽음의 알약이 허용되어야 한다고 생각한다.

네덜란드의 전직 보건체육부 장관인* 엘스 보르스트는 알츠하이머에 걸린 사람들에게 지금은 '드리온 알약'이라고 불리는 약의 판매와 유통이 허용되어야 한다고 개인적 입장을 밝혔다. 그녀는 말했다. "좋은 해결책입니다. 의사는 환자가 자살하도록 도와야 합니다. 왜냐하면 환자는 나아질 희망도 없이 자신이 완전한 정신착란 상태가 되어간다고 생각하며 견디기 힘든 고통을 겪고 있기 때문입니다."

그녀는 병들지는 않았지만 '아직 살아 있다는 사실에 고통받는' 고령 노인들을 위한 조력자살도 권장한다. "요즘 저는 더 이상 살고 싶지 않은데 죽음이 해방시켜주지 않아 견디기 힘든 고통을 겪고 있는 사람들의 경우에 관심을 쏟고 있습니다. 매일 저녁 더 이상 깨어나지 않았으면 하는 바람으로 잠드는 이런 사람들에게는 아침이 절망만 가져다줄 뿐입니다."

*1994년부터 2002년까지 재직.

드리온 씨는 자신이 원하는 순간을 결정할 수 있도록 모든 노인들에게 이 '마지막 의지의 알약'을 배분할 것을 제안했다. 이 제안은 비난을 불러일으켰다. 국회의원들은 주변 사람들이 이 알약을 악용할 위험으로부터 노인들을 보호하기 위해 '안전장치'를 요구했다. 이 약을 지급하는 책임을 의사들에게 맡겨야 할까? 많은 의사들이 거기에 맹렬히 반대했다. 그들은 삶에 지쳤다는 사실이 그런 행동을 정당화하지는 않으며, 병들지 않은 사람에게 죽음의 약을 처방하는 것은 의사로서 할 일이 아니라고 판단했다. 그들 말에 따르면 이 일은 의학적 문제가 아니라 사회적 책임과 관계된 사회적 문제라는 것이다.

오늘날 드리온 알약은 뮌헨의 유럽환자협회에 인가 요청이 제출되었음에도 아직 승인을 얻지 못하고 있다. 유럽인권조약에 위배되는 한 그 약은 시판되지 못할 것으로 보인다. 네덜란드 대사관에 전화를 걸어보니 이 문제는 더 이상 예정의제에 들어 있지 않다고 한다.

그런데 다른 곳에서는 고령 노인을 위한 죽음의 알약을 만드는 생각이 진척되고 있다. 캐나다 토론토에서 열린, 존엄사의 권리에 관한 국제회의에서 오스트레일리아의 의사 필립 니츠케 박사는 평균 80세의 노인 그룹이 언젠가 그들이 필요로 할 때 사용할 '자살 알약'을 만드는 데 성공했다고 알렸다. 그 노인들 대부분이 화학 분야에 전문적 지식이라곤 전혀 없으며 건강한 상태였다. 그들은 아마추어 조류학자라고 속이고 뉴사우스웨일스 주의 한 농가에다 비밀리에 연구소를 꾸몄다. 니츠케 박사가 그들에게 제조법을 설명해주었다. 그들이 성공하기까지 일 년이 걸렸다. 그 약은 지금 오스트레일리아의 한 연구소에서 분석중이다. 이 오스트레일리아 의사는 조력자살이 금지된 나라에서 사람들에게 외부의 도움 없이 스스로 자살약을 만듦으로써 법을 피해 가게 하는 생각을 옹호한다. 이 방법은 누구도 비난받는 일 없이 그들에게 스스로를 제거할 가능성을 제공해줄 것이다. 하지만 그는 대부분의 노인들이 이 약을 결코 사용하지 않을 것으로 생각한다고 덧붙였다. 그들이 원하는 건 그저 필요할 때 죽음이 손 닿는 곳에 있다는 사실뿐이기 때문이다. 또 다른 노인들도 '마지막 의지의 알약'을 만들기 위해 예약을 마친 모양이었다.

우리를 향해 죽는 걸 도와달라고 돌아보는 노인들이 혹시 다른 것을 기대하는 건 아닐까? 우리가 우리 가운데 그들의 자리를 항상 마련해둔다면, 우리가 그들에 대한 고려와 존중을 보여줄 준비가 되어 있다면 어떨까? 그들이 살아야 할 남은 시간, 따라서 함께 존중해야 할 그 시간에 대해 우리에게도 책임이 있다.

연민에 의한 살인을 마치 인간애의 표현처럼 너무도 쉽게 얘기하는 이 시대에 왜 죽음을 요구하는지 그 깊은 동기에 의문을 갖는 건 반드시 필요한 일이다. 이 주장은 우리가 고독한 노인의 친구가 될 수 없었음을 드러내준다. 우리는 모두 한 번의 손짓이, 몸짓이, 말 한마디가, 외면하지 않는 눈길이 고독을 물리친다는 사실을 알고 있다.

한 생물학자의 자살이 떠오른다. 그녀는 자살을 미리 계획해두었다고 말했다. 언제나 모든 일에 계획을 세우는 편이기 때문이다. 한 기자가 임종의 순간을 자식들로부터 박탈할 생각이냐고 물었을 때 그녀는 대답했다. "박탈이라니요? 그게 무슨 뜻이죠? 그런다고 그 아이들에게 뭐가 달라지지요? 걔들은 자기들의 삶이 있고, 자기들의 걱정이 있고, 자기 가족이 있는데 말입니다."

이 말은 자기 죽음을 제어하려는 단순한 욕망 이외의 다른 것을 드러내준다. 자기 죽음이 오직 자기에게만 관계된 것이라는 감정, 자기 삶을 끝까지 살면서 타인들에게 전할 것이 아무것도 없다는 감정이다. 이 말은 오늘날 수많은 노인들이 느끼고 있는 바를 표현한다. 노인의 마지막 순간을 같이하는 것이 뭘 가져다줄 수 있겠는가? 우리가 더 이상 아무것도 할 수 없을 때도 아직 무언가에 소용이 있을까? 지치고 병든 몸이 침대에서 힘없이 뒹굴고 있는데도?

노인들이 가까운 친지들이 자리한 가운데 죽어가면서 그들에게 무언가 소중한 것을 전한다는 사실을 알지 못한다는 건 참으로 슬픈 일이다. 죽어가는 노인들은 인간 존재가 자기 삶의 마지막 행위를 완수할 수 있다는 것을 보여준다.

생애 마지막 순간을 사는 사람들 곁을 지켜온 몇 년 동안 나는 이 '죽음의 시간'이 아무리 느릴지라도 한 가지 의미를 가지고 있다는 확신을 얻게 되었다. 죽어가는 사람들과의 친밀감이 내게 그들이 지닌 기대의 폭을 발견하게 해주었다. 소중한 사람들에게 작별인사를 하지 않고서, 그들로부터 사랑의 말을 듣지 않고서, 그 말에서 죽을 힘을 얻지 않고서, 그들과 더불어 평온한 감정을 품지 않고서 어떻게 죽을 수 있겠는가? 남는 사람들에게 이별을 위로해줄 말 한마디, 몸짓 하나, 눈길 한 번 던지지 않고서, 마지막 축복을 주지 않고서 어떻게 죽을 수 있겠는가? 나는 '복을 빈다'를 뜻하는 축복이라는 말을 일부러 쓰고 있다. 이 말의 해방적 기능의 중요성을 강조하기 위해서다. 독약만이 죽어가는 사람을 '해방시킬' 수 있다고 생각하지 말아야 한다. 많은 증언들이 다른 방식의 해방을 얘기해준다.

나는 죽음을 기다리는 노인들을 볼 기회가 많았다. 그들은 가족을 가까이 모이게 해서 정리할 일을 다 정리한 뒤 가족에게 축복을 내리고 마지막 작별인사를 한 다음 눈을 감고 침묵 속에 들어갔다. 죽음은 결코 늦는 법이 없었다. 이런 작별의식은 실제로 상징적인 힘을 가지고 있기 때문이다.

그러나 오늘날엔 이런 장면을 보기가 힘들다. 하지만 이런 죽음이야말로 남은 사람들에게는 진정한 이양이다. 나는 개인적으로 이런 작별장면을 여럿 기억하고 있어서 내가 죽을 순간도 그러했으면 좋겠다고 종종 생각한다. 이것이야말로 존엄을 지키며 죽는 것이 아니겠는가?

때가 되었을 때 닻줄을 어떻게 자를까? 자기 삶을 끝낼 방법을 평온하게 생각하기란 물론 쉬운 일이 아니다. 그것은 불확실성 때문이다. 언제, 어디서, 어떻게 닥칠지 누구도 모르기 때문이다. 자신을 신뢰하고 타인들에게 신뢰를 주는 것도 어려운 일이다. 삶을 끝내달라는 노인의 요청은 주변 사람을 시험하는 방법이거나, 타인에게, 의사나 간호사나 가족에게 도전하는 방식인 경우가 많다. 그들이 기대하는 것은 버림받지 않는다는 확신이다.

우리가 '늙는 작업을' 했다면, 차츰 이런 저런 능력들을 잃는 걸 받아들이고 다른 능력들을 발견했다면, 이 자아의 변모에는 어떤 자신감이 따라올 수 있다. 노화는 자기도취를 깨뜨리지만 마음을 열어준다. 이 마음의 열림이 죽음을 위한 노자路資가 되지 못할 이유가 어디 있겠는가?

나는 내가 죽고 싶은 방법에 대해 생각을 많이 했다. 그런 행동의 한계를 잘 알기에 모든 걸 고려해보았다. 죽음이 어쩌면 내가 상상할 수 없는 방식으로 나를 덮칠지도 모르기 때문이다. 하지만 아주 늙어서까지 살게 된다면, 내 이전의 많은 다른 사람들처럼, 내가 사랑하는 사람들에게 무거운 짐이 될 정도로 상태가 나빠진다는 느낌이 드는 순간이 오면 나는 사람들이 내 죽음을 앗아가는 것도, 사람들이 나를 대신해서 죽음의 순간을 정하는 것도 바라지 않는다. 늦기 전에 떠날 줄 알 정도로 충분히 맑은 정신을 가지고 있게 되기를 바란다. 하지만 내가 말 그대로 자살을 생각한다거나, 다른 누군가에게 안락사를 부탁해서 지나친 부담을 지울 생각을 하는 것은 아니다. 나의 시어머니가 그랬듯이 죽도록 가만히 있을 용기가 남아 있기를 바랄 뿐이다. 나는 『우리는 다시 보자는 인사를 하지 않았다』*라는 책에서 나의 시어머니가 84세의 나이에 어떻게 세상을 떠났는지 얘기했다. 삶이 그녀를 떠나기 시작했고, 기억력이 흐릿해지고, 음식에 대한 맛을 잃었다는 느낌이 들자 그녀는 어느 날 더 이상 먹지 않고 누워서 죽음을 기다리기로 결정했다. 그것은 깊은 생각 끝에 내린, 돌이킬 수 없는 결정이었다. 그녀는 더 손상되는 것도, 시설에서 생을 끝내는 것도 원치 않았던 것이다. 그것은 일시적인 우울한 마음에서 내린 결정도 아니었다. 그녀는 슬프지 않았다. 다만 사는 데 지쳤을 뿐이다. 나의 남편 크리스토페르는 어머니의 뜻을 존중하기로 마음먹었다. 그 시절에는 인명 구조 태만죄로 기소될 수도 있는 일이었다. 그러나 오늘날에는 이런 음식 거부를 존중해주는 것은 합법적인 일이다. 그녀가 고통받지 않도록, 끝까지 간호받도록, 쇠약해지기 시작하면 대소변 처리와 목욕을 도울 수 있도록 이해심 많은 간호사와 의사의 정기적 방문을 마련하고서 남편과 어머니의 가까운 친구들은 끝까지 곁을 지켰다. 그녀가 죽기까지 두 달이 걸렸다. 그녀에게 그 기간은 때로 길게 느껴지는 듯했다. 하지만 그 어떤 순간에도 그녀는 일을 빨리 진행해주기를 바라지 않았다. 그녀는

* 마리 드 엔젤, 『우리는 다시 보자는 인사를 하지 않았다*Nous ne nous sommes pas dit au revoir*』(파리: 로베르 라퐁, 2001).

누군가에게 격한 행동을 강요하고 싶지 않았던 것이다. 그녀는 조용히 사라지기를 바랐다. 남편이 어머니에게 하루 종일 무엇을 하느냐고 물었을 때 그녀는 대답했다. "사랑하지. 아마도."

바로 이렇게 나는 죽고 싶다. "〈나라야마 부시코〉에서 한 노파가 떠날 시간이 되었기에, 다른 사람들에게 자리를 내어줄 시간이 되었기에 죽음을 향해 결연한 걸음으로 걸어나가듯이 말이다. 노파 주변에는 그녀의 선택을 존중하고 그녀를 따라가는 사람들뿐이다. 그들은 우리가 죽어가는 사람들에게 참으로 줄 줄 모르는 것을 그녀에게 준다. '죽음의 허락' 말이다."[•]

• 마리 드 엔젤, 앞의 책.

결론_세상을 달래며 늙다

포레 누아르의 현자, 카를프리트 뒤르크하임은 늙음이 '재난 같은 종말이 아니라 인간이 자신의 영원한 얼굴과 올리는 진정한 결혼'을 뜻한다고 말했다. 이는 우리가 젊은이와 늙은이의 대립 너머에 있는 현실 속에 뿌리를 내리고, 그 어느 때보다도 더 깊이 집착을 버리고 내적 인간에 눈을 뜨는 것을 전제로 한다. 노화를 받아들이는 사람은 그럼으로써 절대적으로 새로운 무언가에 도달하며, 눈에 보이지 않는 것을 가리고 있는 베일을 걷어젖힐 수 있다. 뒤르크하임은 덧붙여 말한다. 이런 노인은 가족에게 독 같은 사람이 아니라 "주변 사람들에게 빛과 같은 존재로, 그 빛으로 타인들을 은밀히 끌어당겨서, 그에게서 풍겨 나오는 뭐라 형용할 수 없는 것 때문에 사람들은 그를 좋아하고 존경한다. 그는 진정한 젊음을 찾은 것이다."*

인생 제3기에 들어서면서 우리는 잘 늙기 위한 모든 열쇠를 갖고 있다. 의학과 과학이 우리를 도와줄 것이다. 우리는 건강에 신경을 쓰고, 운동을 하고, 사회에 활동적이고 유용한 존재로 남으려고 애쓸 것이며, 타인들과의 관계를 유지하려고 애쓸 것이다. 우리에게 득이 되는 것을 파악하고 그것을 옹호하고, 연대를 통해 해결책을 생각해낼 것이다. 이 모든 것이 우리를 돕겠지만 무엇보다도 우리의 활력과 삶의 기쁨은 우리가 '늙는 작업'을 어떻게 했느냐에 달려 있을 것이다.

이렇게 '작업'의 개념을 끌어들이면서 나는 이 연령에 요구되는 자각과 초탈의 노력을 강조하고 싶다. 우리는 놓아버려야 한다. 우리의 과거를 놓고, 우리 자신과 화해하고, 일정한 측면에서는 작아지는 걸 받아들이고 다른 측면에서

* 샤를 살즈만, 『그루아 섬에서 쓴 일기*Journal de l'île de Groix*』(파리: 크리스티앙, 2004), 193쪽에서 재인용.

커져야 한다. 이것이 융이 말하는 '개체화 과정'이다. 자기 도취적 자만을 버리고서, 초탈의 작업을 수행하면서 우리는 우리 존재의 보다 깊은 차원에 우리를 내맡긴다. 융은 그것을 '자기Self'라고 불렀고, 뒤르크하임은 '본질적 존재'라고 했으며, 성 바울은 '내면적 인간'이라 했다. 각자 자기 방식대로 이 예상치 못한 힘을, 항상 새로운 것을 향해 가는 이 충동을 알아보았다. 그렇기에 뒤르크하임은 '진정한 젊음'을 애기하는 것이다.

이 빛을 향해, 이 마음의 젊음을 향해 가는 것 이외에 달리 잘 늙는 방법은 없다. 이 책을 쓰는 내내 나는 베이비붐 세대 노인들인 나의 동시대인들에게 이 욕망을 일깨우려고 애썼다. 나는 상황을 미화하지 않으려고, 우리에게 늙는 것을 이토록 두려워하게 만드는 것을 마주 대면하려고 애쓰면서도, 한편 통찰력을 핑계로 그들을 침울하게 만들지 않으려고도 애썼다. 나는 '마음이 뜨거우면 몸이 녹슬지 않는다'라는 노래 가사가 내게 제공하는 길잡이 끈을 따라가려고 애썼다. 우리가 어떤 상태로 늙어가건, 어디에서 늙어가건, 우리가 마음의 에너지를 지킬 줄만 안다면 그것이 우리를 변화시키고, 세상에 대한 우리의 시선을 변화시킬 수 있을 것이다.

따라서 집착을 버리는 것이 중요하다. 씁쓸한 회한과 적개심을 품고서 늙어가는 사람이 우리 주변에는 많다. 얼마 전에 여든이 된 한 친구는 최근에 난파를 경험하고 있다고 한탄했다. "결국엔 죽을 수밖에 없는 삶의 메커니즘을 받아들일 수가 없어. 기운을 잃어가고 왜소해지는 자신을 무력하게 지켜보고 있는 것, 이것이 내가 조물주에게 할 수 있는 가장 큰 질책이야." 나는 "젊은 상태로 늙어갈 수 있는 방법을 발견하지 못했기 때문에" 늙는 것에 전혀 반대하지 않는다는 우디 알렌이 그보다 훨씬 현명하다고 웃으면서 대답했다.

이런 비난에만 머물러 있다면 우리는 가볍고 행복하고 자유로운 노년에 접근할 수 없을 것이다. 하지만 그런 노년은 가능하다. 앞서 제시했던 것처럼 거동불능 상태나 양로원 같은 곳에서조차도 그렇다. 거기에 이르기 위해서는 의식과 신뢰라는 길을 통해야 한다.

인생의 양극단에 인간이 타인들에게 의존하게 되는, 그래서 믿고 맡길 수밖에 달리 선택의 여지가 없는 시간을 자연이 마련해둔 것은 묘한 일이다. 이는 우리가 세상에 태어났을 때, 그리고 인생 초기 몇 년 동안에 모두가 경험한 일이다. 하지만 그것을 의식하지는 못했다. 인생이 끝날 무렵에 이르러 많은 사람들이 다시금 부분적으로건 아니면 전적으로건 타인에게 의존하게 된다. 적어도, 도움이 필요할 정도로 왜소해진다. 하지만 이때는 의식이 있다. 그래서 이 상태를 거부하고 움츠러들고 괴로워하거나, 아니면 그것을 받아들이는 건 우리에게 달린 일이다. 이때 우리는 가장 깊은 경험을, 우리 자신을 타인에게 맡기고 그들로부터 도움을 받기로 받아들이는 경험을 하게 된다. 우리가 극단의 자유, '존재'의 자유에 도달하는 건 더 이상 아무것도 '할' 수 없을 때이다. 흘러가는 대로 가만히 있고, 그 어느 때보다도 우리를 둘러싼 사람들의 인간애와 연민을 통해 모습을 드러내는 세상의 선의에 자신을 내맡기는 자유 말이다.

이것이 레비나스가 타인의 '얼굴'과의 만남에 대해 말하면서, 인간애와 취약성을 연결 지을 때 온전히 뜻하는 바이다. 벌거벗은 상태의 얼굴은 우리를 감동시키고 우리 안에 무한한 책임감을 불러일으킨다. 사악하거나 미치지 않고서야 어떻게 우리가 극도로 취약한 상태로 우리 손에 맡겨진 사람을 보호하지 않을 수 있겠는가?

노년에 대해 대화를 나누던 중, 철학자 베르트랑 베르즐리는 존재론적 행운을, 인생의 모든 시기를 거치고 나서 정신적으로 궁핍한 시기에 이른 사람들에게 주어지는 놀라운 행운을 다시 언급했다. 프랑수아 미테랑이 잘 말했듯이* 이 시기는 몸이 '무한의 경계에서 기진맥진해' 거의 모든 능력을 잃는 시기다. 무력의 시기. 취약함의 시기. 열린 마음으로 일어나는 모든 것을 받아들이는 것만이 남은 시기이다.

늙음은 우리에게 금욕주의자들이 진정한 자유라고 부른 것을 체험할 기회를 제공해준다. '흘러가는 대로 내버려두고', '가만히 있으면서', 세상을 믿고 자신을 내맡기는 자유. 베르트랑은 우리가 생각하는 것보다 훨씬 많은 사람들이 노화의 위축을 행복하게 경험한다고 본다. 그것이 그들을 해방해주기 때문이다. "그들은 자신의 한계를 경험하는 것을 불평 없이 받아들이고 어린아이처럼 된다. 주변의 세상을 경이로운 눈으로 바라본다. 선물처럼, 기적처럼, 놀이처럼. 그들은 더 이상 현실에 뛰어들지 않는다. 어떤 면에서 그들은 도道의 무위無爲를 사는 것이다." 온갖 장애를 동반하는 노년이 거대한 자유의 시기라니 놀라운 역설이다. 게다가 바로 그런 이유에서 이런 방식으로 노년을 사는 노인들이 타인들을 끌어당기는 것이다. "그들은 소박함과 온화함으로

* 마리 드 엔젤, 『친근한 죽음*La Mort intime*』(파리: 로베르 라퐁, 2001)의 서문.

빛이 나기에 사람들은 그들을 보러 온다. 그들이 '초탈'과 가벼움 혹은 유머 차원의 무언가를 전하기 때문이다. 그들은 타인들이 높이 올라서거나 뒤로 물러나도록 도와준다."

베르트랑은 그와 관점을 달리하는 여든 살 친구의 말에 대한 대답으로 이렇게 결론 내린다. "결국, 인생은 잘 만들어진 것이고, 이 노년의 시기도 우리에게 이유 없이 주어진 것이 아니다. 제 고유의 신비를 품고 있는 것이다." "우리가 대면하는 불가능이 우리에게 모든 현자들이 추구하는 '놓아버림'을 강요한다. 인생은 우리에게 열쇠 하나를 주었다. 우리의 무력함을 받아들이는 열쇠다. 무력함이 우리를 비극이 아니라 가벼움과 기쁨으로 이끌기 때문이다. 이것이 인도 노인들의 얼굴에서 확인할 수 있는 것이다. 인도는 명상하고 세상의 흐름을 받아들이는 것이 문화의 일부인 나라다."

내 철학자 친구와 헤어지면서 나는 92세 할머니가 죽기 반시간 전에 남긴 마지막 말을 다시 떠올렸다. 아주 오래전, 내가 심리상담사로서 임종 환자들 머리맡을 지키던 시절의 얘기다. 열기 가득한 눈으로 할머니는 내 손을 힘주어 잡고는 마지막 메시지를 내게 전했다. "아무것도 겁내지 마세요. 그냥 살아요! 당신에게 살도록 주어진 모든 것을 사세요! 모든 것이 신의 선물이니까요." 이 말을 쓰면서 그녀에게서 전해지던 에너지가 방금 일어난 일처럼 생생히 느껴진다. 이는 마음에서 나와 우리의 마음을 감동시키는 것은 영원하다는 증거이다.

이 책을 끝낼 무렵, 작가 크리스티안 생제가 64세의 나이에 갑작스런 암으로 사망했다. 그녀는 평생 그녀를 매료시켰던 나이인 노년을 살아볼 기회를 갖지 못했다. 늙는다는 것이 그녀에게는 축복이었다. 빛의 열림을 향해 가는 것이기 때문이다. "얼마나 많은 사람들이 그 문을 찾았을까?" 그녀는 종종 묻곤 했다. 하지만 노년의 비밀, '노년의 열한 가지 행복'*은 6개월 사이에 그녀에게 모습을 드러냈다. 2006년 9월 1일, 차가운 눈매의 젊은 의사가 그녀에게 선고 내린 그 6개월이다. 선고를 받고 화를 내며 무너질 수도 있었을 텐데 그녀는 흥정하지 않고 시련을 받아들였다. '살 것이 있다면 살아야지' 하고 그녀는 매일매일 쓰던 일기에 썼다. 일기를 통해 그녀는 자신이 겪고 있는 시련과 그것과 더불어 온 선물을 동시에 우리에게 전했다. 고통으로 대패질당하듯 깎이고, 연마되고, '새카맣게 탄' 그녀는 지옥 속에 떨어졌다.

*크리스티안 생제, 앞의 책, 178쪽.

"지나가자, 의연하게, 지나가자." 그녀는 "태양 아래 있는 모든 것이 약하디 약하다"는 말을 울면서 거듭 되뇌었다. 그녀는 어린 시절부터 잃어버린 적이 없는 아리아드네의 실을 쥐고서 시련을 지나왔다. 마법의 실이었다. "이것 덕에 나는 칠흑같이 캄캄한 미로에서도 살아서 나올 것이다." 그녀는 질병이 그녀를 덮치도록 가만히 있지 않겠다는 결연한 마음으로 지나왔다. "질병은 내 안에 있지만, 내가 할 일은 질병 속에 빠지지 않는 것이다."

가능한 노년에 관해 그녀가 쓴 얘기가 이제 갑자기 속력을 낸 그녀의 죽음으로 인해 사실이 되었다. 비록 겉은 늙은 여자일지라도 나의 이 마지막 '화신'을 내가 신뢰하지 못할 이유가 어디 있는가? 똑같은 믿음, 똑같은 자신, 똑같이 꺼지지 않는 호기심을 거기다 쏟지 못할 이유가 어디 있는가? 내 몸이 쪼그라들고 사지가 오그라들고 뻣뻣해진다 한들 세상의 아름다움이 내 방 거울 속에만 있는 건 아니지 않은가? 자! 나를 연장하고 나를 잇는 모든 것, 나를 둘러싸고 나를 여럿으로 만드는 모든 것, 이렇게 내 바깥에는 손으로 만질 수 있는 경이로운 것들이 있지 않은가?"*

그리고 그녀는 자신이 보고 싶어 한 것을 본다. "더 이상 아무것도 남아 있지 않게 될 때(그녀는 자신이 하는 말이 어떤

의미인지 잘 알고 있었다. 극단적인 버림을 받아보았기 때문이다)
정말이지 아무것도 없을 때, 우리가 생각하는 것처럼 죽음과 공허가 있는 건 아니다. 전혀 그렇지 않다. 분명히 얘기하지만, 사랑밖에 없다."

죽기 한 달 전, 나는 작별인사를 하기 위해 오스트리아로 그녀를 보러 갔다. 그녀의 방에 들어서면서 나는 그토록 쇠약하고 마른 그녀의 몸과 고통에 패인 얼굴, 그리고 그녀에게서 풍기는 평화와 광채, 그녀의 눈길과 미소에서 느껴지는 활력의 대조에 강한 인상을 받았다. 크리스티안은 자신이 곧 죽을 것임을 알고 있었다. 그녀는 말했다. "좀 더 살아서 늙어가고 세상을 달래고 싶었는데."

'세상을 달랜다'는 이 표현은 내 마음 깊이 새겨져 남아 있다. 그래서 나는 '세상을 달래면서' 내 노년을 보내리라고, 이런 기회를 갖지 못한 그녀를 생각하면서 그러리라고 다짐했다.

우리가 크리스티안과 엠마뉘엘 수녀, 스테판 에셀 등 주변의 많은 사람들로부터 받은 위대한 교훈은 이것이다. 우

* 같은 책, 189쪽.

리가 더 이상 아무것도 원하지 않을 때, 아무것도 기대하지 않을 때, 인생에 자신을 내맡길 때, 우리를 찾아오는 건 회한과 절망이 아니라 지금껏 경험하지 못했던 새로운 자유의 감정이며, 크디큰 애정이라는 것이다.

한 가지 의문이 크리스티안을 떠나지 않았고, 이 책을 쓰는 동안 내게도 마찬가지였다. "어떻게 하면 우리가 서로를 열정과 활기로 전염시킬 수 있을까?"

비엔나에서 돌아오면서 나는 자크 드쿠르가 아마도 자신의 죽음을 직감하면서 쓴 메모를 발견했다. 자크 드쿠르는 소설가이자 독일어 교수로 지식인 저항운동에 참여했다. 그는 대독협력자들에 맞서 끈질기게 싸웠고, 반계몽주의에 맞서 휴머니즘을 옹호했다. 장 폴랑과 함께 1942년에 『레트르 프랑세즈』를 창간한 그는 32세의 나이에 발레리앙 산에서 나치들에게 총살당했다. 감옥에서 사형집행을 기다리며 그는 가족에게 매우 감동적인 편지를 썼다.

"이제 우리는 죽을 준비를 하고 있소. …… 마음의 준비를 하고, 닥칠 일을 생각하고, 방어의 몸짓조차 하지 못한 채 죽어가리라 생각하오. …… 사랑을 기억해야 할 순간이오. 우리가 충분히 사랑했던가? 우리는 하루에 몇 시간이나 다른 사람들을 보고 감탄하고, 함께 행복해하고, 접촉의 값어치를, 손과 눈과 몸의 무게와 가치를 느끼는 데 보냈을까? 우리가 아직도 사랑에 우리를 바칠 줄 알까? 희망 없는 땅의 흔들림 속으로 사라지기 전에, 이제 온전한 사랑과 우정을 느낄 시간이오. 왜냐하면 다른 건 없으니까. 사랑하고, 사랑하고, 영혼과 손을 열고, 눈으로 좋은 것만 바라보고, 사랑하는 것을 꼭 끌어안고, 다정함으로 빛나면서 불안해하지 않고 걷는 것만 생각하겠다고 맹세해야 하오."

노년, 유쾌한 자유의 시기

어느 날 거울 앞에서 깊어진 주름과 늘어난 흰 머리를 문득 발견할 때 우리는 소스라치게 놀라고 울적해진다. 늙는다는 것만큼 자명한 진리가 없건만 그것만큼 느닷없는 재난이라도 되는 듯 우리를 당혹하게 만드는 일도 없다. 자신에게서 노화의 징후를 발견하기 전까지 우리는 늙음을 단지 다른 사람들의 일로만 생각한다. 어쩌면 우리는 늙는 것을 죽음보다도 더 두려워하고 부인하고 싶어 하는 것 같다. 시몬 드 보부아르의 말처럼 삶에 대비되는 것은 죽음이 아니라 차라리 늙음인지도 모른다.

우리가 늙는 것을 이토록 두려워하는 것은 이 세상이 점점 더 젊음을 미덕으로 내세우기 때문이기도 하다. 텔레비전을 켜도, 거리에 넘쳐나는 광고를 보아도 온통 젊고 아름다운 얼굴들뿐이다. 나이보다 어려 보이는 얼굴을 찾아 상을 주는 대회까지 있다. 카메라가 노인을 비출 때조차도 자연스럽게 늙은 노인보다는 젊은 노인에 초점이 맞춰져 있다. 이런 세상에서 늙는다는 것은 더 이상 자연스런 이치가 아니라 결함이요 수치로 여겨진다. 젊음을 유지하지 못한 얼굴을 하고 있으면 왠지 죄스런 느낌마저 든다. 하여, 우리는 안쓰러울 정도로 젊음에 매달리며 세월의 흔적을 감추려 든다. 흰머리는 서둘러 검게 물들이고, 젊게 차려입고, 의술의 도움을 받고서라도 주름살을 펴고 검버섯을 없애고 꺼진 볼을 채우려 한다. 이렇게 젊음을 내세우고 늙음을 감추는 세상에서 늙는다는 것은 추하고 슬픈 일일 수밖에 없다.

이 책은 세상이 노년에 던지는 눈길이 얼마나 참담하며,

늙는다는 사실 앞에서 우리가 느끼는 두려움이 얼마나 큰지 진단하며 그 해법을 모색하고 있다. 늙음이라는 시련에 저자가 제시하는 해법은 마음에 있다. 저자는 무엇보다 노화를 '난파'나 '재앙'으로 바라보는 우리의 시각을 바꾸어야 한다고 말한다. 우리의 눈길이 겁에 질린 채 젊음의 미학적 기준에 머물러 있는 한, 우리는 씁쓸한 회한과 적개심을 품고서 늙어갈 것이며, 길어진 수명은 죽음을 대기하는 시간이 늘어났음을 의미할 뿐이다. 늙음은 어느 날 우리를 습격하는 재난이 아니라 젊음의 연장이다. 노화를 부인하거나 거부하지 않고 받아들일 때, 나이와 더불어 찾아오는 쇠약과 느려짐과 피로에 맞서는 대신 자연스런 흐름을 받아들일 때 비로소 우리는 행복한 노년을 살 준비가 된 것이라고 저자는 설파한다.

이 책에서는 엠마뉘엘 수녀, 베르트랑 베르즐리, 로베르 미스라이, 람 다스, 헤르만 헤세, 카를프리트 뒤르크하임 등,

이름난 여러 철학자와 종교인과 작가들도 만날 수 있다. 저자가 그들과 직접 만나거나 글을 통해 생각을 나누면서 노년을 바라보는 자신의 시각을 정립해 나가기 때문이다. 그들과의 교류를 얘기하며 저자는 노화를 '성장'이나 '재탄생'으로 바라보는 시각을 우리에게 열어주고, 노년기도 다른 시기와 마찬가지로 어려움뿐만 아니라 기쁨도 가지고 있으며, 살 만한 가치가 있는 풍요로운 시기임을 일깨운다.

그런데 저자가 처음부터 이렇게 굳건한 시각을 갖고서 글을 쓰기 시작한 것은 아니다. 저자는 2년에 걸쳐 이 책을 쓰는 동안 겪었던 경험을 고스란히 전하고 있다. 따라서 독자는 저자가 글을 시작할 때 가졌던 마음, 비관적인 생각에 사로잡혀 글쓰기를 포기하려 했던 일, 생각 전환의 계기가 되었던 사건, 힘이 되는 여러 만남 등, 그가 거쳐온 사유의 과정을 그대로 좇게 된다. 그러다보니, 이미 탄탄하게 정립된 생각을 전해 듣는 것과는 달리, 생각의 주춤거림과 좌절까지 공유하게 되어 그의 사유의 종착지를 훨씬 더 공감하며 받아들이게 된다. 책의 말미에 이르게 되면 아마도 독자는 저자의 말대로 두려움 없이 늙음을 거뜬히 받아들일 수 있으리라. 또한, '아름다운 노인'이나 '행복한 노년'이라는 말이 모순어법이 아니며, 존엄을 지키며 '잘' 늙을 수 있겠다는 자신감을 얻게 될 것이다. "늙는다는 것은 젊다는 것만큼이나 성스런 일"이라는 헤르만 헤세의 말과, 온갖 신체적 장애를 동반하는 노년기가 유쾌한 자유의 시기이며, 진정한 '카르페 디엠'의 시기라는 역설까지도 넉넉히 수긍하게 될 것이다.

2009년 6월

백선희